U0737546

挂职

宫桦 著

中国言实出版社

图书在版编目(CIP)数据

挂职 / 宫桦著 . –– 北京：中国言实出版社，
2021.12

ISBN 978-7-5171-3864-8

Ⅰ . ①挂… Ⅱ . ①宫… Ⅲ . ①长篇小说—中国—当代
Ⅳ . ① I247.5

中国版本图书馆 CIP 数据核字（2021）第 191019 号

挂职

出 版 人：王昕朋
责任编辑：宫媛媛
责任校对：张国旗

出版发行：中国言实出版社

地　　址：北京市朝阳区北苑路180号加利大厦5号楼105室
邮　　编：100101
编辑部：北京市海淀区花园路6号院B座6层
邮　　编：100088
电　　话：64924853（总编室）　64924716（发行部）
网　　址：www.zgyscbs.cn　E-mail：zgyscbs@263.net

经　　销：新华书店
印　　刷：北京中科印刷有限公司
版　　次：2022年1月第1版　2022年1月第1次印刷
规　　格：880毫米×1230毫米　1/32　8印张
字　　数：180千字

定　　价：50.00元
书　　号：ISBN 978-7-5171-3864-8

　　宫桦，生于20世纪60年代，职业警察，中国作家协会会员、鲁迅文学院公安作家研修班学员，安徽财经大学文学院、安徽某公安高校、江西美术专修学院等多所院校文学客座教授。现任职于安徽省蚌埠市作家协会、怀远县作家协会、怀远县公安局"宫桦文学创作室"。中短篇小说《母亲的证词》《联赛》《警花》《警服》和报告文学《酿得一瓯白乳》等文学作品散见于《小说选刊》《清明》《安徽文学》《红豆》等刊物；著有长篇小说《对决》《权惑》《心归何处》《阡陌大地》《爱舞长天》。编著有影视剧本《雪落无声》《您好110》《代理爸爸》《狂飙》《警花灿烂》等。

目 录

主要人物介绍

林泽宇：男，中等个头，一表人才，作风干练，谈吐非凡，正直、善良，充满血性，品质端正。

马永春：男，身材魁伟，性格豪爽，林泽宇战友，关系很铁，与林泽宇同喜欢过一名话务女兵。后因腐化堕落，落马入狱。林泽宇为此曾陷入深深的痛苦中。

夏霜：女，话务班战士，青春阳光，皮肤细腻，中等身材，声音清脆嘹亮，外号蓝百灵。喜欢林泽宇，但因命运安排，两人没能走到一起，终身未嫁。

吴雅静：女，话务班战士，身材丰韵，身体素质好。夏霜战友闺密，性格极为开朗，实用主义者，生活观念极为现实。

卢梅：女，话务班战士，夏霜和吴雅静战友闺密。但胆小怕事，十分懦弱。

金春林：男，林泽宇的同事，英俊潇洒，圆滑机灵，升迁速度快。官职为副厅级时，因挪用公款和贪污而落马。

张崇骞：男，林泽宇在地方挂职时的同事，常务副县长，身材修长、风流倜傥。拍马逢迎，见风使舵。因心胸狭隘而嫉妒林泽宇的正直磊落，并羁绊其工作。曾指使他人诬陷林泽宇，后因经济问题而入狱。

谭县长：榴园县长，与一些开发商及工程老板结交，存有私心。

不喜欢林泽宇的刚正不阿。一度与常务副县长张崇骞联手刁难和陷害林泽宇，被强大的廉政风暴击倒。

王书记：榴园县委书记。正直稳重，工作缺乏魄力。碍于地方势力，不愿创新担当，没有开拓精神，正常平稳支持林泽宇。

秦芳：林泽宇妻子，善良、贤惠。一名地方普通居委会党员干部，一方面支持丈夫工作；另一方面在自己的岗位上默默奉献，曾经因抢救留守儿童昏倒在雨中，造成流产。

方青梅：女，民办教师，气质高雅、端庄稳重，充满爱心。"三尺讲台写青春"，为教育事业奉献三十余年，但始终没有解决个人身份问题。恰逢林泽宇挂职，她退休前继续上访。分管这方面工作的林副县长查清缘由，排除阻力，在错综复杂的情况下，终于为其解决了几十年悬而未决的问题，转为正式教师身份。在接到消息并给林泽宇送行的那一天，饱含热泪，以农民纯朴的方式在林泽宇面前，沉重缓慢地磕了三个响头……

扎巴西策：藏族干部，善良厚道，真诚仗义。后以身殉职。

格桑旺姆：藏族牧民，热情善良，为人豁达。后以身殉职。

金玲玉珠：藏族女干部。丈夫是藏族的一名警察，因追捕一名逃犯而牺牲。正直善良，后在一次搜救活动中落水殉职。

可可朵瓦：藏族女教师。因救助孩子而殉职。

苏雅：汉族援藏大学生，单纯热情，充满活力，年轻漂亮，在爱情的小舟上历经风浪，最终驶向幸福的港湾。

达卡：藏族驾驶员，正直热情，年轻干练，血性刚毅，敢说敢干，身材挺拔，富有活力。

挂　职

　　车子终于离开了送行的人群，林泽宇的手依旧伸向车外，不停地挥舞……他分明看到了方青梅哭喊着，号叫着："林副县长，林副县长……我们需要你，你不能走啊！榴园人民需要你，你走了，我们再有困难找谁呀！"……声音渐渐嘶哑而悲凄……弟弟林泽鹏紧握方向盘，此刻也似乎听到了哭声，本想停车，却转头看了下哥哥。林泽宇把手从车窗外收回，看了一下弟弟："走，这时候能停吗？简直缺心少肺！"车子猛然加速向前冲了出去，摆脱了车后追赶和疯跑的方青梅及送行群众。林泽宇的眼睛注视着前方，脑海里却盘旋着曾经的过往，他深知这一走，很难再回这个地方。真舍不得这里的一草一木、干部和群众，那宽阔壮观的榴坪和荆卫文化广场，那幽静的芦苇摇曳、花草芬芳的湿地公园，那一幢幢高耸入云的居民建筑……无不凝聚着他和同志们的心血，然而今天，挂职期满，他却离开了……时光总是如此，既漫长又短暂；既悠缓又似箭，一切才刚刚开始，然而却已经结束。而自己要做的事太多，尚有那么多问题让他牵挂却没有解决。如果再给他一些时间，或许他会做得更好，只可惜，唉，没有那么多可惜，这是工作，也是命令，就像当年在部队时，当他真正了解军营，恋上那座熔炉，与战友结下兄弟友谊的时候，一纸命令又让他回到了地方，多么让人眷恋的军营啊！离去时，真让人凄楚，但谁又能改变自己命运的行程呢？

今天他算懂了，这就是生活，每个人必须去体验，去尝试；这就是人生，变化和多彩或许是人类的真实性情……走吧，走吧，一个人只要本色不变，无论走到哪儿，都能为百姓做些事情。他突然感到眼角有些湿热，猛然间他从倒车镜里看到，自己的脸颊上挂着两颗闪亮的水晶……

一

"榴园最美五月天，榴花斗艳夺荆山。"林泽宇是提前一天到达榴园的。漫步街巷堤坝，驻足山麓河畔，寻访民居故里……他深深地被这儿的景色所吸引。翌日，在迎接会上，庄重宁静和宽敞明净的会议室里，几乎聚集了榴园县常委会与政府班子的全部成员。王书记简单开场并做自我介绍后，其他领导都逐一进行了自我介绍。由于受座位影响，林泽宇不便一一上前与大家握手，但为表示出自己的真诚与敬意，投去了信任和友善的目光。在大家就今后的工作、相处等象征性地发言后，他表达了自己的真实心声："大家好，我是一名普通的部队转业干部，不像在座的各位，既有深厚的工作历练，又有丰富的工作经验。我这次是主动向组织申请挂职的，感谢组织对我的信任，并满足我的挂职请求，安排我到榴园县，给我锻炼和服务的机会。请大家放心，我一定会珍惜这次机会，积极学习，多多请教，认真工作，协助大家多做实事。县区尚属基层，今后与百姓打交道的机会多，多与群众交流，倾听基层的声音，尽力让群众满意……哪怕像昨晚桥上一名少年跳水被救这样一件简单助人的小事，我也会真心地办好……"说到这儿，坐在他对面的副县长兼公安局长突然招手，"停停停，我打断一下，哦，我明白了，昨晚是你跳进水中救的人？怪不得水上派出所民警说，昨天傍晚，一名十五六岁的少年因为考试成绩下降，学习压力大，害怕父母责怪，在三桥上面发一段视频后，跳进河中。过路群众反映，当时一名陌生中年男子跳进水中施救，虽然显得吃力，但还是把少年拉了上来。有群众拨打了110。水上派出所民警乘快艇到达时，少年已经昏迷。男子吩咐迅速把少年送往医院，而他自己穿着湿淋淋的衬衣，拿起外套转身走了。现在大家都在找这位好心人，孩子家人非要重谢那位救他们孩子的人呢！"大家猛地一愣，似乎身体都拔高了一截，突然把目光从公安局长转向了林泽宇，惊奇而又陡升敬佩。

"不行了，我在部队可是参加过大比武的，那时我们是侦察兵，其中武装泅渡一项，我获得第三名。可昨天我差点误事，险些送了自己性命，主要是我在西藏工作时犯过心脏病，以后我还得锻炼。好了好了，没啥没啥。我也不讲了，见笑见笑，耽误大家宝贵时间了。"

"我看林副县长还是位文武双全的高手呢，不可小觑，不可小觑。"谭县长的一句话让会场上响起一片议论声。

"那是，那是，来之前，我就有所耳闻，林副县长无论是在能力素质上，还是在人品素养上都是一名优秀的干部，我们榴园也算荣幸啊！"王书记评价后，欢迎会在一片赞扬声中散场……

二

见面后，一段时间里，林泽宇常常想起军营内的生活，那里有他生命最初的梦想，有他人生的苦楚与爱情……这让他宛如在现实和梦中徘徊……

那是格桑花开满山坡、田野的日子，火车拉着林泽宇和战友翻山越岭，盘旋穿行，经过多天的颠簸，终于到了川南。这是地壳运动形成的地形，这片土地上的民族兄弟，为人类的进步与文明的进程起了不可磨灭的作用。然而白云可以散去，湖泊也会干涸，人类生命的痕迹将永远镌刻于史册。踏入藏区的这一刻，心情似湖水一般，明净而孕育波澜，愉快而充满激情。这是祖国的大好河山，也是华夏的神奇。圣洁的白塔，庄严矗立，五彩经幡随处可见，释放着宗教的气氛和意蕴。时时诉说着内心的幸福和民族的灵光……如今他们这些来自四面八方华夏大家园的各族儿女已驻足在这块土地上，准备用青春和热血捍卫这块土地的完整与神奇……

三

林泽宇内心清楚，他到榴园县挂职正值国家在华夏大地上实行乡村振兴的大好时机。如今，世界人民都用深情赞赏的目光注视着中国这块土地。一系列宏大的治国方略和外交政策，使中国乃至全世界都分享到了恩泽和福祉。特别是在国内实施的惠民、扶贫及乡村振兴的政策，堪称举世瞩目，如今已逐步取得令世人交口称赞的成效。正是在此背景下，林泽宇来到了榴园县。

涡淮千帆竞，禹魂万古传。人杰地灵、古韵丰厚的榴园县却一直没能摘掉贫困的帽子，这与林泽宇心中的榴园印象极不相衬。

这一天他带队到榴园县西北的一个乡禁烧。傍晚，劳碌一天的同志都在房间休息，或者冲洗疲惫，准备随时下队检查。林泽宇利用间隙一边在旅馆西边的堤坝上散步，一边思考着地域环境与生态发展的关系。坝子下的小河虽然无名，但水流清澈，微波细柔，散发着清新的乡土气息。水流沿着堤坝缓缓伸向远处。他悄无声息地走着，欣赏着天赐的乡村美景。忽然有一名近七十岁的老妪在坝上驱赶着几只鸭子，正好与林泽宇相遇。老人家衣衫褴褛，头发花白，满脸凄楚沧桑。

"老人家，辛苦了，这时候怎么还没回家？"他问她。

"没看到撵鸭子吗？"老年人的表情和语气都露出不愿交谈的态度。

"家就住在这附近吗？"他问。

"那不是吗？"老人把脸转向坝子东边不远处的几间红蓝相间的破旧砖瓦房，嘴角也随之抬起了一下。

"哦，你家怎么还住着这样的房子，其他地方盖新房子了吗？"他有点不厌其烦。

"有新房，谁还住这鬼地方？"老人家突然变得不高兴。

"家里有几口人，家庭有什么困难吗？"林泽宇想进一步了解究竟。

老人家抬起头，仔细端详了一下林泽宇。她任由鸭子跑到坝子东边去了。鸭子好像认识路，所去的正是那几间破砖瓦房所在的方向。

"您是一位大领导吧，要么就是派出所的，平常没有人肯管我的事。"老人家讲得有点伤感。

"不是，我就是一名为老百姓服务的普通干部，做不了大事，但是可以为百姓跑跑腿什么的。"林泽宇这时候真不知怎么介绍自己的身份，讲高了，自己实在够不上级别；讲低了，怕老人家不相信，不跟他唠真话。

"那你起码也是县上来的干部吧？"老人家有些半信半疑。

"对，老人家，我是县里来的干部。请您相信我。"林泽宇真诚地看着她。

"那我可算遇到贵人了，您帮帮我吧！俺家当家的死得早，留下我和一个儿子，好不容易儿子娶了媳妇，谁知道前几年，儿子打工把腿摔残了，媳妇又走了，丢下一个孙子。儿子不管做活，几亩地也荒了，孙子也上不起学，我去了几次乡里，想弄个低保什么的，结果挤不上队，就回来了。没法子，放几只鸭子，卖点油盐钱……"老人家说着抬手抹抹眼泪。

"那村里没有什么补贴照顾吗？"林泽宇皱起了眉头，把眼光转向别处，他不想看到老人家伤心的样子。

"没有，也轮不上我们，家里也没人跑这事儿！"老人家摇摇头，一副无奈的神情。但看得出，遇到林泽宇，她心中充满了无限的期望。

"我明白了，我回头问问这个乡的领导，看看按政策可能给您家照顾，或者帮助，给您，这点钱您拿着吧，我身上就这些。"林泽宇把身上的四五百元钱掏出来递给老人家。

"不不不，这不能，您帮我家问问就行了，哪能要您的钱，绝对不能要的。"老人家性格很执拗，一直把钱往林泽宇手里塞。

"就别客气了，老人家，您一定要让孙子上学，千万不能耽误孩子的学业，那可是关系到孩子一辈子的大事，生活方面我帮您想想点子，然后再设法给您儿子瞧腿……"林泽宇说着自己心中的打算，仿佛都是为自己做的。

"孩他爸呀，我遇到贵人了……"她哭得话都说不出来，然后扑通跪在了林泽宇面前。

"快起来，这是干啥，又没帮您什么大忙，千万不能这样。"林泽宇顺手把老人家扶了起来，"天不早了，您回去吧，我往北面再走走。"林泽宇继续向北走了。

夏季，夕阳收去了余晖，小河的水流隐去了光泽……林泽宇自北向南从坝上原路返回。他远远地看到了坝上颤颤巍巍的两个相互依偎的身影。近前时，林泽宇才看到是刚刚那位老人家扶着一位拄着双拐的四十多岁的中年人。林泽宇脑海中迅速闪过一个念头，他就是老人家的儿子。两人还没完全等到林泽宇靠近，就突然双双跪地，一起给林泽宇磕头。母亲说："快给贵人磕头。"儿子说："谢谢您，大恩人。"

林泽宇快速上前拉起娘儿俩，嘴里说："请不要这样嘛！"差一点眼泪涌了出来。

母子坚持不要林泽宇的钱，请求他帮助找一下乡村或者其他有关单位，看看适当给他们一点照顾。林泽宇听后，扭头离开了母子，走进了已经张开的巨大夜幕。刚走不远回头说了一句："下周一我来问一下情况。"

坝子下农户家点亮了灯火，显得尤为宁静温馨。林泽宇心中却布满了酸楚，没想到在扶贫攻坚和乡村振兴的战鼓擂疾的状态下，依旧存在着诸多苦难，这乡村不同的灯火下聚集着不同的面孔，上演着七彩纷呈的故事，只是有的剧目主题依旧艰辛凄凉、色彩暗淡……

四

藏族有个最常见的礼节，就是敬献哈达，此项风俗已渗入生命和生活的每个领域中，所有的人性与美好完全通过这一习俗来诠释。林泽宇与战友来西藏的日子见证了藏族同胞的性情和虔诚。

有一次他和藏族干部扎巴西策去辖区看望生活困难户格桑旺姆一家。其全家人都感激地跪在了他们面前，眼里噙满了泪水。随后格桑旺姆从室内箱子里取出哈达，单腿跪地献给他和扎巴西策。那一刻，格桑旺姆认为他们就是从天上来的人间圣使，带来的不仅有柴米油盐这些生活用品，还有人间最好最真的幸福和希望。

"扎西德勒，扎西德勒……"全家人不停地回敬着质朴的祝福。

林泽宇心想自己作为一名汉族援藏工作人员，领会更多的是汉族的情谊和文化。此刻他觉得世界上各个民族之间，感情和真善永远是相通的。感恩是每个人心灵的解锁码。"起来吧，我们做得很不够。"他扶起了依旧跪在地上的格桑旺姆，并把身上的一千多元人民币都给了这一家生活不算富有的家庭。世间还有许多他们这些党员干部要做的事情。

"走吧！"他心事重重地与扎巴西策离开了。他想西藏还有多少这样的家庭呢？以后格桑旺姆一家有大凡小事，他知道了，都会来看看，或者照应一下，尽量帮助他们家解决实际问题，与辖区困难户一样，他把格桑旺姆一家当成亲人。格桑旺姆也把他当作了家人。每当有好吃好喝的食品饮料时，总设法送给林泽宇一份。他虽然多数拒绝，但内心的温暖和舒适让他这位来自江南、单身孤寂生活的人无法割舍这儿的烟火味。

高原上，天气变化异常，风雪雨晴，瞬息万变，宛若青春期的少女，情绪难以把控。一次，林泽宇与扎巴西策双双策马行驶在高原上，去一个叫沃伦阳措的地方调研牧民的草场和生活情况。天美得像上苍摆放的一块蓝玉，湖水清澈见底，稀疏的浮云似轻纱缥缈于耳边，远处动听悦耳的西藏音乐犹如天籁，七彩的大地被自然嵌入斑驳多姿的图案。难以计数的鸟群在各自的领地上摆开阵势，似在接受检阅前的操练，整齐对垒，严阵以待，时而成群飞起飞落，给对手展示族群的威严和力量，肥壮的牦牛并不蠢笨，三五成群地东奔西走，驱赶着敢于冒犯的异族……传说这里是世界的最后净土，神明即将在此召开自然与圣灵的博览会……他们骑马沿着悠长的湖岸走着、聊着、唱着，连身下的马儿也兴奋地跳起舞来。忽然扎巴西策身下的枣红马似乎被什么东西绊了一下，打了个趔趄，完全放松的扎巴西策倾身重重地摔了下来。

"呀！我们都太不小心了！"当林泽宇下马扶他时，他一点也不能动弹。脱下袜子，扎马西策左脚踝肿得像面包，左大腿也疼得厉害，仔细检查才发现扎巴西策除了脚踝和大腿严重挫伤外，腰部也严重受伤。这儿离牧民居住区和村镇还远，一时很难找到诊治的地方。临近黄昏，两人万般无奈。

"你走吧，然后再设法来接我。"扎巴西策说。

"说啥呢？无论如何我也不能够把你扔在这杳无人烟的地方。"林泽宇流露出汉族兄弟的个性。

"那可不行，我俩都拴在这里反而危险，起风了，高原上天气变化快。我伤得厉害，马对我不起作用了，你必须迅速骑马离开，再想法救我，我求你了，汉族兄弟。"扎巴西策激动地说。

"要死死一块，这是我们当年一起当兵的战友说过的话。再说了，这儿晚上凶禽猛兽出没，一个人是难以对付的。来，你不能动了，我就背你走，再累再远，我们在一起。你别把我当外人就行了！"林泽宇把话说绝了。

"谢谢好兄弟，这里路远人稀，你会累死的。"扎巴西策深情地看着眼前的这位兄弟，顺势搂住了弯腰背他的林泽宇，眼泪也随着流下来。林泽宇帮他擦去了泪水，又把两匹马连在一起，缰绳系在自己腰上，而后把扎巴西策背在身后。

两位兄弟伴着两匹骏马蹒跚在高原上，两人眼前消失了蓝天和湖水，白云和飞鸟……林泽宇衣服湿透了，又风干了，又湿了，再干……不知走了多长时间，终于看到了灯火。走进牧民区，说明情况，热情的牧民用推车把他们送到一家城市医院，扎巴西策终于得到精心救治，转危为安。一切稳妥后，两人在病榻上拥在一起，泪水化成了汩汩河流……

五

每每回忆过去，回忆军营，回忆起在西藏度过的日子，林泽宇内心总是激情万分，充满力量。那些地方不仅让自己得到了锤炼和磨砺，还让自己得到了成长。现在他要把经历中收获的所有才智毫无保留地用在服务百姓的工作中。他自己也没想到，因为一次不经意救了一位高三落水学生，他的名声不胫而走，收获榴园县城老百姓一个雅号"好人县长"。在榴园，只要传说×××是"包公"、×××是"青天"，×××是"清官"……有人立马就会给他找来很多事情。"好人县长"林泽宇也不例外，几乎每天办公室门口排着长长的队伍，大凡小事，家长里短……似乎所有的职能部门都集中到了"好人县长"林泽宇一人的头上。人们心想，只要设法让他知道事情的真相，问题肯定就会得到解决。于是一阵风地来堵他。林泽宇的会议和工作太多太忙，在办公室的时间极其有限，群众扑空是常有的事。等的时间长了，上访和办事群众就坐在了他的办公室门口，但却十分有序，保持安静，尽量不影响其他人员办公。林泽宇一回来，他们就站起来按秩序跟他反映问题。林泽宇逐一询问了解，按照职责权限批转，自己能解决的就会立即批办。如果群众遇到的问题棘手，一时难以解决，他会安排秘书小孙联系相关单位领导，利用专门时间开座谈会、研讨，或者进行实地调查论证；有时上门群众多了，他处理不掉，就会通知孙秘书一一登记，他找机会予以处置。好多次，信访办的工作人员来他这儿找人，要把那些老缠访户带走，告诉他们有些事不归林副县长管，到信访局或者信访办处理就行了……林泽宇总是问清事由，最大可能地把事情揽下来。如果自己确实无法过问，他就会向群众反复解释说明，并告诉相关人员要做好工作，不能粗暴蛮横，伤害百姓的感情……

这一天他从一个工作现场回到了办公室，门口又有很多人等待。其中一名相貌清秀的中年女子站在最前面，林副县长刚进屋，她跟着走了进去。谁知女子刚进门，来了几名信访人员和民警，一起上前去拉扯中年女子，他们大呼小叫地说道："多少年了，教育局都解决不掉的事情，你来找林副县长有什么用？""真是刁民，不让你去信访办，你居然跑到政府来了，回去……""回去，不然拘留你……"一名年轻的民警边说边用力猛拉中年妇女，一下把她拉倒在了地上……

"我说同志，哪能如此对待反映问题的群众，你们警察就这样与百姓打交道？还好，今天遇到我了，要是你们局长发现你对群众如此态度，一定会让你写检查？要么也会处分你？"林副县长虽然有点生气，但依旧面带微笑地对眼前的民警说。

"小李你先回所里去吧，我来处理这件事。"一位四十多岁的民警进来了。他回头又对林副县长笑着说："林副县长，您批评得对，他太年轻，刚入警的新同志。是信访局报警，我才让他来的。不过太气人，她天天上访，纠缠不休。"

"他是新同志，你们当领导的不会是才工作吧，你们要担起领导责任，一定要教育好手下同志，不能这样对待无辜的老百姓，百姓都是我们的衣食父母。这样，你们都回去吧，事情留给我，我抽时间跟你们局长碰下头，我建议县里公安队伍需要整顿一下作风。"林泽宇说话的声音不大，但微笑散去了，露出一脸的严肃，让现场其他人都不敢抬头。

"是是是，我们走。都走吧！"他怯生生地跟几名民警招呼，一溜烟出了县政府大楼……

六

一个人一生中最美好的事情是拥有美丽的青春，而林泽宇的青春时光是在军营里度过的。他十八岁入伍，一去就是二十六个春秋。青春的懵懂和激情汇成了一个包裹，催发着他在军营里迸发力量。战友一批批来了走了，像营房周围田野里的庄稼，发芽、抽穗、成熟，收割；一茬一茬，唯有他像一棵树，扎根部队，坚忍不拔，毅然守望。

部队生活热烈而单调，但对林泽宇这样的男儿来说却是一个偌大的课堂，不仅学会军人所需的一切，而且还在连队图书馆阅读了大量书籍。如游泳健儿畅游知识的海洋，一朵朵浪花在灵魂深处绽放……

那是一次师部大比武。

在一大片空旷宽阔的训练场上，各级部队领导及评委井然有序地坐在观摩席上。各参赛队伍整齐集合于预定入场位置，此起彼伏地进行着赛前军歌演唱，大地震动，天空发抖，这世界仿佛就是军人的舞台。各项原定的议程有序地进行着，比赛场面奔腾激烈，让人心潮澎湃。主席台上首长们情不自禁地时时挥动着双手，把鼓励与赞赏送给这些军中的骄子健儿们。首长们渐渐发现，每项比赛，总有一名个头不高、相貌俊朗、外形干练的二十岁左右的小伙子参与其中。他动作协调，速度飞快，爆发力惊人。他静如处子、动如脱兔，一飞似箭。有多项比赛开始时他都看似成绩平平，位居后列。但最后他都进入前三名，并在几个项目中冲关问鼎，夺得冠军。大家似乎在现场都看到一个动作，就是这位选手每结束一项比赛下场时，所在部队领导总是第一个上前拥抱他："好样的，太给力了，有劲！"或者说："又搞个第一，给团里争光了！"要么就是调侃："小伙子，太牛了吧，你悠着点，可不能在越野、障碍、游泳、射击赛中都拿第一，你还要不要人家陪你玩"……

比赛程序终于完毕了，记者和部队的宣传干事们如潮水般涌向林泽宇。呐喊、呼叫、询问声此起彼伏；照相、摄像，闪光灯的闪耀让他应接不暇……他索性挥挥手，悄无声息地提着衣服跑进了更衣棚。

比武颁奖典礼在《运动员进行曲》中拉开序幕。师部最高首长连连数次把奖杯和奖品颁给了这位个头不高、皮肤写满太阳色彩却英气逼人的军中男儿。每次面对首长的表扬与赞赏，他只是简单笑一下以示回应，然后站直立正再还一个工整庄严的军礼。那一刻，首长微微点头，满意的笑容久久写在脸上……

因为林泽宇与团部代表队的努力拼搏，让团里获得团体冠军的荣誉，之后林泽宇等所有参赛者、林泽宇所在连队与负责组织训练的后勤人员都受到团部嘉奖，当然他们全团也获得上级的表彰。林泽宇成了部队的英雄……很长一段时间里，他的名声犹如天空盘旋的鸟儿，频频在全军飞翔……

七

林泽宇只是想让执勤民警改变工作作风，更好地为群众服务，并没想对民警做什么。可这件事却在公安机关内部引起了不大不小的震动。县公安局纪检部门对新城派出所出警一事进行调查后，对当事民警予以警告处理。处分通告中说："……当事民警宗旨意识淡化，漠视群众利益，违背'人民的利益高于一切'的服务理念，对待群众态度蛮横，行为粗野，随意指责，造成了严重的后果和不良影响。为严肃风纪，带好队伍，经县公安局党委研究决定，对现场执法民警和负有领导责任的负责人同志分别予以记过和警告处分……"当林泽宇看到这份通告时，长舒了一口气。他知道也只有这样，一个单位的负责人才能真正带好队伍、管好部属，使单位形成踏实敬业、全心全意为人民服务的良好风气。如果一名负有执法权力的同志，任意作为，滥用职权，对群众粗暴猖狂，颐指气使，必定伤害百姓感情。久而久之，群众会对民警和执法机关不满，心生怨气，长此以往，会影响党在群众中的威信。这绝不是危言耸听，小题大做，这是党员干部在现实工作中真切并亟待重视的问题。

实际上，林泽宇在办公室里委婉批评民警是有背景和原因的。他来到榴园县，才知道这里的公安政治生态糟糕到了极点。新来的局长不算，上一任局长落马后，把二级机构的中坚力量几乎一锅端了出来，总共涉案的民警约有一百多人。因受新冠肺炎疫情影响，纪检部门都在观望。恰在这时又迎来政法教育整顿，全县民警队伍状态不佳。林泽宇的这一点拨无疑给公安教育整顿助一臂之力。通告一发布，队伍的面貌反倒振作起来。以前哪个领导敢对担当维稳和执法使命的刀把子动真格的，而林泽宇开了先河。

从后话中可以得知，林泽宇对民警执勤不满后的一个时期内，当然直到现在，榴园县的巡逻防控、社会面控制逐渐增强，打架斗殴等各种案件的发案率较大幅度下降，群众安全感增强，满意度提升。有了正气的助推和引领，阳光和正义瞬间能凝聚成巨大的能量，形成对邪恶的夹击与合围。

有一点可以肯定，林泽宇没有想抢占风头的事先打算，更没有沽名钓誉的先期安排，讲白了，就是一名血气男人的天性流露，更是一名党员干部面对邪恶时的挺身而出，临时发飙。在任何场合，他依然会紧急站立，死死护卫弱者。举一个不恰当的例子，有一次在部队，初夏的一天下午，正是人们下班和学生放学期间，部队所在的城市热闹非凡，人车喧腾。本身平静祥和的城市让久居其中的人们尽享繁华，心中增添几分故园眷恋情结。但谁也没想到，七彩的都市生活却有人上演着罪恶。在某中学门口，有两名流里流气的青年街痞问放学过路的三名女青年要钱，遭到拒绝后，歹徒大施淫威。但三位女生誓死反抗，拒不听任凌辱。从语言冲突到双方撕打，歹徒认为三位小女生是他们从未遇到的既软弱又强硬的对手，心里更是气急败坏，随后纷纷掏出了匕首，朝着一名女生的脸部、腰部捅去，致其全身上下多处受伤。恰巧从团部开会徒步返回营地的林泽宇经过此处。

"住手！"一声断喝，歹徒怔了一下。但铤而走险并红了眼的歹徒，此刻已经听不进任何劝阻的声音了。

林泽宇一个箭步冲到一个歹徒跟前，准备将歹徒制服，另一个见势不妙，立马逃离，但被林泽宇拦住的歹徒见同伙逃遁，立刻凶狠地将刀锋转向林泽宇，疯狂地朝林泽宇身上乱刺。林泽宇一边躲闪，一边伺机将其制服。但身上已经多处出现刀痕，一道道血迹显现。被歹徒凌辱和捅伤的小姑娘在一旁吓得惊慌失措，无所适从，一片惊叫。围观群众越来越多，堵塞了校门前的马路，只可惜无人挺身上前相助。林泽宇是一名军人，这时他最不缺少的就是无惧。就在他依然坚持把歹徒制服的时刻，那位原先逃跑的歹徒看到同伙一直未回，知道就林泽宇一人，又壮胆回到现场，仿佛猎场再添恶狼。他用手中的匕首猛刺林泽宇。刚刚被制服收敛的歹徒看到同伙援手，又开始挣扎凶狠起来。林泽宇一边应对着手中的歹徒，一边用歹徒作挡牌，抵挡着另一个歹徒凶狠捅来的匕首。林泽宇已年过不惑，再加上脸上、颈下和头部数处受伤，身体渐渐不支。热血染红了他的军服，刺目而鲜艳。时间正在一分一秒中流逝，血液也快速从林泽宇身体里流失，他慢慢感到头晕目眩。面前猖獗凶狠的歹徒看着黑压压的人流，并慑于群众的呵斥和喊打，最终变成了过街老鼠。歹徒因林泽宇体力不支而挣脱逃遁。林泽宇用力向歹徒逃跑的方向追去。爱默生却说，英雄并不比一般人更勇敢，差别仅在于他的勇气维持了五分钟而已。是的，前后时间很短，好像罪恶上演了一个世纪，林泽宇终于倒在了地上……

远处开始有警笛呼叫，林泽宇心中清楚，战友和警察就要到了，歹徒不可能逃出法网的……

只不过英雄付出的代价太大了。赶来的巡逻执勤民警迅速将林泽宇和受伤女学生送到了医院抢救，同时组织警力对歹徒展开了强有力的追捕。

多天后，歹徒落网。而林泽宇经抢救后脱险，全身受伤处缝合多达30多针。可林泽宇恢复后，始终微笑着面对一切探视者。他觉得作为军人，就应该在关键时刻挺身而出。

值得一提的是，我们生活的脚下是一片英雄辈出的土地，我们的民族是一个英雄辈出的民族，我们的祖国是一个崇尚英雄的国度。人民不会忘记这位为人民利益舍生忘死的人，林泽宇被荣记一等功。

虽然这件事与警察粗暴执法不可同日而语，但不管对方是谁，只要伤及弱势无辜者，伤害同胞百姓，他就要出手还击，哪怕自己遍体鳞伤……

八

师部比武之后，经过考试，林泽宇被选送到一所军校学习。两年后回到了团部任副连职干部。他在这里遇到了生命中的第一次爱情。这是一位团部话务班的话务员，一位山东籍姑娘。她个头中等，不仅相貌姣好，而且极显玲珑得体，真是国色天香、倾国倾城。林泽宇第一次见到她，大脑瞬间短路。那丰满性感的身躯和乌黑明亮的眼睛给了他触电般地冲击。他所在的连队不远处驻有一个女话务班，话务员们每天都经过他的门前去打水。那天，一名大眼睛的女兵提着水瓶独自从他和战友身边走过，身材简直妙不可言。他顿时忘了脚下的步子，以至于战友喊多声他都没答应，他死死盯着她的背影和手中的红色水瓶。她的穿着十分简单，就是军绿色的褂子和笔直的军裤，但穿在身上十分得体。一双黄军鞋被裤脚笼罩一半，给人步履踏实的感觉。她没有模特修长的身材，但拥有模特十足的气质与风情，举止间彰显青春阳光的芳华。因照面时间极短，除了又大又黑的眼睛，她的整个面孔被漂亮的眼睛遮掩了，林泽宇心里忽然产生无尽的遗憾，心想当时能找一个合理、哪怕勉强的借口搭讪，也能看清她的整个容颜，但生活常常是不留机会的，纵然只是那短短的一瞬，现在他才真正理解席慕蓉的《回眸》中的瞬间，为何写得那样真切、深刻、动情、夺魄，又略带遗憾和苦涩。这种年龄，或许他还不懂爱情，但此刻他感到了爱慕和依恋。如果这个人是自己的战友，该有多好啊！

他将时刻生活在分享与陶醉中。他整整琢磨了三天，偷偷上街买了两个与话务班一模一样的水瓶。瞅准机会，他再次看到那位美女时，忙上前打招呼："你好！同志，正好我去水房拿东西，你把我刚打好的开水拿去吧，我顺便再去打两瓶。"说着，抢过她的水瓶，转身一溜烟跑了。女子觉得有点突然，但望着他年轻干练的身影，内心感到这位穿四口袋军装的小伙子很真诚。第二天，她准备打水时，水瓶已经满满地放在那里。可作为连职干部，他不可能天天到水房拿东西，下一步该怎么办呢？他忽然产生一种失落，他不能就此罢休，他要去寻找、去追求。他看清了每天必去的方向是营部水房，打水的时间是五点半左右。他想只要按此规律等候，肯定会与之相遇。哪怕推掉通讯员的差事，下一步他要每天亲自打水。

后来的一段日子里，他心里空落落的。平素美丽的营区已经隐去，满脑子都是那名女兵的影子，离开她，他觉得一切乏味。

又一天，训练早早结束了，他安排妥当后就回到了宿舍。大概昨日的那个时间，他拎着水瓶向水房走去。

"连长，你的水我已经打好了，放在桌子下面了，这是不用的空瓶，你在洗浴室洗澡，两瓶水不够喝吗？"通讯员彭涛一把夺去水瓶。

"没事，我还打两瓶备用，今晚可能有战友过来。"他的表情有些不自然。

"那你也不能去打水呀，这是我的任务。"通讯员夺过他的水瓶。

"你不是已经完成任务了吗？"他的举止让人感到反常。

"再说了，谁规定领导就不能打水，我帮你分担，你不是更轻松一点吗？"他有点气彭涛的固执。

"肯定是我的工作没做好，你可以多批评，不能这样罚我。"彭涛自责伤心地哭着说。

"你看你这人，谁说你干得不好，我哪惩罚你了，你怎么这么大的反应，我不就是去打个水吗？"林泽宇也气了。

"那你怎么突然去打水，这是我的任务嘛？"彭涛说着，再次哭了起来。

"我不是那个意思，跟你也说不清楚，反正我去茶房了，回来我再收拾你。"说着，一扭头，奔向茶房去了。彭涛狐疑地站在那儿像棵树。林泽宇翌日在头一天的那个时间去了水房，一路上并没有发现昨天那位女兵。其他女兵的走路姿势和言语状态均让他厌烦。茶水房里没有见到她，他把水瓶放在门口，转身回头，期望在路上能遇到昨天那位美丽的女兵。让他惊奇的是，见到两位女兵向水房走去，其中就有那位山东女兵，因相遇过于突然，本身就很陌生，打招呼已经来不及。但林泽宇的反应是带电的。看到两位女兵手中的水壶超出了该有的量，一人一手至少两个。

"来，你们两个小美女，怎么拿了这么多，负重压肩哦，来我帮你们拿。"他快速地从她们手中夺下水瓶。

"行行行，我们拿得下。"还没等两位女兵反应过来，两个水瓶已经飞到了林泽宇的手中。

"你是一连的干部，怎么能让你亲自拿？"一位女兵说道。

"什么干部不干部，都是为战友办事。"林泽宇抬头看看长得平庸的女子，而她旁边的女兵，那个山东姑娘却腼腆地笑着。椭圆形的军帽盖着一张通红的苹果脸。一双大眼睛乌黑深邃，明亮而清澈，像一汪泉水，圆滑而乖巧的鼻子像模具打造而成，规则而有形。下面点缀着一张樱桃小嘴，笑的一刹那，他看到那里面藏着两排洁白的玉石牙齿，笑的时候又像在躲闪他的目光，神态夺人魂魄。再加上夕阳下，闪亮的帽徽和两面旗帜式领章的映衬，就似一尊军中女神。"走吧，开水快被人打光了。"枯荷女战友似乎看出了端倪，忙用手抵了一下身边的战友，催促她赶快打水。想多待一会儿的林泽宇，瞬间恨起那女兵，心里想那张黑色素过重的脸怎么会跟这位女兵分在一个班里。

　　天天如此，始终不懈，林泽宇不顾通讯员的哀求，自己成了她的打水员。林泽宇本来期望靠着憨厚与真诚，依赖炽热滚烫的白开水，再加上自己不俗的外表能打动她的芳心。后来他才知道这位美女竟是部队副司令的千金。女战士一身军装，外表不俗，再加上呢哝软语的专业训练，每句话都娇滴得如蜜罐内的蜜汁。"真不好意思，哪能天天让你辛苦，我自己能行。"每听到这女子讲话，他身子都要酥了，马上可能倒下。可女子只简单对他送去一个面具似的笑脸，说声"谢谢"，转身就会离开。

　　"不不不，我们还没真正认识呢？我想和你做最亲密的战友。"他连忙挽留，生怕眼前的仙女稍不留神就飞走了。但她却毫无反应，把他的话当作耳边风。话已出口，又觉得唐突，毕竟这是部队，谈情说爱是有禁忌的……再者他毕竟是一名军官，不该说出带有乞求语气的话来，心中升出一种悔意与自卑。后来，他静下来把自己与她一比，顿时如泄了气的皮球，软了下来，决心放弃追逐。

军营的日子火热而飞速。半年后团部举办战士文化进修辅导班，博闻强识的林泽宇被任命为教员。恰巧那位山东籍姑娘也在班里，不过是他的进修班学员。"儿女情长，英雄气短。"林泽宇想：虽然我的家庭条件不能与你相提并论，但我的个人素养与能力却非普通军人能比。于是他利用自己的知识与谈吐，在课堂上纵横驰骋、谈古论今，把学员的思想骏马引到广阔无垠的神奇世界和天空中，然后再回到现实璀璨的绿色军营里，随后响起海潮般的掌声……

课后，他与战士学员们谈军营聊人生，从"木兰从军"到"投笔从戎"；从"先天下之忧而忧"到"匈奴未灭何以家为"；从"位卑未敢忘忧国"到"天下兴亡匹夫有责"；然后再到七彩斑斓的人生和幸福美好的爱情……而最喜欢提问和求知的正是山东姑娘夏霜。

林泽宇内心充满无尽的快乐与喜悦。他知道"条条大路通罗马"，总能选择一条追逐爱情的路；山不转水转，只要有缘，相爱的人总会融入一条幸福的河流……果真如此，有一天，他终于收获了心仪已久的丘比特之箭……

九

林泽宇的到来，让平素沉寂如水的政府大院活泛起来。林泽宇忙碌的身影穿梭于全县机关、厂矿、学校之间，他的热心和"好人县长"的名气越来越大，找他的百姓也越来越多，有时真的不得不出动辖区民警来政府维持秩序。常规处理已经不能满足群众的需求，县里不得不加大信访接待的力量。因为有些上访者直接要找林副县长，所以只要他在办公室，即使不接访，也到政府门前的信访室或者信访局接待室配合接访。常常一天下来，他软弱无力。但这还不是事儿，他事无巨细地过问，引起了其他一些县领导的不满，认为他在迎合老百姓，捞取政治资本，寻找升迁机会……"好人县长"与一些不和谐的音符并行飞舞在大院里。但林泽宇不管这些，他只是一门心思地做事，特别是有关老百姓利益方面的事。

他在办公室里翻阅着材料，看看有哪些遗漏和疏忽，他觉得只要是百姓的事情，疏漏一件哪怕是微小的都是一种犯罪。他这样想着，忽然办公室的门开了，一位老妪颤巍巍地走了进来。"林副县长，我来了，这是我给您送的鸭蛋。腌着吃最好。"说着，她把一篮鸭蛋放在了长条沙发上，转脸就去给林泽宇磕头，林泽宇赶忙扶起她。"您怎么来了，这么远？老人家。"林泽宇细看才知道是上次农村坝上遇到的放鸭老人，便吃惊地问。

"您看，我是专门来给您磕头感谢的，您是我们的救命恩人。"老人家边说边抹眼泪。

"什么情况，陈书记没跟您联系吗？我同他打过招呼了。他没帮你们吗？"林泽宇有点疑惑。

"帮了帮了，什么都弄好了，我才来给您说一下，不然我心不安呐！"老人家眼泪已经流出眼角。

"别难过了，有事尽管跟我说，我们这些当干部的都会尽力帮你们。我们就是干这个的。"林泽宇平静地说。

"我不是难过，我是高兴，心里直想喊出来，您真是位大好人。"老人家的眼泪隔着话语一同涌出，她的话是真的。

林泽宇心想百姓的感情是质朴纯真的，只要得点好处，就想着感谢。我们当干部的没有理由不为百姓着想。

一个多月前，他遇到坝上老人的第二天，因为书记提拔成副县长了，他专门去了趟乡长办公室，直接把老人家的事跟陈乡长说了。然后他语气缓慢而沉重地又说："这位老人已经给我磕几个头了。如果有一天她的儿子伤残定级了，拿到了补贴，孙子背起了书包，有钱上学了，规定享受的低保拿到了，一家人不再流泪心酸，那我再给你磕个头。"说完，离开了陈乡长的办公室……

谁知陈乡长居然办好了。林泽宇心里清楚，他们这些党的干部得到报答和感谢并不是目的，为的只是帮百姓多做点实事，解决难事，这样他们心里就会踏实。现在望着老人家，林泽宇心里舒坦极了……

十

林芝的植被浩瀚似海，这里拥有世界最大的天然森林，可最让人流连的还是冬日的雪峰，所有的林木变成了圣诞老人，咏唱的经幡，招引着世间的客人朋友和自然界一些相关的生灵，那高大的雪山，宛如天地间巨大的宝塔，供给上苍与大地的一切神明与精灵逗留和停歇。人的生命是本色真实的。林泽

宇来到西藏担当援藏使命后，一刻不敢懈怠肩上的责任，那是
组织赋予的使命。但凡世间的生命都是相通的。林泽宇来到西
藏已经快一年了，任务主要是辅助那些藏族同胞发展经济、改
善生活，解决现实困难，让他们过上美好生活，更轻松幸福。
小康路上一个都不能掉队，这是一位领袖的郑重诺言，所有人
都朝着这个方向努力。

　　一大早，太阳勤快地爬上了山峦，美丽瓦蓝的天空像巨大
的屏风，突然改变了姿态。空气清新得沁人心脾，地面洁净得
不忍移动脚步，整个世界很安详，似乎能听到落下一粒尘埃的
声音。今天格桑旺姆与他一起去一个海拔5000多米的县区慰
问，所有的慰问品已准备就绪，到时候再根据居民的实际困难
来决定捐助些资金。这一点是必须的，他来到高原后几乎把每
月的工资都捐给了牧民。远在内地的爱人工资已足以养家，孩
子已长大了，不要他再投入多少经济的支持，主要在于爱人工
作之余多付出精力支持和关心就行。他偶尔就是在电话中安慰
或训教一番。儿子很懂事，他知道爸爸是高尚之人，正在远方
的屋脊上做着亘古未有的事业。他通过地理知识明白那儿是世
界最雄伟神奇的高原，有蓝天白云，有青稞哈达……人的心灵
也纯净得一尘不染。可由于地形和自然条件的原因，那里的作
物生长受到限制，人们主要以放牧为生，生活状态还未完全富
有，那儿的兄弟同胞还需要援助，即使再远，那儿也是中华版
图的一部分，他们也是汉族的同胞和家人，远古的时候汉藏两
族人民就往来通婚，一起居住生息。现在只要是中华儿女，就
都要追求幸福，达到共同富裕，父亲就是承载这个使命前往西

藏的。父亲不仅是一位令他敬仰的严师慈父，也是一位高尚伟岸的共产党员，更是一位清正廉明的国家干部。这些理念除了老师启迪提醒外，父亲的言行也给他留下了重要的印象。儿子的乖巧，减少了林泽宇心中的包袱，让他把全部的精力投入援藏工作中，所以只要去牧区看望牧民，他心头就会鼓起劲头，每一根神经都绷了起来。

喇叭响了。格桑旺姆和驾驶员小崔在他的帐篷前的车上等他。

车子沿着一条不大的河流出发。这是雅鲁藏布江的支流，仿佛是哪位行驶者早已画就的路线，在西藏的版图上河流与山脉就是永恒的自然图标。顺着河流、奔着山峰，一定能抵达心中的目标。车子行驶在盘山路上，下面的雅鲁藏布江支流，涌起一片片浪花，可以看出即使春暖花开、风平浪静，也会出现此景象。传说，雅鲁藏布江是条神奇的河流，充满了灵性和灵气，蕴藏着这方水土无数的故事和秘密，不言而喻，万物均灵动而玄妙。

车轮的奔驰与江水的飞流并驾齐驱，窗外的美景与巍峨的山峦直把困顿和松弛输入人的心房，时间久了，身心就很自然疲倦，格桑旺姆和林泽宇都打起盹来，唯有小崔手扶圆盘，一刻不敢掉以轻心，眼睛直勾勾地盯着前方和周围……他相信越是仙境的地方，最容易出现灵怪……

或许是江水浪花的诱惑，或许是江神与灵怪的挑逗，热醒了天公雷神，它们也想参与热闹一番。就在林泽宇一行迷瞪打顿的时候，突然有雷声轰鸣和炸响，随之大雨飞漂而下……忽然间，呈倾盆之势，排山倒海，所有的车辆都无法行驶，一动不动，外面是一片混沌茫然的世界，他们的车子停在了山路上一座巨大的峰垛下面。雨越下越大，山顶不时有石头和草木土块滑落，砸在车上发出咚咚的震颤声。那是暴雨和狂风侵袭后形成的物体自然脱落，时间久了，可能形成泥石流和山体滑坡，这要视环境和地质情况而定。这一点在部队多次参加过抢险的林泽宇十分清楚，他们必须尽快离开此处，哪怕推也要把车子推到安全地带。

"小崔快扶好方向盘，我们不能在此久留，赶快把车子推上山！"林泽宇示意小崔。

"我把车子发动起来慢慢开出去。"小崔用手示意他们。

"不行，暴雨太猛，几乎没有能见度，一旦发动可能发生坠江危险，再者发动行驶稳定性就会减弱，被暴风裹住极可能翻车，只有带着制动慢慢移动。"林泽宇果断决定。

"有道理！"平时经常骑马的格桑旺姆赞同林泽宇的建议。

雨衣雨伞在此刻不起任何作用，林泽宇和格桑旺姆只能在不戴任何雨具的状态下走出吉普。

"即使这种吉普，在强大的狂风骤雨中也只是没有着落的风筝。"林泽宇同时告诫小崔，"即使有一丝危险，都要有足够的控制能力，但绝对不能发动车辆，防止车辆发生故障，同时保护人车安全，当下是危机路段。"

格桑旺姆与小崔都点头同意，车子慢慢向前移动着。林泽宇和格桑旺姆刚出车辆，就变成水人，狂风撕扯着他们的衣服，因被雨水湿透，衣服紧紧裹在身上。他们用力推车，倾盆大雨遮住一切视线，双方都闭上了眼睛。小崔只能用雨刮器扫荡的空隙掌握大致方向。小崔根据判断，他们已经离开高耸如悬的山垛。可这时车子忽然停顿了下来，是被修建公路时打桩挖掘留下的小小坑洼挡住了。

"来，再用把力就好了。"格桑旺姆招呼林泽宇。

"好，再使把劲！"林泽宇回应着："哎哟嘿、哎哟嘿……"林泽宇用尽了全身力气。这时，一阵狂风吹来，格桑旺姆脚下一个踉跄，冲着路牙摔了下去。

林泽宇扶着车轮准备向前拉住格桑旺姆，但格桑旺姆却像一只飞燕飘落在风雨交加的上空，慢慢地向下坠去，一张惊呆的面孔很快被暴雨淋湿模糊，泪水融进了汹涌的暴雨，小崔也惊叫着从车中猛冲了出来……

十一

又一年的春天来到了，百花盛开，草木吐绿，万物复苏，大地孕育着勃勃生机。三月不愧是自然界中最具感染力的季节，真如夏日的黎明，像晓色一样艳丽，若童年一般欢快，如初生婴儿那样新奇。它把多种感人的光泽，从天上、从云端、从花海、从树林、从原野、从大地，从万物千像中映入人的心灵。

林泽宇调到榴乡已经半年了，主要分管文体教育、环保和旅游等方面的工作。虽然他很努力，但工作却迟迟难以理出头绪。整日没完没了的接待，难以解脱的会议，还有频频出席的各种典礼与仪式……他觉得枯燥而乏味，本身援藏时落下的心脏病好像加重了，他觉得胸闷和气短，有时喘不过气来。他越来越厌倦这样浮躁的生活，只有回到办公室，一见到门口要求办事、如饥似渴般的群众，就会立马来劲。然后一个个地询问，一件件地安排，即使他解决不了，他也不厌其烦地安慰和解释，或者提供解决问题的途径。

眼前的老师遇到的问题就很棘手，她已经找他多次了，成了他的座上客，也成了他的老熟人。她年龄不大，但也已经是一名经验丰富的老教师。她十八岁进入当地一所学校任教，如今不知不觉从身边流走了二十多个春秋。从教以来，据不完全统计，她与她的同行们向县城一中、二中、三中输送了大批优秀学子，然后这些学子再经过几所高中的教育培养，考上北大、清华和科大等诸多名校及其他各类院校的学生比比皆是。在温暖的岁月阳光下，那一棵棵树苗都蹿成一棵棵林木，他们都以自己的专长和能力，挺立奉献在世界的各个角落和祖国的四面八方……所有这些都早已成为她内心最柔软的珍藏……岁月不饶人，早晨梳头时竟看到了几根白发。但是她想她的精神是阳光的，主要是一茬又一茬的孩子把自己闹腾得有些疲惫。单眼前这件事还不足以改变她什么。

看样子她是有备而来，非常熟练地从一个文件袋里拿出了一沓厚厚的材料，双手递给了林泽宇副县长："好领导，您先看看这些材料，里面的情况都比较清楚，请您看看我够不够转正的条件。"她说着，很腼腆地笑了。

不是绽放的年龄，林泽宇看她笑得就像花儿一样，虽然有一点羞涩，但显得很质朴诚实。这让他突然想起藏族姑娘可可朵瓦。一个会唱歌跳舞并被孩子们称为"朵瓦姐"的美丽姑娘。她在高原上带过很多孩子，其中，除藏族外也有汉族等多个民族的学生。当地人好，她的心肠纯净得像一望无际的草原，她的眼睛像蔚蓝清澈的青海湖。然而就是在她转正试用期满的前夕，为了救一名在郊游写生活动中突遇雪崩的孩子，生命的花儿静静凋落在那片她十分热爱的土地上。此前，他多次接触这个善良天真、清纯美丽的女孩，之后他接待过她的父母和哥哥。他深知朵瓦那么热爱生活、热爱生命，热爱生养她的土地，热爱教育事业。世俗流程没能让她等到当一名正式教师的幸福时刻。一段时间他非常失落茫然，作为党和人民的普通干部，就要尽早尽力地解决现实中的一些问题……

"噢，好的，材料给我一份，我先看看，然后看看情况再考虑办法。不过，您放心，我们会尽力的。"林泽宇诚恳地看着她。

"谢谢您，领导，没有事的，多少年过来了，我都习惯了，也不在乎一时半会儿，反正那边书我还教着，一切都不影响。"她说着又笑了，很灿烂。

"那好，你能理解就对了，好好工作，把孩子带好是根本，剩下的事我们有责任考虑。"林泽宇鼓励她。

"谢谢，谢谢，那我走了，林副县长。"她这时突然有点激动，眼泪似乎快要渗出眼眶。但她开门离去了，林泽宇看她出门，自己却愣愣地站着，他似乎若有所思……

十二

格桑旺姆走后，林泽宇一直沉浸在痛苦中，每天都用工作麻木自己的神经，一有闲暇，格桑旺姆的音容就挤进脑海。世间的同路人太过于脆弱，走着走着就倒下了。如果每个人都能完成心想的事业再远离该有多好。可现实常常是不给时间的，更不会让你合理安排好一切。格桑旺姆走后的第二年，这里从内地另一个城市又来一位援藏干部，和他分在同一个单位。天地之大，却常有巧合。这位干部是林泽宇原来的部队战友马永春。真乃四海之内，巧事连绵，"巧娘子，打巧子，巧对巧。"

马永春与林泽宇当年同在团部一个营区，任一个连的指导员。据他了解，他也十分爱慕话务员夏霜。马永春当时为了表达爱情，不仅拼命为夏霜打水，还经常给夏霜买一些围巾、纱巾和化妆品之类的物品，虽然马永春想以此收买和打动夏霜的芳心，但这些先后都被夏霜拒绝。实际上马永春的家庭条件也十分优越，他的这点投资也算不了什么……现在他们俩都与夏霜无缘，毕竟当时他们也算作情场对手吧。可林泽宇做人一向磊落，正因为这一点，夏霜当时选择了林泽宇，两人故事没能续写那是后话。情场对手归对手，但两人毕竟是兄弟战友，而现在又成了一起共事的同事，而且都千里迢迢奔赴这人迹稀少和条件艰苦的异地远乡。

两人谈了分手后的生活和工作，也谈了各自的感情历程，都为人生苦短、有情人难成眷属而长吁短叹。

马永春似乎陷入沉思。他说他没能得到夏霜，但她的话务班战友，也是部队闺密吴雅静对他起了心思，而且通过夏霜反复做他工作。那段日子，是他最迷惑矛盾的时光。他不爱吴雅静，可她父亲毕竟是他们团部首长，如果拒绝，担心日后受影响……最后他终于放弃了夏霜，不得不转向吴雅静，成了爱情的逃离者……"后来我这个傻子，隐约听说，夏霜实际上喜欢的人就是我面前的你。你看我多可笑，可你不能笑话我，无论如何，分手后，我可是一直为你们祝福的。怎么样，你们过得还好吧？"马永春说得酸溜溜的。

"你说啥呢，你这么优秀的人都没得到她，我只能望美人兴叹喽！"林泽宇听到马永春的话，增加了心中的沮丧。他轻轻叹了口气："也怨我不自量力，后来我家庭困难，父母来部队几趟，非动员我转业回老家，一个穷乡僻壤的地方，我为了照顾家庭，不得不从命。人身在世，身不由己啊！"

"兄弟，别难过，每个人在生活路途上都会有自己的绊脚石，就看你怎么清理？"林泽宇看着眼前的这位战友，心中顿生一丝怜悯。他没想到当年这位英俊自负、不可一世的年轻军官也有自己的苦衷。

"我们都要好好地保重自己，部队把我们培养出来不容易，我们要好好地为党工作，更多地为人民服务才对。"林泽宇诚恳地看着他。

"一切都过去了，我现在成了撞钟和尚，干一天是一天喽！"他像一只泄气的皮球。

"你这么年轻，怎么会有这种思想？"林泽宇问他。

"一言难尽呐，"他慢慢地抬起头，眼睛转向窗外的一片乌云，接着说，"不过还好，吴雅静的爸爸虽然在专业方面安排得不好，但毕竟他是通过他的首长把我们安排在政府部门工作。我来之前也就是个科级，这次来过渡一下，回去能搞上副处了。不过这里环境太恶劣了，为了点级别，我得忍气吞声呀！什么事？可没办法，地方动一下难上天！"他双手摊开，甩了下来。

林泽宇愣愣地看着他，突然觉得他有些陌生，嘴里再没有话说。他知道内地的习性被他带到了高原，他已经不是当年热血澎湃、一心报国的真汉子了。

"明白了，我们整点东西吃吧，从早上到现在我的肚子一直在打架，下午我们还要到牧区调研。那么远的地方，空肚子可没劲走的！"

"好的，我来备菜，你来掌勺，我们再来一次部队时的友情配合吧！"说着，他端起了凳子上的一篮野菜。

锅铲叮当地合奏着，伴着些微迷离的油烟，林泽宇的思绪跑到了很远的家乡单位。在那里，很多人也在为职级忙活，甚至不择手段。这次上级安排人来西藏，是中央给的精神，对少数民族地区实行政策倾斜，对少数民族干部也要大力支持和扶持，达到全国大局的统一发展和稳定。这是一项长远国策和战略，各地都要行动起来。但对积极参与援藏工作的干部，从条件上予以支持，从政治待遇上给予优先。因为有些少数民族地区环境恶劣，条件艰苦，要付出很大的牺牲。特别是西藏，从语言交流、生活习惯、交通设备和工作条件上都存在不便，所以要提升援藏干部个人待遇。纵然如此，很多干部也不愿拿健康和跟家庭幸福做赌注。分工时恰巧他们单位摊上的援助点正是西藏。思前想后，挑来选去，没有合适人选。这种情况下，他们找到了林泽宇。他这时已经是某厅直机关一名副处级科室负责人，按照老家人的说法，吃喝不用发愁。不过靠着自己的实干和为人，他搞到这个位置和级别也是实至名归。但他并没有计较这些，作为一名部队转业干部，他心中装着的是百姓和党的事业，没有每一名党员的努力工作，国家的兴盛与发展永远是空谈。他没有与家人打招呼就同意了。"我这个年龄和条件，提拔不指望了，其他的我也不多想，只想完成上级安排的援藏任务，更多地为当地藏族兄弟做些事情，我回去准备，领导放心就是。"

他来到这儿后，一心想着多做些事情。别说他们这些经过部队机关历练的干部想着工作，就是土生土长的格桑旺姆这样的本土干部还那么为家乡的发展尽心尽力。真是感天动地，让人温暖。格桑旺姆的牺牲让他很悲伤，如果这儿的事都解决了，全干完了，他们就不再劳顿，不再奔波，这样会减少付出和牺牲，格桑旺姆活着多好啊……

"喂，菜煳了，有烧焦的味道，你怎么整起烧烤了！"外间传来的声音打断了林泽宇的思绪。他看着眼前的一锅黑，顿时大惊失色，"我的妈哟！"然后又哈哈大笑起来……

十三

虽然林泽宇没完全进入角色，实际上他已成为自己策划剧目中的一名主演了。作为挂职副县长，政府这一块，他分管的是文体和环保。渐渐地他知道，那摊事多得让他应接不暇。看到上次那位民办教师上访，他才知道，这只是冰山一角。她这种情况，并非一例，系统内部几乎各乡镇都有。有的看反映没有效果，日子一久，就失去劲头，自动放弃了。没想到这名女子，也就是一名民办教师，偏偏一根筋。八十五头牛拽不回来，非得讨个说法。看着她的材料，林泽宇的眉头渐渐紧蹙起来。

上访女子大名叫方青梅，应该50岁左右，但已经是本地的老上访户。她的反映材料中，个人简历上明确地记载：她多次任小学与中学班级或者毕业班的班主任，升学率均达百分之八十五以上，有的学生平稳升入县城重点中学，有的学生已经考入北大清华。她被学生家长和当地村民公认为是典型的好老师，他们还联名为她写过举荐信。她参加过各种教师转正的考试，也都成绩突出，但都因一项条件没有达到而未能如愿。她只是一名中专毕业生，达不到大专以上学历，每次她只得让位那些比她学历高或拥有正规学历的人，还有两次考试，她觉得自己考得很好，成绩公布却名落孙山。她一直怀疑被人冒名顶替。眼看年龄变大，她开始踏上上访之路，希望县政府给她这位对教学有着深厚情结的女子一次特殊照顾，让她在宝贵的年华中安心把自己的才智献给那些天真无邪的孩子。他真切地发现，曾经有一次，方青梅所在的学校搞学生实践活动。返回时，司机醉驾货车，对着学生队伍冲了过来，最早发现的方青梅紧急站在队伍前面，连连招手示意司机停车。醉意惺忪的司机似乎意识到了危险，快速猛打车盘，车子从学生的右侧飞了过去。站在学生右前侧的方青梅还是被货车甩了个面朝天，鲜血顿时浸透了白色的上衣。她被同事送进了医院，左侧七八九三根肋骨全部粉碎性骨折。令人庆幸的是，她昏迷一个礼拜后终于醒了过来。醒来那天，很多老师和学生都哭了。

到了学期终了，方青梅在学校被评为先进教育工作者，后来又被评为模范教师，再后来学校给当时的县教育局打了转正的报告。县教育局回复得很干脆：全县这种情况随时可能发生，学校可在工作和生活中照顾；而转正是原则大事，不能搞特殊，以防日后同类效仿。于是这件事被长期搁置起来，一直悬而未决。

方青梅伤愈后，正常上班教学，一如既往地爱生如子。只是她想不通，因为学历问题，她想吃口正式教师饭这么难。她要越过县教育局，逐级上访，想讨个说法。于是她不顾丈夫和所有家人的阻拦，去省市县级政府不停地追问寻访。反正她也不耽误平日正常教学，不耽误带好她的学生。

据说，她熬走了三任分管副县长，到林泽宇这任已经是第四任。看情况，如果不解决，大有迎战第五任、第六任之势头。林泽宇还在想着，方青梅挺身护住学生的情形在眼前闪动，她一颦一笑的教学情景也不时出现……她应该是一名好老师，甚至带有正气与爱心，可这一切至今没有打动体制内的任何人，所以她一直在奔走，下一步他该怎么做呢？

秘书推门进来，他通知林泽宇参加一个紧急会议，说是县长亲自安排的。

十四

林泽宇与马永春由当年的战友情敌忽然间变成了今日的同事兄弟。人生没有固定的模式，但日子总要向前行走。他们主要是在草原上帮助牧民出谋划策，开发生产，脱贫致富，巡逻保护牧场和牧民，保护稀有动物，研发各种农作物与畜牧产品……让每家每户每个人走上共同富裕的道路，过上幸福的好日子。这是中国共产党的英明决策，也是社会主义优越性的体现。在前进的道路上不让任何一个人掉队。援藏干部一批批来了走了，又来了又走了，但这项计划始终不变。林泽宇深知他们在此工作的时间不多，一定要把握和珍惜好这一切，要争分夺秒地为当地做些事。这一天，他们一起去藏北一个叫作羌塘自然保护区隶属的普若岗日牧区，一是看望牧民，二是帮助销售牧区堆积的大量的牛羊奶和牦牛等各类肉食品，同时设法研究肉食品的深加工途径。

藏北地区，他们最熟悉的一片沃野。那儿每一寸土地都留下过他们的身影。林泽宇来的时间略久，但自从马永春到了之后，林泽宇几乎每天都陪他下到各个牧区和工作站。即使不能亲自前往，林泽宇也会安排工作人员陪同。军人是感性的，也是多情的，更是血性的，他们有着共同的军人情愫，所以在很多方面一拍即合。

藏北更是一处多情的地方，人间圣土，大地天堂。青山绿水，蓝天白云，植被林海，湖泊溪流，鸟语花香……景色旖旎，美不胜收。这里的一切并非简单的多彩和清新，而是富有生气与灵性。天空就是一块嵌有白云花朵的巨大幕帘，仿佛伸手可触摸，但又若即若离，幕帘上的花儿忽而游动，忽而静止，具木偶之趣味，拥梦幻之神奇；这里的土地，就是上苍之手亲自编织的七彩锦缎，缤纷多姿，令人炫目，锦缎上每天都上演着诸多的灵动故事；这里的森林植被，四季不衰，色彩变幻，咏唱着古老的神秘歌谣；这里的珍禽动物，无一不是自然界中的珍稀至宝，它们组成了自然生态，又在自然家园里生息和繁衍，和人类组成庞大的地球家族，形成与人类共享自然美好的远族亲缘；这里的草原更是灵动无极，草原聚集天地之精华、雨露之浸润，阳光之亲吻，遣来大地承载和延续一切生命之重任与使命。即使遭遇天灾粮缺，动物悲怆死去，牧民的生活来源被封堵在罕见洪荒的雪殇中……但只要有草原，孩子依然奔跑，大人依旧歌唱……历来草原就是音乐的天堂，牧歌是上苍谱写的天籁之音：上牛坐，伏牛卧，牧童光阴牛背过。牛尾秃速牛角弯，牛肥牛瘠心先关。母呼儿饭儿不饭，人饿须知饲牛晚。放之平泉，以宽牛劳；浴之清浅，以息牛喘。牛能养人识人意，一牛全家命所寄。阿牛牵牛去输租，劝爷卖牛宁卖吾……

特别在冬季，西伯利亚常常派出的散花使者总是把雪白色的花朵优先撒给辽阔的草原，因为草原隐藏绿色和宁静后，一旦被皑皑白雪罩上厚褥，便显得更加平整、辽阔和悠远；四周与远处的万物也会跟着雄伟、肃静、壮美和神奇；还有雪山，雪山是这儿的神秘雕塑，是天神和仙踪的化身，千年注目，万年守望，不改坚毅的姿态和耀眼的目光……

总之，这里是用天色和远光谱就的水彩画，是人类的最初家园……

下午四时，当林泽宇和马永春骑马来到时，正有一群孩子唱着牧歌。他们的家住在远处，礼拜日放假的孩子要来这里放纵撒野。他们直唱得雪山肃穆，大地回声，太阳眨眼，白云飘舞，就连远处眉头紧锁和犹豫不堪的牧民也轻松展眉，泪水畅流……孩子们多好啊！

"自由自在，欢乐奔放的……""我们要回到童年多好呀？""人为什么要长大？"伴随着马永春的一声叹息，孩子们的身影遁向天际……

"人总还是要长大的，最终还要远离这个世界，不然这个世界就会爆炸，但要在生命过程中活得有价值，活得精彩。"林泽宇策马专注地望着马永春。

"又来了，大诗人，哲学家。你总给我讲大道理，我们来点实际的会不会，看看怎么能得点实惠，尽早回去，上一个台阶。"马永春诡秘地笑着，害怕林泽宇的目光，他把眼睛转向远处。

"永春，我的兄弟，你这种观点从根本上就是错误的。"他招呼一下马永春。马永春没有回头，眼睛依然盯着远处的山峦。

"世俗烟雨，功名利禄，皆为匆匆过客，我们何必在意一些红尘名利。"林泽宇回头看一下已经回头望他的马永春。他知道此刻他可能厌倦他的说教，但这种状态，他依然想说下去。

"你看看历史上的名流豪杰、英雄雅士，哪一位是因为做官而驻足史册，都是因为他们想着为百姓做事，为民族振兴，为国家富强奋斗才被人们记住，才有口皆碑。当然，我们不是要得到什么名声、什么口碑，最起码对得起自己的良心吧！张口台阶、闭口待遇的人能干好本职工作吗？能对得起人民的培养吗？"林泽宇只当对面站着的是一个学生，一名刚入学堂的学生，他要从最初的生活常理教他，让他知道做人的基本道理。

"老兄，你让我怎么办？人往高处走。我们当年的那些战友早都爬到正处了，我们还在科级位置盘旋，胳肢窝下日子太窄呐！"马永春显得很无奈，也透着真诚。他说着又把眼光转向了远方。

林泽宇看着他，现在突然像面对一个陌生人。他现在才知道，同一个部队出来的战友，原来心理上有着无形的巨大差距。他的出发点开始就是错误的。人们常说初心，初心不对，目标必将倾斜。任何一名党员干部都要明白，为人民服务是最根本的宗旨，荒废这一点，目标就会南辕北辙。这是一个简单的问题，又是原则问题，离开这一点再谈理想价值，似乎没丝毫意义。

"好了，不谈了，我们向前赶路吧，先把眼前的事情做好，再耽误就迟了，牧民兄弟正等我们呢！"

十五

林泽宇参加了政府三楼二号会议室的一个紧急会议。当他走进会议室的一刹那，忽然感到今天的会议非常重要，不仅四大班子领导全到，各乡镇党政一把手、县直机关各大局主要负责同志也一个不落。不单单政府谭县长参加，而且县委王书记也在主席台就座。

林泽宇坐在了自己的常委位置上。他来得较迟，人基本到齐，会议即将开始，王书记亲自主持会议。

他的呼吸变得紧促，整个会场的参会者都屏住了呼吸，掉根针似乎都能惊动全场。

会议内容终于揭晓，明天省里将来一个检查组。大家要认真准备，隆重迎接。不管到哪儿都不得怠慢，更不能消极应付，因此失分，拖了后腿，或者给全县抹黑将以摘乌纱帽是问。

林泽宇心里犯了嘀咕，昨天刚把市里的巡视组送走，这又来了一帮天神。昨天他好几件亟待处理的工作因为陪同巡视组，都搁在那儿，久拖不办不就形成堆积了吗？谢天谢地，今天加点班也要完成。但愿明天接待任务不要安排自己陪同。会议内容到了尾声，该讲的领导都轮了一遍，这时他听到有人叫到自己的名字，是王书记问他可有什么要讲的。

"没有，谢谢王书记，你们讲得很全面。我不需要再讲了。"他突然变得诚惶诚恐，同时他注意到了台下一双双焦急的目光。他们似乎也厌倦了这种会议。

"下面散会，大家回去认真传达会议精神并做好准备。"王书记的话一落，会议室发出轰轰隆隆的声音，林泽宇想趁势逃离会议室。

"林副县长，你等一下。"林泽宇的脑子一下炸了。他担心的事发生了。

会议室只剩下了几位常委。

"明天来的都是省里组织纪检部门的大员。对县里的工作和年终评比很重要，市里刘副书记亲自来，我们这也得上两个常委吧？你和谭县长都上吧！"王书记说得很郑重。

"王书记，不是我推脱，我手里一大堆……"

"哎，手中的活先放一放，抓大放小！另外别忘了开会和接待也是挂职的重要工作！"林泽宇刚想说话，被王书记的话挡了回去。

"我还有……"林泽宇刚想解释，可话到嘴边又咽了回去。

"回去准备，明天九点跟谭县长一道到合云高速路口迎接。"

"明白。"林泽宇的声音一下子降到了近乎飞行模式。

林泽宇出会场后心里闷得厉害。援藏期间，高原缺氧使他患了严重的心脏病，他前不久搭了两个支架。可今天不知什么原因，可能主要是情绪的波动引发的，进会议室前一切还那么轻松自然。他慢慢地走到办公室门口，还有昨天没能接待处理的几位群众在等他。虽然已经到了下班时间，但此刻他却不想对他们说一个"不"字，因为他们找他和等他都很辛苦。

"进来吧，我看看什么问题。"面对善良的群众，林泽宇心情突然变得晴朗起来。一方面，他找回了服务的价值感，另一方面他看到那位女教师方青梅没来，处理的难度就会变小。她的问题令他头疼，又让他忧心，基层这样的情况光逃避不解决并不是个办法。何况这样的问题解决了对化解矛盾和促进工作又大有裨益。如果有可能，他准备提请常委会讨论。

不到一个小时，他把几位亟待找他批复安排的事全部办结了。这些群众多是因为案件、纠纷，或者经商摊位、就学、医疗等方面的问题找上门。如果主管部门和单位尽点责任是可以解决的。有的事情虽然棘手，但想点办法也能解决。只是有的基层干部或者机关人员不担当作为，态度慵懒，造成了这些遗留问题。他一一做了批复和批转。有的他要求将处置情况上报结果，如果可能，他要认真听取汇报。

办事群众逐个儿离去了。他觉得县委食堂已经过了就餐时间。他索性走出政府大院，走到不远的刚刚开发的现代化街道。天上繁星闪烁，城市灯火辉煌……

　　脚下是不知流淌了多少年的涡河，往东一千米与淮河交汇。再往东不到三公里的淮河上，有一处闸口，雄壮的闸壁上有毛泽东亲笔题写的"一定要把淮河修好"八个醒目大字。淮河连同岸边的儿女饱受无数的苦难。大禹治水书写了坚毅执着和忠贞为民的千古神话，黄花岗的风雪吞噬过榴园优秀男儿的宝贵生命，淮海大战的炮火与硝烟曾在此飞扬弥漫……就此培育了这块雄奇的土地，养育了一方勤劳质朴的人民……林泽宇此刻走在堤坝上感慨万千。涡河河面不宽，却汹涌湍急；河水宛如被人注入了蓝色涂料，一直幽深瓦兰；因居民长期在此洗澡嬉戏，船只靠岸时挤压磨损，再加上激流的冲击，河岸变得光滑、险峻和陡峭。河流中搁浅着许多趸船，如老者的胡须和头发早已染上风霜雨雪，渐渐变了颜色，古朴的底色中铺衬着斑驳的色泽。河水悠悠，让林泽宇想起了长江边上的故乡龙子河。那里有雄鹰在上空飞翔，白鹭在水边徜徉，牛羊在岸上追逐，牧童的悠扬笛声漫过绿树和草地欢快地传向远方……林泽宇和他的同伴们就在这儿和村前牧场上度过了快乐的童年，在学校接受了最初的人生教育。他们与自然对话，与大地拥抱，与星月交流，与骏马对歌……长江的浩瀚无际，村民的勤劳善良，故土的本色质朴，校园的温馨初梦……都在心田里种植了生活和生命的理想和激情。在一次课堂上，老师这样教育他们：同学们，你们是长江养大的孩子，你们的血管里流淌着粗犷的血液，所以以后你们要学习祖先的精神，拥有大地般的胸膛，眼睛如雄鹰一样目视远方，理想就是让民族和国家富强，善良和忠诚是生命的血肉，老实做事和本分做人才是永远的行走方向……

有一次他们几个少年同伴乘一位本村渔民的船到江中捕鱼。夏季到来，河水流量增加了。船老大常用的小船真的像一辆破车不能够正常运行了，这时忽然有人发现船底漏水了。

"喂！大家不要惊慌，谁来帮忙摇橹，我来想法把漏的地方堵住。"船老大赶忙想法处置。

"这恐怕不行吧，我看这漏水的地方还怪凶呢，船只太重了。"有位船客担忧地说，"不过我们可以设法减轻船只的重量。"他带着征询的目光看着大家。

"不行不行，水流这么大，孩子都还小，一般的水性千万不能冒这个险！"船老大拒绝。

"现在这是唯一的……"船老大讲话时，"扑通"一声，有人跳进了急流中。

"哇！林泽宇跳下去了。"船只好像轻松了一些。

"你看，都怨你，孩子出事怎么办？"船老大责怪那位船客。

林泽宇跳进水里不见了踪影，大家急得在船上手足无措。不知过了多长时间，林泽宇才从跳水的地方像一只水鸟冒出头来，抖了抖头上的水珠，喘着粗气朝小船游来，大家都松了一口气。等他游到船尾时，他双手扶着船，水中的双腿收起，然后用力一蹬，同时双手使劲一推，船只就轻微地向前移动一点，接着他再次手足一起用力，让船儿尽快向岸边靠近，反反复复……"真是个好孩子……孩子，你上来吧，这水还凉呢！"船老大带着哭声劝林泽宇上船。

林泽宇吹着嘴里的水泡，摇头咕噜"不碍事"的时候，扑通、扑通，又有两个孩子跳入水中。船上再次发出惊叫，都纷纷说船轻了、漏水小了……快到岸了……船老大一边摇橹，一边仰望上空，嘴里自言自语着："天哪！我在这儿过了一辈子，算是积德了，连孩子都在危险的时候帮我，我给你们磕头了……"泪水随之落在了古铜色的脚上，砸开一个个水花。

这是让林泽宇自己都感动的记忆。但不管是哪里的土地，哪里的河流，都是充满感情与灵性的。如今他成长为一名党员干部，而且正行走在这块充满深情的土地上，他应该为当地百姓做些什么呢？

十六

林泽宇看到要一下扭转马永春的思想比登天还难，冰冻三尺非一日之寒，他的急功近利思想被冰封得太久了，一时半会儿很难融化。确实如此，化解心里的冰冻，比转换季节的寒冷与封冻要困难得多。这也是人类最可怕的现象。小时候在老家，大人们常讲："一个人拧起劲儿，八头牛都拉不回来。"

马永春已成了农村地道标准的二愣子、三拐子，而这种犟是深入骨髓的。农村孩子的犟劲通过父母教育和环境影响是可以矫正和改变的，但此时的马永春已无可救药。

林泽宇觉得对马永春这种人不能强攻，只能从人类生命的终极目标和自然的神奇美好方面慢慢引导。这一天，他们一同骑马来到一片与青海接壤的美丽地方。这儿云天低垂，但彩云的形状虚幻精彩，奇异漂亮……与巍峨的唐古拉山挽手，眺望着脚下的一切生灵……

"兄弟，人们常把地球比喻成一个巨大的村落，在这个村庄里，人人自由，彼此关爱，互不伤害、互相帮助；到处洋溢着歌声，满地鲜花绿叶，孩子自由奔跑玩耍，蓝天悠远碧蓝，阳光洒满庭院，地球人享受着健康、温馨和幸福，连神仙也羡慕向往。这样的家园，难道你不向往？"林泽宇对马永春笑着说。

"简直是海市蜃楼，全是你空想的吧？怎么可能？人的天性，注定让这个地球上存在自私、贪婪、欲望、杀戮、纷争和战争，怎么可能会有世外桃源？"马永春当即反驳林泽宇的说法。

"那也不一定，所以每个地球人要奉献呀，努力呀，要奋斗呀，要争取呀……"林泽宇把眼睛抬得很高，茫然地环视群山和仰望苍天。

"别说我们，就是历史上的帝王伟人，就是神仙天使，谁也不能阻止为利益引发的战争。简直是痴人说梦！"

"天人合一，所有的力量都朝着这个方向努力，很可能有朝一日能够实现。就有一个传说，上苍曾对人类许下诺言：如果人类不发动战争，就奖励一个大花园……人们按照他的承诺做了，然后他就兑现了他的诺言，可人类后来违反信用，又发动战争，结果上苍收回了承诺……人们都要为实现这个目标用力。"林泽宇说。

"嗨，我们不用杞人忧天了，能快活一天，就快活一天吧。"马永春失去了耐心，于是策马向前奔去。

两人悠然驰骋在锦绣般的大地上。马永春心情很快轻松起来，而林泽宇却心思更加沉重，仿佛远处的雪山压在了自己的身上。如此干部怎能完成帮扶牧民的使命？天下干部如此，又怎样完成党和政府赋予的千秋大业？

但看到马永春的表情和神态，林泽宇忽然又释然了。他只是一名同事，又不是家人，可以言传身教，以情感染，只能任其名利欲望泛滥，但他又害怕有一天祸水绝顶，引起灾祸。不行正道，自己难保其身。

"又想啥呢，愁眉苦脸的？"马永春停下马，朝林泽宇的方向问他。

"没想啥，前面到了，我们琢磨下怎样帮牧民把食品销售出去。"林泽宇说。

"那不是弄着玩，做做样子就行了，我们又不是推销员，哪管得了这些屁事。"马永春不屑一顾。

"什么话，来这儿工作，大事我们做不了，这些具体帮扶的小事是可以做一些的，不然良心过不去。"林泽宇皱着眉。

"谁爱干谁去干吧，反正我不想在百姓面前献殷勤，摆出清廉勤政干部的姿态。"

"你……"林泽宇突然暴怒，但又忍住了。

"简直不可理喻。"他的声音压到了最低，马永春不一定听到他的话，但却朝这边看着。

林泽宇摇摇头，两人又骑马向前驰去。

牧民的热情让他们感到了民族情谊的温暖，得知他们的到来，牧区的牧民聚集在首领家中，等待着上级派来的内地干部能助他们一臂之力。

把贮存的牛肉干等肉类食品销售出去，变成方便零用的现金，牧民的焦急让林泽宇感到了肩上的责任，也使马永春动了恻隐之心。两人答应利用政府的能力，征地建厂，帮助牧民对食品进行深度加工，再对外销售，同时通过外联，通过业务拓展和熟人关系，让周围或内地的客户前来批发，运往销售到全国各地，让全国各地的人都能品尝到藏族特制的风味，领略少数民族地区的风土人情。

他们与牧民达成共识后，告别了热情如客的牧民，傍晚回到了居住地。

三碟小菜，一壶青稞酒。两人开始了晚间高原生活的小夜曲，屋外漆黑如墨。他们居住的虽然是镇上简易房，但安静得如身处野外凄凉的荒原上，不时有动物的叫声，袭进耳鼓。此刻两人又忽然拉近，进而亲如兄弟。他们两家的亲人，谁也不知两位男人在高原上的另一种生活，现在有马永春陪伴，在他来之前，就林泽宇一个人住行，平时生活更为简易，就吃一般的挂面。因高原气压低，高压锅煮面很难煮烂，林泽宇吃的面大多半生半熟。

最近一阶段，林泽宇觉得自己疲倦了，就时常觉得胸部发闷，但过后他又感到精神还好。

当地的酒还是有力度的，特别对空腹或腹中食物较少的人发力。两人很快有了酒意，当聊到部队那段青春澎湃的日子时，他们的血脉全都偾张起来。

他们谈论当年的勇猛豪情过后，又落到了眼前的现实。讲到地方生活，马永春气得直骂。

说到伤心处马永春号啕大哭。林泽宇忽然想到，难怪他对现实与援藏工作有诸多抱怨，原来他在生活上也消极颓废。

林泽宇拍着马永春的肩膀，真诚动情地劝阻和安慰，马永春停止了哭泣，与林泽宇紧紧地抱在了一起。

夜深了，林泽宇把马永春扶到炕上，自己擦了一下脸，倒在了简易沙发上，深深地呼了一口气。纵然外面涌满浮躁，他还要踏实做些力所能及的平凡事情；纵然周围万籁俱寂，他要去为火热的牧民生活忙碌。

马永春的鼾声响起，渐渐地他也沉入了梦境……

十七

因为接待省里检查组，林泽宇整整耽误了一天时间，他不是不听安排，而是想腾出时间做点实事儿。

文山会海与无端的接待让他陷入无奈之中。挂职干部就不能做这些事吗？就不能为地方谋发展吗？这不是上级部门安排干部的初衷。一定是有人曲解了这项组织工作的宗旨。党的干部要一切以人民为中心，干百姓工作才永远不会出错。他这样想着，更坚定了自己的选择，心里变得勇毅和踏实。

汽车行驶在乡镇公路上，他的思绪如车轮般波动。忽然他的手机响了，是谭县长打来的，要他出席一个工程启动典礼。

突然打来的电话再次让他的心思泛起涟漪。"林副县长，我们还去大兴村吗？"孙秘书突然发问。

整个车内好长一段时间无语。

又过了好一段时间，林泽宇说："小孙，你们政府办安排的事情，平时都是这样随意变动吗？"

“没有特殊情况，一般不会更改。”孙秘书说。

“特殊情况！工程典礼是特殊情况？政府开发的项目？”林泽宇的嘴边似乎挂着一个大大的问号。

“当然不是，不过有时是一些投资商或者重要的开发商，他们通过关系让领导参加一些仪式典礼什么的。公私兼顾的。有的是和领导有私交，爱面子，也得参加。按有的领导话说，有利于开发建设呗。”孙秘书回答。

“哦，我明白了，这是替大老板长面子的。可作为老板，他会怎么看我们这些干部呢？难道我们的本职工作就不干了吗？一个地方这样的事情到底有多少呢？……”

林泽宇似乎要讲下去，听到车上司机和孙秘书全没了声音，突然停止了，他想他怎么会说这些无意义的话，又是对着自己身边的工作人员。

“回去吧，今天安排的事，下次再说吧。通知大兴村，今天的活动取消吧。”

孙秘书说：“是！”车子转头又向刚出来不久的政府大院驶去。谭县长正在政府楼前，要林泽宇陪他出席一个星级酒店的开工仪式。谭县长要求，如果他不讲话，林副县长可以代表。

十八

林泽宇和马永春牵头帮助牧民销售肉类食品的协议达成了，建造食品加工厂的计划已提上日程。由牧区负责申请报告，林泽宇向上递交，逐级按程序批办。这是马永春来后的一件大好事，两人都非常高兴。通过晚上小叙交流，林泽宇感到马永春思想的变化有一定原因，最主要是深层的社会世俗习气，在那样深不可测的大染缸里，一般人都会变色。好就好在他还未完全堕落跌倒，正处在悬崖的边缘。

党的组织教育活动就是挽救部分踌躇徘徊的人的，他深信马永春和自己相处共事，他也会一步步改变，成为新一层意义上的战友兄弟。

他们有时共同执行一次任务，或联手开展一项工作，有时被分到不同的组别，各自完成自己手头事情。唯有一点他们的宿舍彼此相邻，常常在一室同寝，毕竟家在很远的地方，又有同样的工作目标，所以互相当作了亲人。夜深人静的时候，谁不想家呢？但有一段日子，马永春不再和他一起下班，一起回宿舍。即使不加班，他也深夜不见人影。

后来林泽宇隐约听人传言，马永春在外面乱搞男女关系。

对方是内地的一名汉族大学生，刚分来两年，在州上做办公室文秘，因人手短缺，常常被派下去配合工作，有几次她跟马永春分在了一组。

林泽宇隐约想起，那是一个月光皎洁的晚上，刚刚下牧区回来的马永春喊他一同吃点晚餐。进小吃店时，林泽宇发现马永春带了两名女子，一名是年轻漂亮的汉族姑娘，另一名年龄稍大，是名藏族普通干部，他们刚从牧区慰问回来。

晚餐间，马永春执意饮酒，两名女子在马永春的规劝下也端起了酒杯，马永春饮酒后滔滔不绝，大谈人生和爱情。汉族大学生苏雅几杯酒后，白皙的脸上飞满了桃花，优雅可爱，只是眼睛有些迷离，依然不时端杯与马永春和藏族女干部撞得叮当作响。藏族女干部本身红润的脸色突然变成褐色。在昏暗的灯光下，高原上太阳施予的色彩像是大海的底色。

林泽宇看都有了酒意，就不断阻拦。因为自己的心脏半年来一直不好，喝酒会加重负担，所以对这种过量饮酒，他已望杯兴叹。可眼下他也不想几位同事醉酒出事。

"行了行了，酒不能多喝，这样肯定会伤了身子。"林泽宇说。

"你不懂，今朝有酒今朝醉，明日愁来明日愁。你看外面的月亮多美，正是喝酒的好时光。来，再碰一杯！"马永春端起一杯去找苏雅碰酒，"你说对不对？小苏。"

"对，太对了，马领导，来，干一杯！"苏雅端杯的同时身体半歪在马永春身上。旁边的藏族女干部忙着端杯陪喝，同时去扶近乎栽倒的苏雅，说道："你喝酒了，怎么老是跳舞呢？"

"对对对，走走，唱歌跳舞去！"苏雅听风就是雨。

"那好吧，唱歌跳舞去。"马永春也站了起来，"不喝算了！"

"现在很迟了，明天都还有事，我送你回去休息吧！"林泽宇拉他。

"我不回去，你也一起去潇洒一下，老土包！"马永春打着嗝。

"我身体不好，就不去了，你们慢点，千万要注意安全。"林泽宇打招呼后便离开了。

天空蓝得深邃出奇，月亮像白天被人洗了一般。林泽宇望着几个晃晃悠悠的身体消失在月光下。

　　林泽宇抬头望了望天，又望了望如同白昼的远方，心中怅然若失。他想念家乡，想念儿子，更想念为他担当家庭所有的爱妻。天下又有多少人为了百姓的安宁与幸福，共此天涯呢？他的眼角有泪水滑下，温温的，热热的……

　　那晚在床上，他彻夜难眠，他不知马永春带两名女子将去何处？

　　深夜高原上的小镇，他们到底会做什么呢？他要改变马永春的计划，能否实现呢？到了后半夜，沉沉地睡去了，梦中他看到马永春身披绶带、胸戴红花，正在内地欢迎援藏工作干部会师的主席台上领奖呢。他拼命鼓掌欢呼，然后醒了，自己躺在床榻上。隔壁的房间无一丝响动，按正常时间判断，马永春很可能一夜未归。

十九

　　林泽宇以不了解情况为由，婉拒了谭县长在星级酒店开工仪式上讲话的安排，谭县长自己做了讲话。出席的人实在不少，各行各业各路大员。中午主办单位还准备了午餐，林泽宇向谭县长告辞。下午还要主持参加北部一个偏僻乡镇召开的扶贫工作座谈会，这个会因上午的星级酒店开工仪式被改到下午召开。

　　离开热闹的启动现场，林泽宇心里轻松了很多，心里琢磨刚刚过去的一幕，看那阵势，他估算这家酒店即使没有政府部门的股份，最起码老总与谭县长私交不错，不然怎么张罗那么大的场面。离开时，谭县长还特别点拨：

"要多参加这样的活动，开阔开阔眼界。"他已经不止一次讲了，每次看到林泽宇为难的表情，谭县长总喜欢这样说。

林泽宇大多数时间在部队，虽然身居大熔炉，工作的视野和专业确实受到局限，可多跟几个老板接触就算开阔视野，长见识了吗？他实在闹不懂。他觉得这个100多万人口，经济尚未脱贫的县城简直就是个迷城。

前天晚上，他下班后转了转商业街，顺带逛了小商品市场。这应该是热闹的城市，回家歇脚的时间，依旧人声鼎沸，紧张忙碌，各类商场门面茶楼门庭若市。满城的霓虹灯交相辉映，频频闪亮，无不彰显着繁华与辉煌……

人影闪动、热气沸腾的小吃街，主人的叫卖声此起彼伏，悠闲的食客们享用着各类食品，有的人已经吃得油水流淌，商场和商店门前的姑娘们笑容可掬地招呼过往的客户，引得他们对店里商品投去观赏的目光……

百问不厌的态度，百试不烦的热情，让热爱生活的顾客们流连忘返，静心徜徉……

这是一座热情深厚的城市，民风淳朴，百姓善良……通过了解，林泽宇知道这座城市有着深厚的文化底蕴，名人辈出，曾是大禹治水的地方……他们这代人站在了风雪之后的这块土地上，怎样续写历史，如何改变城市的模样？怎样让这里的百姓生活得更加美好阳光，难道不是他们这些领导的责任吗？

林泽宇感到呼吸急促，一种压力无形地向他压来。本来想找个拐角吃顿馄饨的想法突然消失，他迅速离开了让他忧虑和无奈的环境，他要对下一步的工作做深层的思考和安排……

这样想着，林泽宇抬头看到了县委食堂。他简单打了饭菜，吃完后去宿舍打盹，下午去已经做好安排的北部那个贫困乡。

手机响了，孙秘书告诉他，西南一个镇中心学校学生出现中毒事件……

林泽宇听到立即安排备车，他要带人紧急赶往事发现场……

二十

那晚之后，马永春不再按时回寝室。有两次他发现汉族女大学生苏雅跟他一起回来，然后不知去了什么地方。按理说，马永春是享受正科待遇多年的领导干部，几乎和他同时在部队时入的党，党龄应该有20多年了，这样一名政治和业务素质都较高的人，不会在生活作风上腐化的。话说回来，马永春追求仕途名利，看重官位台阶。人往高处走嘛。这在他身上体现得重了些，可作风方面，一旦走偏，那可是回天无力了。

他曾在林泽宇面前提到过苏雅，问她人咋样？可当时他没有在意。两人之间议论女人是正常话题，今天想起来才知他是听者无意，马永春却是说者有心。

苏雅作为鱼米之乡的女孩，绝对给家乡和援藏干部长脸啊，那个长得可叫水灵。一袭头发像雅鲁藏布大峡谷的瀑布，皮肤洁净如同高原上随处可见的白雪，上面镶着两潭仿佛青海湖水般的清澈眼睛。瓜子脸形，配上那张红润欲滴的樱桃小嘴，还有两边均匀对称、大小适中的酒窝，大有夺人魂魄之魅力。时隐时露的一颗虎牙，让人觉得她始终都在微笑。如人所料，她的身材和一举一动绝对受过专训。经人核实，她是一名曾参加过全国大学生运动会的体操运动员。

什么样的人，遭遇如此艳遇能够挺住，偏偏这样的事让马永春遇到了。据说，苏雅是内地城市一所理工大学学生。男友也是同班同学，又是学生会干部，三年恋情，让两人热血澎湃，相约携手飞翔事业蓝天，共同谱写爱情与幸福生活的篇章。瓜熟蒂落，毕业时，少数民族地区的单位到校招聘大学生。爱幻想、爱追梦的苏雅一下子填写了西藏这个她一直向往的地方。

于是男友反对，家人吵嚷，同学把她当成疯子……而她意愿已决，说西藏就是她理想的地域，快乐的天堂。男友转身离去了，同学们负气分手了，亲人们与其关系断绝了……而她卷起一个包裹，手持派遣证和录用证明，奔向拉萨……就这样，她成了一名志向高远的援藏姑娘。

只是现实并非她所想象的那样，清苦，缺氧；寂寞荒凉。每每独处的时候，她都思念故乡，想念爹娘，思念一同在长江击水、携手追梦的大学情郎，可一切都在何方？

在无聊的状态下，她又写信给男友，希望他理解，她很想回到他的身旁，只是上级有规定，援藏大学生需要工作五年以上，才有调离轮岗的希望，她陷入了迷茫与彷徨。

这时她遇到了马永春……林泽宇这样分析，这样想着，到底什么才是真相，他也是一本糊涂账……但他依然想不通，马永春的妻子是当时他们团首长的女儿，也在机关上班。当年他们也是情投意合的一对，虽然他没有追到夏霜，但她与夏霜情同手足，一对好姐妹，一双好闺密。

如此婚姻，林泽宇不相信马永春会背叛自己的妻子，两年之后，他将如何面对眼前的一切呢？到底如何，林泽宇觉得自己杞人忧天了。

二十一

林泽宇率人赶到现场时，有统计汇报，已经有近百人产生呕吐、头晕和昏迷等不同程度的中毒反应……先期到达的有榴园县教委的领导以及县公安局刑侦和技术人员，当然县医院和中医院的救护车正在不停地往返运送中毒的老师与学生，学校大院里炸开了锅。

林泽宇到现场后，紧急召集了临时碰头会。他鉴于情况的复杂，并根据现场各家单位和职责进行了具体详细的分工和部署。他说："……情况万分火急，各单位根据自己的职责，各司其职，不能有一丝一毫马虎，如若消极误事，后果自负，主官就地免职。……大家听清，即刻起，卫健委和医院要不惜一切代价运送和抢救中毒人员，争取零死亡；适当时候可请求上级卫生医疗部门支援；公安局火速投入侦破，尽快查清原因，确定性质；教育局和校方积极配合破案，遏制事态的发展，同时做好稳定师生家人情绪工作；宣传部门要进一步关注中毒进展情况，控制受害范围和影响，但事件情况随时向上级报告，不能有任何隐瞒……"

像林泽宇判断的那样，仅在一小时之内，各级政府陆续接到了这一重大讯息。当今通信技术飞速发展，信息网络遍布全球。事件的影响很快在周边不断扩大和升温，给处置造成很大压力。许多中毒学生的家长、亲属，甚至得知消息的远方亲戚，纷纷受邀集结，在个别不明真相人员的蛊惑下，到学校、教育局和县政府等处上访，甚至围堵大门，严重影响了办公和社会秩序。

短短的两小时内，省、市、县政府部门与相关单位领导都神速般降临事件现场，还有省市党政领导做出重要批示，限期破案，妥善处置相关问题。如此种种，林泽宇作为分管县政府领导，压力也随着加码。

经过对食堂等师生中毒现场的勘查，对有关师生及食堂工友的调查与了解，并鉴定送检食材，这绝非一起简单的食物中毒案件，而应确定为一起投毒案件。陡然凸显的案件性质，让事件平添了恐怖色彩。

林泽宇一方面关注着来自医院的消息，听取中毒人员的医治情况；另一方面还要了解公安机关侦破工作的进展。

从早晨事发到深夜，林泽宇的心被事件高高地挂了起来。他自己当然知道，那本身就是一颗不完全配合身体的闹人心脏。

就在事发二十四小时的关键节点，在侦查人员与全体民警的努力下，案件很快水落石出。犯罪嫌疑人落入法网；同时医院所有人员都过了危险期，无一人死亡。

事件的原因十分简单，就是工友们之间为了承包学校食堂而产生纷争，一方在学校领导的关照下如愿，另一方便怀恨在心，伺机便在食堂公用的面粉内投了毒，一起重大刑事案件和治安事件由此发生。

林泽宇悬着的那颗心终于落了下来。他心中的安慰与轻松让他真想大喊一声，但这不是在高原，他平静得好似一切都没发生过。

这样一起事件平息了，但那夜林泽宇却久久不能睡去。在人类生活的大家园里，人因为有了情感与缘分，才有了相聚相知相守的理由，生活也才有了意义。正因如此，人类才要互相关爱、彼此相融，一同守望幸福和谐。可是这美好的家园中，总有人为了自己的私心杂念，同类相残，玷污良知，用罪恶的毒爪扼杀着人类生活的宁静。因为这份对人类感情的荼毒，人们生活的周围便响起了凄楚的悲歌。这种事情本身就不该发生。

想想校园内那一张张稚嫩的笑脸，一颗颗稚嫩的心灵，以后又怎么杜绝这类案件的发生呢？林泽宇为此辗转反侧……

二十二

关于马永春的传言，像高原时而刮起的一阵风，从林泽宇身边飞走了。他们依旧相互配合，认真工作，闲暇时就整两杯，林泽宇不胜酒力，但少饮可以愉悦心情。与前一段时间相比，马永春按时回来的时间多了，两人在一起交流的时间更加宽裕。林泽宇看到了机会，又想稳住马永春的心思，希望他跟自己一样，专心工作，更多地为藏民服务，在有限的时光里做点实事。林泽宇心里比谁都清楚，政治指导员出生的马永春有着专业的三寸不烂之舌。大多时候，林泽宇是谈不过他的，更驳不倒他的观点，即使马永春是错的，他也能列出一二三的理由，林泽宇只能在叹息中收兵。

而这次不一样，马永春自己一定清楚，不管在内地，还是在这里的单位，都有相关的投诉举报，无风不起浪，这说明他已经大小有了毛病。林泽宇毕竟清白一身，而且下一步面临提拔重用机会。

　　这是一个星期天，林泽宇一大早就把马永春喊起来，与他相约一起去草原深处遛遛马放松一下。马永春显得慵懒，林泽宇趁机敲打："你的骑术这么差，还不抓紧练，将来一旦出现大雪暴雨天气，再有远途任务，不能开车的话，我看你怎么办？光能骑不行，还要有遇险克难的本领。马可不是人，不会沟通，只有接触多了，自然跟你就贴合了，听你的使唤。"

　　马永春一听，猛地爬了起来。林泽宇说得对，他的骑术太差，平地和草原上，他时常也会跌跤。

　　"不过我先前就不会骑马，那不是咱的活儿，来这儿时间不长，有这份技术就不错了。不过跟你林泽宇比，我的骑术差远了。好了走吧，今天我拜师，回来喝拜师酒。"马永春抹把脸，就跟着林泽宇走了。

　　两人并行在草地上，吮吸着自然的清香。草原上的一切都是美的，连空气都释放着无比的芬芳。

　　"哎，为什么同样是草地，同样有植被，而我们内地的空气就没有这里清新，花没有这里鲜艳怒放，环境没有这里优雅？"林泽宇问。

　　"那，那是因为一方水土养一方人，一处阳光照一处花呗，水土不一样啊。"马永春随口答着。

　　"你这就外行了。你想我们内地那么多厂矿，那么多车辆，那么多垃圾，那么多污水……如此排放，产生的灰尘和烟雾进入我们的生态环境里，怎么能不让空气污浊，氧气缺少，一切都脏兮兮、病恹恹的，像没有了生气和精神，而这里的一切完全是一种纯生态的存在，最自然最本色最原生态。"林泽宇笑着看他。

"噢，我明白了，你在用你的专长给我上课呢！我不服。"马永春嗔怒地看他。

"那好吧，我们不谈专业，谈点政治吧！"林泽宇平静地说。

"你这老战友，不给我上专业课，就给我上政治课，弄得我跟劳改犯似的，你能不能让人有点好心情？"马永春有点不耐烦。

"交流谈心嘛，推心置腹，谁让我们是兄弟呢？"林泽宇笑着。

"你是不是对我不放心，认为我有问题，老是反复敲打我。你不是教我骑马吗？怎么上政治课了，走，不教，俺就回去，政治课室内也能上。"马永春勒马掉头要回。

"别别别，教教教，你看你看，你看拜师总要听老师唠叨几句吧！"林泽宇以老师自居。

"一码归一码，两者不搭界的事。"马永春不听招呼。

"好，来吧，我们开始练骑术，孰不知这骑术也讲点政治技巧的。"林泽宇一抖缰绳，把马永春远远地扔在了后面。

"你等着我，我的马怎么跑不动呢？"马永春朝前方吼着。

"那是因为你没和它平等真心交流！等你真心待它的时候，它就会飞起来。"林泽宇回头朝马永春大叫着。因为马永春排斥，使林泽宇满腹的话语，没有对他说出来。

实际上，林泽宇的用意已十分明确，利用遛马的机会，推心置腹地与马永春再做一次长谈，关于人生，关于爱情，关于工作，关于人格，关于政治底线等话题。

马永春的自信自负，甚至轻狂，让林泽宇始终没能说出口。

林泽宇想说的，实际上就是这些从工作与为人处事中所体验的简单生活道理。有的人知道但不去遵循，结果就会走岔道。这些道理林泽宇不管是在中学还是读军校，老师都反复讲过："做事先做人……""人无论身处何处……政治上不能贪权，经济上不能贪财，生活上不能贪色……"

"坦荡做人，走阳光之路，才是人生行路之根本……"可这些浅显道理在滚滚的红尘里被淹没得无影无踪，有多少人能每日三省吾身？林泽宇想到这些，人是悲哀的载体，从生到死，其间的坎坷与磨难，都注定人生的悲哀，可人还要最大限度地避免生命过程中的祸端，让自己有限的生命更顺畅更圆满。

作为战友、兄弟和同事，他真的害怕马永春在这异地他乡因生活琐事出什么纰漏，不仅组织受损，而且个人要承担责任，整个家庭受到拖累……马永春毕竟年轻，即使他不刻意去追逐名利，他的前途也是无量的。一旦跌跤，可不是平时生活中的跌马，骑术再高也枉然，那可是无法校正修复的。

二十三

西南福源学校食堂集体中毒事件发生以后，林泽宇觉得有必要对全县学校和幼儿园进行一次安全大检查。要加强校园周围的巡逻防控，确保学生安全；要加强对学校后勤的管理，特别是学生寝室的安全检查，严密防范陌生人进入学生寝室；严格执行学生学习和休息制度，晚间无特殊情况一律不准学生外出，白天外出严格执行请假制度。此前就发生过女生外出失踪乃至后来被残忍杀害的悲剧。要加大学生食堂餐饮部门的卫生检查管理，严格执行食堂工作人员健康检查制度，要执证上岗。有传染病者一律不准进入学生餐饮工作区域……严把师生食用材料和饮用水源的使用通道，从餐饮源头上设置安全立卡，要净化门卫和食堂等安全部门的人文环境，身份不明的人一律不准参与保卫和烹饪工作……

林泽宇在校园安全大会上作了讲话，之后他安排教育局长回去拟个文件，以县政府名义下发，校园事件至今让林泽宇心有余悸，他知道不能存有一丝懈怠和马虎。

校园周边整治和内部安全管理工作开展一星期，在一所幼儿园真的发现了问题。

这所幼儿园是一家县直幼儿园，有几间园舍装修时间不长，还没完全过安全期园里就收生开班。开学不久，有几名孩子突然身上出现了红点。孩子的家长联名上访，到县政府闹事，并封堵幼儿园的大门。派出所民警开始出警管控，县公安局防暴大队也出勤拦截，信访局派员予以教育宣传……并由此开始扩大。几个小孩出现情况，有近百人去医院检查，连正常房间的孩子们也要政府出面检查身体。一起维稳事件不知不觉发生了，林泽宇知情后心急如焚。

他安排卫生防疫部门迅速派员对房间反复检查，确定园内装饰材料甲醛等有害成分是否超标，以最快速度形成材料方案，逐级上报，以应对上方的质问和巡察。同时又派教育局抽人配合园方带孩子去大医院检查，以检查报告向参与上访闹事的孩子家长澄清事实。再者为了平息事件带来的影响，他下令这家幼儿园暂时停办，对房间进行全方位检测，彻底整改。县里随即从公安、环保、卫健委和疾控中心等相关单位抽调人员，立即成立专案组，即刻展开调查。对恶意闹事、不听劝阻的人员予以坚决打击处理。

他此刻感到，作为挂职干部，要做的事情是很多的。他一遍遍地向县委与县政府主要领导汇报事件的进展情况。这时林泽宇汇报的情况和有关部门编发的简报是他们向上级部门和市政府交出的最好答卷。没有他这位挂职副县长的工作，他们面对市政府的问询将成为睁眼瞎。作为地方任职干部，他们随时都是有上升空间的，而这位林副县长转眼就要离开，成绩孬好似乎无关紧要，可没有每位干部的具体工作，他们的政绩又出于何处？干部挂职正常，但要一视同仁地安排工作，赋予权力，才可达到挂职的目的和意义。林泽宇似乎已经看得出来，每当他汇报工作时，榴园县两位主要领导都以这样的心态面对他这位挂职副县长。

二十四

白天奔忙的工作淹没了男性的一切躁动和想法。只有到了晚上，寂寞的风飞舞在草原上，也敲打着林泽宇宿舍的窗户。他此刻更加孤单和空落。漂泊他乡的古人和他现在的感觉一样，乡情和亲情在心中泛滥，让人滋生莫名无助的愁绪。中华大地上的儿女真是伟大，走到哪里都系着乡愁，永远知道来处，身处何方。

好男儿志在四方，自己算什么。古时那些真正仁人志士、英雄豪杰、热血男儿，哪一个不是怀着"先天下之忧而忧""为万世开太平""匈奴未灭，何以家为"的万丈豪情和家国情结，或征战沙场，或奔走他乡，他们不是一样孑然一身，独自漂泊吗？而自己这简单短暂地离开总有这般愁绪……可笑可笑……想到这儿，林泽宇笑了。

眼前忽然闪现一个身影，转身看他一眼就要离开，眼神那么熟悉，笑容那么可爱，不是妻子秦芳，像夏霜，他大喊一声，夏霜倏地一笑消失了……原来他做了一个梦。他摸摸身上的背心湿了，额头上有汗滴滚下来。他晃头镇静了一下，然后又重重地倒在了床上，仿佛落在了一个温馨幸福的梦乡里……

林泽宇的博学和谈吐，加上执着和诚意终于打动夏霜的芳心。有一天晚上文化培训课后，夏霜想询问一个问题，与林泽宇走在了最后。问题解答了，夏霜突然说："好事做到底嘛，怎么不帮我打水了，半途而废，怎么能成事呢？"夏霜的语调中含有埋怨。

林泽宇突然悟到了什么。他有段时间，看到夏霜不冷不热的，再想想两人的条件差别，就主动放弃了。现在夏霜的话提醒了他，他突然后悔自己没有持之以恒。"我的错，都怪我急于求成了。我明天继续为我们夏小姐服务。"

"不过不要再打水了，你是我们的文化教员哩，多教教我们就行了。"夏霜说出了心里话。

但林泽宇并没完全听信夏霜的话，第二天又穿梭在连部和水房间的路上，走路像飞一样，他成了团部幸福第一人。夏霜的闺密吴雅静和卢梅时常悄悄地告诉他："你要珍惜哟，一不小心可就要飞跑了"……"连长帅哥，不光在我们班，她可是我们整个团部第一美女……"他只知道笑，听着不知其意。后来他耳朵里传来口风：除了他追夏霜，还有二连指导员马永春、一营总支部书记等人排队等候呢。这些消息坚定了林泽宇的信念，他心里更像开了花。

他后来时常违反规定传条送信，约夏霜到团部后山一大片森林里。侧面和中间的小道可是部队拉练的好地方。林泽宇偏偏选择西北角里边一处松树茂密高耸，又有竹叶和灌木遮挡的地方。三步之外，谁也看不见，但里面却枝影婆娑，空隙可见，绝对就是他们幽会的好地方。

今天他把纸条递给了通信员，叮嘱他务必要见机递到夏霜手中。

树林里很安静，除了部队训练，偶尔路过阵阵林涛，附近村民很少来这里。这里形成了一个独僻宁静却又优雅神秘的世界。

不管打水时相遇，还是备勤比武时相处，他们很少这样直接相聚，单独相约。不过现在她已经向他敞开心扉，接受了他的丘比特之箭。

昨天傍晚，训练结束后，他径直去水房打水，正好卢梅在水房。平时他用的四个水瓶只剩下两个。正在疑惑，卢梅说：

"帅哥领导，今天夏霜的瓶被拿走了，你不要去给她送水，这两瓶你拿走吧！"说着，她指面前茶案上的两个水瓶。

"好，谢谢！"他心里忐忑地出了水房。回到寝室，他连累带急口喝得像着火，急忙打开水瓶盖倒水，瓶盖和瓶塞间露出一张长纸条，打开一看："帅哥，明天双休，你有时间就决定吧，你上哪儿我去哪儿，随你一起去追梦！夏霜。"林泽宇看着看着激动得不知道站在什么地方，竟然待在了那儿。他晃晃头，又看看水瓶，再掐掐自己的脸，认为是真的，不是做梦，然后猛地跳了起来，发疯了一般，而且嘴里一阵狂号，隔壁的通信员过来紧张地问："连长，可有事？"

林泽宇愣愣地看他："没有事，没有，你去忙吧！"通信员眼睛睁得更大了，认为连长中了邪。

今天一大早，林泽宇就反复对通信员交代，让他在去食堂的路上把一个水瓶递给了夏霜，里面有告诉她林泽宇追梦之地的"密电码"。那个地方是全营举办登山比赛的地方，他们还一同在那儿照过相。他的心情，从昨夜无眠，到现在还兴奋难抑。他一个农村娃，真的享受到了吃"天鹅肉"的福气。

他感谢祖先和父辈，他们上辈子真的烧了高香。夏霜终于来了。

林泽宇的心就要跳出来了。他参加过各种会议、汇报训练、比武大赛，从没有今天这样局促、紧张，他飞奔而去，但快到近前时，又慌张地停了下来，既怕弄脏了一件宝物，又怕稍不留神碰到一件易损物品……他想张开双臂拥抱夏霜，忽然又收拢了双手，突然间抓住了夏霜的双臂："夏霜，你来了，我真高兴！”

"傻瓜，难道这是假的吗，我不是你的女神吗？"夏霜腼腆地望着他。

"是的，是的，你是我心中永远的女神，是我心中永远的天使，这辈子我都不会离开你……"他刚刚还口吃的嘴巴，突然变得流畅。

"你怎么选这个地方，挺瘆人的。"夏霜说。

"这里不好吗？又安静，又清新，最主要有你在，就是最美的风景。正像人间生活，有情的地方就有色彩。"林泽宇说着诗意的话。

"贫嘴，今天双休，一大早战友们都进城购物看热闹去了，哪有人注意我们。"夏霜很轻松地说。

"我们……"林泽宇一听心里热乎乎的。

"对，没人注意我们，不过我怕你爱面子，所以就找块安静的地方。"林泽宇憨笑着。

"嗖——"，一只大鸟从森林深处飞来，落在不远的灌木丛上，发出巨大的声响。

"啊！"的一声，夏霜被吓得扑进了林泽宇怀里……

林泽宇睁开眼睛，太阳从窗外射进来，天大亮了，刚刚就是一场梦，他想家了，想家人了，想女人了……林泽宇揉揉双眼，骨碌一下爬起了床……

二十五

继学校师生集体中毒事件之后，发生的幼儿园甲醛污染风波又让整个县委大院折腾了很长一段时间，林泽宇作为分管领导，在那些日子里吃睡不宁。同时孩子的家长们都抱着一副斗争到底的架势，不获全胜，绝不罢休。

后来经专家组测试考证、专案组调查，那就是一般的污染事件。其他孩子的身体体检指标全部合格。前期家长上访闹事都是受网上流传不实信息影响。另外因趋利心理作祟，家长普遍认为，只要上访，政府会出面对孩子身体进行全面检查，甚至做出补偿。

面对这样的结果，林泽宇哭笑不得，他没有想到这样一个民风淳朴、道德至上、文明程度较高的城市，一些群众的价值取向、趋利观念如此严重，险些酿成了维稳事件，好就好在现在终于尘埃落定。他把情况向县委和县政府主要负责同志报告。因为前期市委书记和市长围绕此事都先后做过批示。上级也在等待着县里的报告和结果。

他又迅速通知公安局长带着民警赶到闹事现场，宣告事件结果，并责令闹事者迅速解散，如不听劝阻，将强制驱散，维护政府和职能部门办公环境。得知结果后，一些家长和现场不明真相的人都面面相觑，自知无趣，慢慢陆续散去，不然等待的将是法律的惩罚。

这次幼儿园家长上访和闹事事件，让林泽宇再次感受到了基层治安形势的严峻。基层矛盾和纠纷的化解是各项工作的重中之重，作为领导干部，要密切关注，高度重视，不然则会酿成影响稳定的重大事件。

挂职近一年的时间，他感悟到了基层干部的责任与担当。

即使是挂职，也要时时刻刻想到人民的利益，担起应尽的职责。

因为太忙，林泽宇没空到食堂吃饭，傍晚急事脱手了，他才感到饥肠里有小鹿鸣叫。虽然饿了，他却感到无比轻松，毕竟事关民生的事件解决了。秘书推门进来，说谭县长约他晚上一起吃饭。

他想推脱，正好谭县长跟着进来了。"你这几天辛苦了，晚上我们一起吃个饭吧，参加的人不多，正好放松一下。"谭县长显出知心朋友的样子。

"你知道，我不能饮酒，去了活受罪，你们去吧，我随便弄点填肚子。"林泽宇对应酬有过敏情绪。他实在不想在餐桌上天南海北地高谈阔论，他天生只能做点小事，不喜欢热闹场面。

"不饮酒，不饮酒，你的酒我包了。不要太保守，去了你就知道有意义了，走吧！小孙你开车把我们送到饭店，我先下楼等着。"说着，谭县长出了林泽宇的办公室。

孙秘书看看林泽宇，一副为难的神态。怎么办？他只能静观事情的发展。

"走吧，只有去，我是挂职干部，来的时间短。就去见识见识吧！"林泽宇诡秘地对孙秘书说。

孙秘书面部肌肉动了一下，他是想笑的，可是没笑出来，表情比哭还难看。

饭店确实是当地一流饭店。档次与其他酒楼相比，不仅建筑气派，恢宏壮观，占地面积硕大，而且装潢大气，相当奢华。

楼前墙壁，红灯悬挂。走廊里清一色的灯笼，缀满了书法作品和艺术壁挂。穿着整洁划一的服务员微笑相迎，然后不厌其烦地将客人领入灯光辉煌的包间。林泽宇早就知道，这是与政府联合开张的大酒店。一方面这里接待着政府各级各部门的往来应酬，同时每年还要向政府交纳一定数额的"照顾费"，这里一楼到六楼，除餐饮外，娱乐休闲、洗浴住宿，应有尽有，而公安机关不可有半点涉足。

落座后，林泽宇知道，参加今天晚宴的除他与副县长张崇骞和谭县长外，有酒楼的老总和新近到本地开发的几位老板。当然每位老总身边都坐着美女，据介绍，她们不是助理，就是秘书。他们都正在急着从谭县长手上买地。

席间，老总们都让林泽宇饮酒，林泽宇借口身体不适，一再推脱。

"哪有领导不会喝酒啦……""不会喝酒光喝茶，这样的领导难提拔啦……。"

"谭县长都喝了，你不喝不够兄弟意思啦……"

老板们一起帮衬，但林泽宇说："抱歉抱歉，真的不胜酒力。"反复把转到他面前的酒又推了回去。

"你就少喝一点吧，谭县长都喝了，你不喝也说不过去！"张崇骞也跟着说。

"就是的，少喝一点对身体无妨。"突然谭县长一改来时的口气，半命令似的也让他喝酒。

林泽宇脸色突然变得灰暗，他没有想到自己的直接领导和同事皆因自己的喜好，竟不顾他的身体。

林泽宇被这种场面顿时搞得有些局促和憋闷，再坐下去可能要出事。于是，他端起面前的满满一大杯白酒一饮而下，"简直不可理喻！"林泽宇只扔下一句话，抬腿出了房间。

后面传来一大串尴尬的阻拦的声音……

二十六

隔壁的马永春不在，林泽宇洗把脸，照例吃了一碗半生不熟的挂面，就上了门口的改装越野车。

今天的任务是跟那位藏族女干部和大学生苏雅一道下到一个乡里走访慰问十几家贫困户。这些贫困户都是因为他们生活的地区突发牲畜瘟疫，牧场里的牛羊等各类动物生病死了，影响了牧民的收入。以放牧为生的牧民们没有了生活来源，就把情况报告给上级政府，对此上级包括中央都很重视，指示一定要重视少数民族地区特困牧民的生活问题。今天政府部门安排先去走访，发放慰问金，核实统计，再运粮油等生活必需品。可惜女大学生苏雅不在，打电话没人接。慰问金还在她手上，昨晚让她保存的，怎么办呢？藏族女干部金玲玉珠很着急。

"这样吧，我卡里还有钱，找个地方提下款，先发放部分吧！"林泽宇说。

"那怎么行？扶贫资金是专款专用，放在苏雅手里也不合适呀？"金玲玉珠很为难。

"现在联系不上，只能这样了，如果卡上的钱够就先垫着，如果不够就说先发一批，后面还要补发。你看这样可行？"林泽宇看看着急的金玲玉珠。

"那不是拖欠扶贫慰问金吗？那可是违反原则的事。这样，我看我的卡里还有多少钱，凑在一起都发了吧。不然牧区的牧民们会有意见。"金玲玉珠说。

"我的手机里也有钱，也凑上吧！"司机达卡古铜色的脸上露出一双真诚明亮的眼睛。

"不用了，谢谢你达卡，我们凑在一起，估计够了，不够的话，再动用你的'大卡'。"大家嘿的一声都笑了。

越野车在街道上转了一圈，慰问金凑够了数。

车子沿雅鲁藏布江一路飞驰。高山层峦叠嶂，白云飞舞飘逸，蓝天青翠欲滴。身边的雅鲁藏布江如一条狂舞的玉带，在金色的阳光下，咏唱着永恒的歌谣。这是一条神秘的河流，埋藏着很多不老的神奇故事。

……

车外的风景让金铃玉珠不停地惊叫着，一只苍鹰，一群牦牛，一大片羊群，都会牵动她的好奇。

"金干部，你家就在西藏，本土干部什么没见过，还这么新鲜？"林泽宇侧头看着她。

"当然不一样喽，平时我们不出门，在办公室里打打材料、发发报纸、传传文件，自从你们来之后，有这么多具体事，我才有机会跑出来见世面呢？"金玲玉珠小嘴噘着，红红的，很好看。

"醉翁之意不在酒吧！"达卡在一旁嘲弄。

"去去去，没大没小的！"金玲玉珠赶紧堵住了的嘴。

林泽宇一时丈二和尚摸不着头脑。

他又偷偷看了下金玲玉珠。她长得十分耐看，高原红遮挡了她细嫩水灵的皮肤，但掩不住她幽深清澈的眼睛。椭圆脸形，额头宽阔，圆润的下巴，透着诚实和纯朴。一头半卷的头发彰显着热情与野性。按当地标准，金铃玉珠绝对是个大美女。

"人家可是我们单位里的大美女，至今名花无主，条件高着呢！"达卡边开车边说。

"臭嘴，哪有你的话？"金铃玉珠的声音高过了达卡的调侃。

林泽宇更糊涂了。

"林干部，你不知道，她看上你了。"达卡说。

"我？"林泽宇愣神。

"去，闭嘴吧！"金玲玉珠欠起身体捂住了达卡的嘴。

"哈，我一个脏兮兮的半截老汉，谁还能看上我。"林泽宇大笑着说。

"哈哈哈……"他和达卡都笑了。只有金铃玉珠捂着脸，脸红得没有了界线。

车子一路狂奔。

慰问和调查工作一结束，他们就返回了城里。慰问工作很顺利。藏族人是善良的，对于上面的扶持感动得无法表达，有的牧民还流下了眼泪。他们纷纷说："够了够了，以后就不再老麻烦政府了，来年一切又都有了，好日子又来了。"

在欢送和感动的目光里，汽车离开了牧民，汽车走远了，他们还在挥手……

二十七

逃酒事件到现在还在林泽宇心里闹腾，他知道从某些方面来说，他不是一位好干部，只知道做事，还不懂世俗生活。这样下去，他只是挂职而已，提拔重用的可能性是没有的。那个晚上他发现张崇骞是个绝顶聪明人。平时工作从不多言多语，场面应对也得体大方。他和谭县长的关系按照现在人的说法应该叫很铁。据说他一顿能喝两斤酒。好多场合，谭县长等领导的酒他都给代了，这更让领导欢欣和赏识。

大多数同志反映，张崇骞的工作能力弱一点，没有开拓精神，实际上真不是那么回事。听从安排本身就是现代干部一大优点，如果干部处事都干净利索、乐于决断，那么还要上级干啥呢？从两次参与酒局的应酬看，张崇骞的眼光异常活络，特别是观察主要领导的意图。

这天上午，有一份文件，他签过之后，要传给张崇骞副县长。但张崇骞副县长办公室的门关着，敲门也无人应答。林泽宇喊来办公室人员，准备把材料放在张崇骞副县长的桌上。谁知一打开门，有四只眼神直盯着开门的地方，其中一位是张崇骞副县长。林泽宇看到，另一位是前几天在一起吃饭的建筑开发商童老板。桌上放着一个黄色牛皮信封，显得很厚实。

"有人，你都不讲话呢？"林泽宇把文件夹交给工作人员，转身出来了。

"什么毛病，随便开别人办公室的门，下次这里面还管不管放重要的东西……"只听到张崇骞把开门的工作人员训得狗血喷头。

"平时都是这样，领导不在时，都是把文件和材料等重要的东西放桌上，等领导回来时审批。"办公室同志回了一句。

"还嘴硬，我不是在吗？怎么这么随意！"张崇骞的声音更大了，"砰"的一声，然后是长时间的沉默。

林泽宇回到办公室，回想着大院里的一些传言，的确并非虚构。

除了县委和县政府一把手召见，张崇骞一般不参加什么会议，办公室的门总是关着，办事的群众也敲不开。汇报工作的相关同志常常误认为他不在，这样时间一久，大家都认为张崇骞副县长是位勤勉干部，从早到晚，心思都系在下面。可今天他居然在办公室，要不是传递紧急材料，他也认为张崇骞又下去了。

林泽宇坐下来，慢慢地让自己恢复平静。他作为分管干部，想在有限的时间里为本地的环保规划做点事情。榴园县虽没有摘掉贫困的帽子，实际上是一个经济大县，人口180多万，地域面积约2391平方公里，物产较为丰富，以盛产石榴著称。有榴园啤酒、石榴酒、全鸡等地方特色产品，为地方经济的发展注入了活力，增添了地方人文色彩和魅力。这里依山傍水，风光旖旎，金秀二山合抱相拥，山清水秀，涡淮二河联袂相依；境内淮河、茨河、茨淮新河及四方湖等大小河流水域如珍珠散落区内，把榴园点缀得若玉罗绸缎，吸引着大量的中外游客到此观光旅游。虽然地方相关部门为此做了大量工作，但一些深层的文化内涵并未被真正挖掘出来，像宝藏一样还埋在底层。全国都在做改变山河的大文章，都在打造青山绿水，实际上榴园就是一块绝好的山水家园。秀山的禹王宫至今矗立，是大禹治水的最好见证。不说大禹的祖籍和故乡，大禹治水经过秀山已是事实。不然"大禹斩防风，血流上下洪。""启母盼君归，作化千年石。"大禹"三过家门而不入……"这些美好的故事传说，怎么会如此奇巧，都发生在榴园的土地上，所有佳话与底料合围相佐，全都印证了历史文化的渊源与真相。

大禹文化不是榴园县开发挖掘经济资源的最好依托吗？

林泽宇想做点文章。

首先是享有天下第七泉美誉的白乳泉，水质甘润，源头神奇，久取不绝。只是白乳泉公园设施陈旧、配置老套，一些风景因开发被损毁……这是否可以算一个长远发展项目；其次是围绕石榴，能否开发石榴文化，生产石榴系列产品，扩大营销市场；再者是大禹文化的源头在此。大禹王朝建立后，它的经济、文化等一系列治国方略由此发端，榴园围绕这些能否借鉴和探讨，挖掘和发挥大禹治国的长处，为榴园的发展提供参考和依据……

正当林泽宇认真思考的时候，门被敲了一下，接着猛地一下被孙秘书推开了："林副县长，门口来了一大帮老同志，堵政府大门，说是为什么资金来的呢，张崇骞副县长不在，谭县长让您下去接待。"

林泽宇看了孙秘书一眼，重重地扔下了手中的笔……

二十八

藏族女干部金玲玉珠的热情一下子给林泽宇带来了困惑，

他是一名有妻室的内地干部，岂能接受异地女人的好意。但他回想，金玲玉珠对他的确有那么点意思。每次一起吃饭，她总是帮他洗碗弄筷，百般地照顾和体贴，总是不让他饮酒。每次出差，她带好多新鲜水果和藏族特色点心。一会儿削个苹果，一会儿剥个香蕉，一会儿拿出块空心糖，设法弄给他吃，弄得林泽宇不好意思。如果林泽宇不吃，她就朝他嘴里放。惹得全车或随行的人羡慕得直叫唤。特别是达卡："啧啧啧，酸死人呐！"这时金玲玉珠就会说："去去去，馋死你！"实际上她马上又会把好吃的递给他们。

金玲玉珠原先毕业于西藏大学，学的是汉语言专业，分到了区政府工作。她有英雄情结，在工作中与辖区派出所的民警那桑相爱。两人相恋一年携手走进婚姻殿堂，婚后育有一子。可后来有次那桑在协助内地公安抓捕一名逃犯时，为了保护战友，被歹徒刺破脾脏，因失血过多英勇牺牲。

那桑被公安部授予二级英模，而金玲玉珠整整一个月躺在床上没能起来。

后来金玲玉珠常常去那桑倒下的地方，盯着那个方向发愣，她嘴里念叨着，那高飞的雄鹰应该就是她心中的那桑。

几年后，金玲玉珠终于振作起来，看着一天天长大强壮的儿子小龙桑，她的心里充满了希望。

在与汉族干部林泽宇相处的日子里，她发现林干部有男人的血性，有汉子的担当，有领导的风度，有牧人的善良，而且慷慨大度、坦诚阳光、朴实厚道的面孔渐渐刻进了自己的心上。

她喜欢跟林泽宇在一起，每次分配工作时，她都有意识要跟林领导搭档。这问题一下子就摆在了林泽宇面前，他有妻室，还有孩子，妻子秦芳贤惠，是当地居委会的一名普通工作人员。他能为了自己的消遣抛家弃子吗？再者自己又是一名副处级干部，要严格要求自己、谨言慎行，为民服务才是根本。他一贯要求下面的同志遵纪守规，自己怎么能有失领导形象。他昨天还在指望以赛马训练为由做马永春的工作，怎么自己突然遇到这样的事情。

傍晚，林泽宇刚刚起火开灶的时候，那辆越野车停在了林泽宇的宿舍前。林泽宇以为达卡来了，车上却走下了金玲玉珠。

林泽宇刚想同金玲玉珠打招呼，可她理也不理，径直走到林泽宇里间的小厨房。掀开高压锅，看到里面的松松散散、稀汤寡水的白水面，立马端起就要倒掉。

"以后不要再吃这样的白水面条，我给你搞点小菜，面条要放油和菜炸锅，不然没有营养……"

"别别别，我已经习惯了，这样很好！"林泽宇忙去阻拦。

"林领导，你听我的，你的身体需要调养，不然你吃不消的，来我们这儿工作，我不能看着你受委屈。你看人家马干部吃香的喝辣的，哪像你这样委屈自己。"

金玲玉珠的一番话让林泽宇心里热乎乎的。他看着她把自己的脏衣服扔进了塑料大盆，又倒上洗衣粉端着就去接水，顿时醒悟，强行拦住了她。

"玉珠，你不能这样做，我是你的同事，你还年轻，日子还在远方；再说这样做，人家会说你，对你以后不好！"林泽宇按着她的双手，轻轻地对她说。她看得出他的脸上布满关心和真诚。

"我不管，你就让我做吧，我不求什么，只要和你在一起就知足了。"她的眼里布满了泪水，像晶莹的珍珠在棕红的脸颊上闪亮。

"玉珠，珍惜自己，你是位好干部，你的真挚和善良注定你的未来一定很美好！"林泽宇松开手，让她坐下，他想和她讲讲心里话。

"自从那桑走了以后，我心如死水，从你的身上，你的善良正直、真诚豪爽又唤醒我的希望。我不为了得到，只想活得充实有价值。我对心仪的人要敞开心房，否则我来世上白活一趟。"金玲玉珠眼泪如断线珍珠一般脱落下来。林泽宇心中陡升一种怜惜，忙从桌上抽几张餐巾纸递给她。

"玉珠，我们都是党的干部，为百姓和家乡做事是我们共同的理想和价值所在，而不在乎卿卿我我，儿女情长，以后让我们携手，让当地百姓和牧民们生活得更加幸福和阳光。"林泽宇以果决的口气对她说。

"我有点不知趣了，我并不要求你什么，只是想多和你待在一起，你都不答应，唉，人真没意思。"说着，哭得更凶了。

"喂，有人在吗？"外面传来摩托车的声音。讲话的好像是达卡。两人同时起身出屋。

"快，草原上起风了，达旗部的牧民罗萨带着儿子和一百多只牛羊，到冈旦草原放牧还没回呢，风一起就回不来了。"

"啊！"两人同声惊叫。林泽宇关上门，拉着金玲玉珠的手冲进了越野车。

二十九

　　林泽宇来到县委大院门口，经初步询问现场民警和工作人员，才知道这些老同志是因为农村危房改造的事来上访。

　　林泽宇走到几位正在与工作人员争吵的老汉面前说："请老人家安静一下，我是县政府副县长林泽宇，这项工作就是我负责的，大家有什么情况同我说就可以了。"

　　他的话一落，人群中有人说："他是个挂职的，干一段时间就走了，不行，让正县长来，他说话不作数。"然后一阵起哄的声音。

　　"对，让县长来，不然我们不跟他谈……""就是的，起码来个常委，不然有什么用……"

　　"大家不要看不起，乡亲们，我就是县委常委，又是负责这一块的，你们反映的情况，我会如实汇报，尽量帮你们解决。"林泽宇再次陈述自己的身份。

　　"骗谁呢，你一个挂职的，还能进常委？我不信。"旁边有人质疑。

　　"这是我们县委常委，林泽宇副县长，请大家相信他。"一位工作人员补充说。

　　"那好吧，你说怎么谈？"一位年岁大的老人说。

　　"这样，你们选三五位同志，到我的办公室喝杯茶，我们再聊，听听你们反映的情况好不好？因办公室太小，不能让大家都去了，请原谅！"林泽宇的语气让在场的人无话可说。

　　"好，我在三楼306房间，我先去把茶泡好！我们好好聊聊，交个朋友嘛！"林泽宇笑着转身走了。十分钟后，五位老人坐在林泽宇的办公室里。

"先喝点茶，看看你们谁先说？"林泽宇问。

"我说吧！"一位年迈的老人急嚷嚷地。

"您说吧，我听着。"林泽宇和风细语。

"你看看，从乡里到村里，听说只要有房子维修的，上面都会补两万块，为什么我们都没有，这不是让人难看吗？宁漏一村不漏一家，凭啥我们就没有？不像话。"老人的气还没消。

"您是新盖的房子还是原来的房子，要是老房子修理，那上面一定会兑现，补两万块钱。"林泽宇说。

"我要有房子还好呢，我现在住的是原来大儿子养猪的大猪圈，我没地方落脚，我要把它翻盖成房子，我成天睡在猪圈像什么话？"老人显得很有理，底气十足。

"老人家，那可不行，您一定要有房子，需要维修，政府才能补您。"林泽宇解释。

"那我不管，我没地方住，政府就得给钱盖。"

"那您家孩子呢？"林泽宇问。

"我家孩子都在外面打工。"老汉说。

"他们有房子是他们的，我不能去占他们的房子吧？"老汉还是不听劝解。

"这样，我带人了解下具体情况才能答复您，好吧？请您一定理解，我们按政策要求办事。"林泽宇把话题转向另一位老人。

"您什么情况？老人家。"他问。

"我有两间房，想扩大翻盖一下，上面为什么不给钱呢？"

他说着，看看林泽宇，生怕他没听到。

"这批钱只给老人维修房子，盖新房、翻盖房都不给补助的。"林泽宇耐心地解释。

"请大家看下文件，我这儿有一份，这上面有明确规定，不是政府不出钱，而是大家没明白上面的意思。不过大家先回去，我们检查后，只要符合上面的精神，我一定通知把补偿的款项发到位。好吧？"林泽宇态度十分和蔼。

这时老人们所在乡镇村的干部也过来了："走吧走吧，怎么能到这里来，这是什么地方，你们不知道吗？不是跟你们都解释过了吗？不符合政策到哪儿也没用！"一位干部说。

"要好好跟他们解释，让他们吃透文件精神，你们这样，老人们就会有对抗情绪，这种工作方法可不行！"林泽宇当面批评进来带人的干部。

"你给他们解释，他们不听，就会胡搅蛮缠，想一切点子向政府骗点钱。"那位干部说。

"什么话！他们是牛鬼蛇神，专和好人作对？是你们态度有问题！回去做好安抚工作，我下午就到他们所在的各个村去，看看到底是什么情况？问题解决不掉，你们都要写检查。"林泽宇发火了。

"是是是，林副县长别生气，他年轻，不会做群众工作，也是我们镇里工作没做好，您批评得对。你，回去写检查。"镇里的一位领导眼睛直瞪着那位村干部。

刚刚还吵嚷的老汉们看到林泽宇的态度，也都不再讲话，跟乡镇和村里的干部默默出了林泽宇的办公室。

三十

深秋后，高原上的风起得快，而且非常迅猛。

林泽宇、金玲玉珠和达卡驾着车直奔远离城镇深处的一块牧区冈旦草原。

据达卡说，达旗部拉旺村村民罗萨跟着儿子旺曲昨天早上赶着上百只牛羊，带着一条牧羊犬，去冈旦的一个牧区放牧。晴朗的天，谁知说变就变。傍晚暴风到来之前，族里人去牧区里找，人畜已经没有了踪影，也联系不上，现在公安局和有关安全部门已经出动人力搜寻救援了，目前还没有消息。

"呀，那个乡正是我们联系帮扶的地方，怎么发生这样的事？"林泽宇惊叫着。

"就是呀，所以我值班接到电话就赶过来了，我知道玉珠姐要到您这里送份材料。"达卡说。

"不该发生的事情，开快点达卡，但愿一切平安，阿弥陀佛！"金玲玉珠不停地催达卡。高原上的风着了魔，越来越大，卷起了漫天沙尘。车子行驶受到干扰。路上透过飞扬的尘土，隐约有灯光闪现，那是搜寻者发出的亮光。

空旷的原野上时而传来急促的呼唤声，这声音如被人控制了一般，只要发出，立马被人收了起来，这给草原上增添了惊恐的氛围。

越野车费了九牛二虎之力，行驶进了冈巴草原。大家下车四处张望，一望无际的旷野，哪里有人的踪影，更没有临时搭建的帐篷。

　　狂风刮得人很难站稳。达卡从车上取下了手提路灯和手电筒，然后分发给了林泽宇与金玲玉珠。

　　"林领导、玲姐，你们看下一步怎么办？罗萨爷儿俩就是在这一片放牧的。你看这儿空荡荡的，估计来这里搜寻的人都分头下去了。"

　　"这样吧，我们也分头到周围寻找，注意保持联系，距离不要太远。一旦没有情况，立即回到车上。"林泽宇吩咐。

　　"好吧，我们分头寻找，为了扩大搜寻面，一人一组，我无论如何也是英雄警嫂吧！"金玲玉珠回答。

　　"玲姐，你一个人不行，你和林领导一组，我一人一组能行，随时保持联系。"达卡担心地说。

　　"达卡说得对，你一个人不行，你身边再跟一个人，不然不安全。"林泽宇焦急地看着她。一阵狂风刮来，差点把他们掀翻。林泽宇伸手用力拉住了金玲玉珠，她倒在了林泽宇怀里。

　　"好，我们开始吧！"金玲玉珠离开林泽宇的怀抱，拿着手电筒，快乐地向远处跑去。

　　"玲姐。"达卡和林泽宇担心地望着她去的方向。

　　这是高原上少有的沙尘暴，飞沙走石，让人睁不开眼睛，常常能把牧民的房子掀翻，把牧民的帐篷卷走，满地的牛羊四散而逃，各类农作物顷刻被毁坏。

　　冈巴大草原四周的山峦、田野、洼地无数次回响着"罗萨""旺曲"反复同样的声音，可任人们怎么呼喊，根本没有罗萨和旺曲的影子。

　　随着时间的推移，参与搜寻的人力不断扩大，驻地解放军战士和武警官兵都参与了搜救工作。沙尘中搜寻的艰难让人无法想象，天快亮了，很多人都回到了开始的地方。这时，林泽宇和达卡在寻找无果后，也回到车里，可打金玲玉珠的手机，都连续出现了忙音。突然间天空放晴敞亮，太阳出来了，草原立刻披满了金色。

罗萨找到了，旺曲也找到了，一百多只牛羊得救了。

原来，会观高原天象的罗萨发现天气突变，很可能出现狂风沙尘，但赶回居住地已经来不及了，就赶紧揭去帐篷，骑马将牛羊赶到了离牧区三公里外的一个背坡洼地处，不远处正好有个山洞，洞口很小，但里面有很大的空间。只是这里不被常人所知，而罗萨小时候来过。实在凑巧，他们刚把牛羊赶进洼地，天空突变，乌云翻滚，狂风大作，顿时没有了视线。想给妻子打电话，这里竟没有一丝信号，就此便与外界失去了联系……

林泽宇跟达卡向上级报告了金玲玉珠失联的消息。搜救工作继续展开，可三天的搜寻，也没有找到金玲玉珠。一周后，牧人在冈巴牧区西南一片湖水中发现她的尸体。勘查判断，她是在附近搜寻时，不慎被一阵狂风裹进了湖水……

但也有人不这样认为，说是她自己走进了那片清澈的湖泊……

三十一

林泽宇副县长第二天就带队去了上访反映问题较多的几个乡镇。通过实地探访发现，上访老人反映的问题不符合救济规定。主要原因是基层干部将文件和政策精神宣传不到位，一些老人看别人修房拿到了补贴，人急眼热才结伴到县政府上访的。此前，基层干部不认真落实，底数不清、情况不明、信息不准，造成老人们越级上访。

林泽宇和工作人员逐户检查落实，然后做出解释说明，老人们不再争辩，自认理亏。

为了防止其他乡镇效仿，林泽宇吩咐孙秘书起草了落实危房改造和修房的补偿说明，以县政府文件的形式下发。

然后他的车一转，直接进了上访户所在的镇机关大院。

在紧急会议上，林泽宇批评了一些干部的浮躁作风。他说："我们一些基层干部在工作上存在问题，不学习、不思考，不吃透文件和政策精神，作风过于浮躁，在执行政策上，不宣传、不走访，落实不到位；这种华而不实、大而化之的后果，只能是给党的形象带来不良影响，而且会造成怨声载道，到头来贻害百姓。我今天提醒大家，一定要幡然醒悟、悬崖勒马，否则长此以往，这既解决不了问题，又影响党群和干群关系。仔细想一想，我们这些基层党员干部的工作宗旨要以人民利益为中心，以群众需求为目标，不搞强压硬卡，强势推进。大多数群众是善良的，但有时不了解上面的政策，吃不透文件的精神，群众就会产生思想误区，如果没有人说明和引导，就一窝蜂地刨根问底，严重者就集结上访、聚众闹事。这时，我们这些党员干部就要去做工作，耐心规劝，化解矛盾，把一切问题消化在基层。就从这次事件来说，本身就没有什么大事，是因为无人过问，又不理解，群众就向上讨问说法。好在，大家反应灵敏，处置得当，很快就妥善处理了。但愿这样的情况少发生。不然好事也能因群众不满意酿成重大社会事件……好了，时间不早了，我要去处理另一件涉及老人的事了。再见！"

林泽宇所说的另一件事确属事实。头天傍晚下班前，有北部乡村的几个老人一直等他，后来实在等不到，孙秘书就接下了他们的材料，并且答应等林副县长回来向他汇报，老人们很信任地就走了。可林泽宇一直到很晚才回来。

材料反映的是农村老汉不愿意住敬老院，向政府申请拨款建房的事。具体情况也需要到实地探访才能决定。

这是北部大法村的村民反映的情况。

他翌日上午率领政府办、扶贫办同志和孙秘书一行来到了大法村村委会，乡政府的有关领导知道他们的安排，早已等在了这里。

林泽宇把情况简单说了一下，就直奔主题，谈谈老乡们反映的问题是否属于需要政府出面解决的情况。村里几位干部于是都先后谈了各自的看法和意见。

村书记说："这些人我们都掌握，村里现成的敬老院，他们不愿意住。非跟村里乡里纠缠，要求建房，儿孙一大家，这种情况多。只是有的儿女不在身边，有的沾边挂拐、够建房的条件，盖了房，他搬过去住几天，然后找借口又回敬老院，政府盖的房又给家人了。房子便成了家庭仓库、农具房什么的。林副县长您看看，这是在钻政府的空子啊！"

"你就讲我们村的二愣爸……"书记停顿一下想接着讲。

"二愣平时对他不管不问，不尽赡养义务。反过来煽动他爸向乡里村里要条件，提无理要求，以困难为由要补助。能多磨两个就多磨两个，嫌上面少给他补助，现在正在开展扶贫，他们尽打擦边球，不给就死缠硬磨，在乡里村里造成不良影响，也助长了歪风邪气，现在就是正气不足，风气颓废。从上到下，跟着效仿，都想争当贫困户，谁游手好闲，谁最光荣；谁能有低保，谁受尊重。这何时是个尽头哟！"村书记诉说得头头是道，一股脑儿都掀了出来。

大家都赞同村书记的说法，声称现在就是这个情况，需要对这种情况进一步梳理，及时刹住这股不正风气。

大家无语。眼睛都盯着林泽宇副县长。

"就这样，他们还到县里上访？"林泽宇问。

"是的，他们认为提出的条件稍微受到怠慢，就四处反映、到处告状。"村书记说。

"我明白了，这叫歹人先告状嘛！"林泽宇翻看着手中的材料。

大家默默无语。

"这样吧，大家先回去，我过后组织相关部门开个会议，要研究一套方案，针对此类情况，一要控制，二要重罚，不然党的政策法规就失去效能和意义，好，散会吧！谢谢大家！"林泽宇带着孙秘书等人也出门上了车。

三十二

金玲玉珠三个月后被自治区政府和区民政厅追认为烈士，与丈夫那桑葬在了一起，旁边竖起了一块石碑："高原儿女，夫妻英雄。"

金玲玉珠的死，较长一段时间让林泽宇感到惊恐，甚至窒息，他的心脏病更重了。

金玲玉珠才三十多岁，她那样年轻，那样热爱生活，又那么率直和火热，那么好的人谈笑间就永远地离去了。

很多人都计较世俗名利，孰不知人生在世，草木一岁一枯荣，最后都要回归大地。身边的人，走着走着倒了，走着走着没了，到底什么才属于自己。

一位作家说得好："所有的容颜与美丽都会人老珠黄，所有的官员都会告老还乡，所有的财富生不带来、死不带去。唯有人的感情与精神价值才会永久留存。它所昭示和启迪的是人在有限的生命时光里要珍惜缘分、友谊与情感。"这一点他需要学金玲玉珠，为了真切的生活和生命的价值，去追寻精神的壮烈和永恒，哪怕短暂也在所不惜。

悔意深深地困扰着他，这种情况和环境，也实在无法逃离。

当他静下来的时候，就暗暗起誓，把金玲玉珠他们未竟的事业完成好。

早晨一到单位，他告诉马永春和苏雅做好准备，达卡开车，马上就去受灾牧民那里，那是他们和金玲玉珠一起联系和帮扶的地方，要把她惦记的事情完成。

苏雅的眼圈红红的，金玲玉珠离开后，她一直沉浸在悲伤中。金玲玉珠毕竟是她进藏后认识的第一个好姐妹、好同事，而且是一位藏族姐妹。

马永春收敛了许多。毕竟金玲玉珠的死他有一定的责任。

那天正值马永春值班，当情况来临时，他不在岗位。达卡无奈，只好骑摩托车去找林泽宇和金玲玉珠。如果马永春在岗，提前安排，周密计划，就不会出现后来人手少、单兵搜寻的情况，或许金玲玉珠至今还活着。可是因为马永春的脱岗，造成完全不同的结局。

但马永春到底干什么去了，至今仍是个谜。此事也因金玲玉珠的死搁置着，无从追问。等一切安静的时候，恐怕会有人出来叫板的。此后一段时间，马永春少言寡语、深居简出，与林泽宇的交流屈指可数。

还有一件事，林泽宇一直在担忧。发放牧民的救济款那天因为苏雅不在，由林泽宇与金玲玉珠等人垫付。可到如今，他和金玲玉珠的垫付款还没有还，最起码金玲玉珠不在了，她的垫付款不能拖欠。活人总不能欠死人的钱吧！

可林泽宇几次与苏雅交流，苏雅说钱被马永春临时用了。那是专用款项，马永春作为一名领导干部，怎么干这样的事呢？林泽宇真的为他担心了。这些日子马永春见到林泽宇时总是躲闪，眼神也是游移不定，难道他害怕追问钱的事吗？

林泽宇预料，上面一旦知道这可是犯法的买卖，马永春还在遮着掩着，还真的等火烧起来吗？他在等马永春的答复，不然就要找机会摊牌。

他们一同去金玲玉珠的墓上献了花，然后去了遭受灾害的牧区，把预先准备好的柴米油盐一并送给牧民。

事情办妥了，他们同牧民告别后，林泽宇深情地同牧民说："乡亲们，金玲玉珠虽然不在了，但她和我们的感情一样，她也在盼望你们都过上好日子！"牧民们都轻声啜泣起来。

"金玲玉珠同志，一位多好的干部，我们想念你呀，你快回来吧！"现场一片号啕声。

三十三

林泽宇在同基层百姓接触的时间里，深深地感觉到了百姓的质朴、厚道、善良。很多群众都感谢党的政策，是党让他们生活得幸福与美好。没有党的惠民政策，很多人还在贫困的泥潭里挣扎。现在的大多数农民内心有着诸多的感激。

可也有部分年轻人，好吃懒做，贪图安逸，总想利用国家的政策捞点好处。有的机关算尽，用欺瞒的手段骗取补助，更有无耻者把自家老人也用上，合起来跟上面周旋。这对国家和社会的稳定和发展相当不利，也败坏了社会风气。

为了消除此类现象的再度发生，榴园县人民政府下发了《关于加强农村危房和贫困建房资金管理的规定》和《关于对农民弄虚作假骗取建房补偿情况的处理办法》，随后下发全县各乡镇村。一个时期内，这种情况得到了控制。

拥有西藏工作经历的林泽宇，把藏族同胞的厚道、纯朴的美好印象一同带回了内地，带到了皖北平原。

中国农民大多是善良的，也有极少部分人秉承了几千年流传下来的慵懒、自私、安逸、趋利的陋习。正是这部分人的存在，才让农村这广袤的大地上，增添了一些不安的因素，注入了几多不和谐的音符，让农村人的生活时而显出暗色，时而纠纷迭起、矛盾陡升……

中国几千年历史主脉就是农耕历史，实质上就是农民的历史。就是在当代，领导也在反复强调中国问题就是农民问题，政府不断出台惠民惠农政策，让农村富起来，让所有农民都过上幸福的日子。可是一些人误解了优惠政策，依然想不出力气，企图不劳而获，坐食惠民政策。

这样推断，农民的文化教育、法制教育、传统教育需要继续加强，而最重要的道德教育依旧任重道远。

林泽宇坐在办公室里思考着这些似乎自己爱莫能助的问题，但他又觉得这些事情自己也有责任，很多他这样的干部都有责任，全国的每一名干部都应该负责；如果每一名干部都尽到这份责任，解决中国的一些现实问题不难，改变诸多不良现状也不会遥远……想着想着，手机响了，是爱人秦芳打来的。

他心里猛地一惊，继而想起自己三个多星期没有回家了。

妻子是他心中永远的痛。他和秦芳恋爱不到一年就结了婚。但他结婚的时候已到而立之年。因钟爱的从军事业的安排，他在部队工作时间太长。婚后，妻子依旧留在地方上班，他照旧供职于原来的部队。

两地分居是夫妻生活的大忌，这对双方的健康与精神生活，以及家庭都有不利影响。

但也没有办法，两人结婚后，林泽宇把家庭都甩给了秦芳，特别是孩子出生，这给秦芳带来了更多的忙碌和压力。秦芳在居委会工作，虽然是机关性质，但琐碎事情千头万绪，一天到晚脚不沾地。一天下来，她拖着疲惫的身躯回到家，儿子放学了，还要照顾他的学习和生活。

今年不同了，儿子高中毕业，面临高考，这是家长最伤神的时间，一切以孩子的生活为轴心。可是林泽宇家存在个例，他从来不问孩子的学习，反正有秦芳呢！他照例甩手无视，孩子已习以为常，心里就没有爸爸关心他的概念。

眼下高考已过，面临孩子填报志愿，秦芳这才焦急地打来了电话……听着秦芳的诉说，他觉得自己是这个家庭的陌生人。那边传来秦芳的哭泣声，他难过地挂了电话。

三十四

一周后的一天上午，上级通知马永春到区党校学习两个月。不久，两名纪检干部传讯了苏雅。大家都心照不宣，认为这件事是针对马永春的。不然这时候怎么让他去党校学习呢？

苏雅被传唤的第二天就回来了。果不其然，纪检干部向林泽宇和达卡调查一些情况，都是围绕马永春进行的。林泽宇这才意识到组织上已经掌握了一些情况，而马永春还蒙在鼓里，认为自己做得天衣无缝。

这天上午，有几个牧民来单位找马永春，他们是林泽宇与马永春帮助销售肉类食品和建立加工厂的帮扶对象。

当他们知道马永春被派出学习时都很震惊。因为他们把一大批内地销售产品的资金都放在马领导手里，至今尚未能转给他们。

"怎么回事？"林泽宇非常奇怪。问资金怎么会在马永春手里？他招呼几位牧民兄弟细说情况。

原来，林泽宇、马永春等人联系帮扶的贡嘎地区的一帮牧民，想通过林泽宇、马永春与内地联系把肉类食品销售出去。对方与马领导熟悉，双方由马永春介绍签订了合同，便同意直接把款转给对方。现对方货也收到，但对方打款时，因转账不便，语言沟通障碍，想通过马永春书记，再把钱转到牧民的账户上。对方说款项已到账两个多星期，可牧民至今还没接到马书记的这批款项，所以今天他们来问问情况。牧民们还说一来问问货款的事；二来看看帮扶他们的领导。善良的牧民话说得很平静在理。但林泽宇此刻心中突起波澜，仿佛胸中有只小船在狂风巨浪的大海上随时倾覆……

　　"你怎么啦？没有出什么事吧，林领导，我看你的脸色不对劲！"一位牧民用有板有眼的藏音口语说。

　　"没有事，没有。"林泽宇尽力使自己冷静下来。他真的没想到会发生这种事情，二十多万元，可不是小数目，马永春胆子真够大的，啥钱都敢拿，但愿一切平安无事，把钱尽快给人家，以图息事宁人。

　　"老乡们，具体肉类食品款项的事我不知道，只有见到马书记才知道情况，你们先回去吧，我明天去党校见马书记，尽快让他把钱转给你们，恐怕他最近忙，还没腾出手，反正钱是少不了的。我告诉你们，食品加工厂征地的事，我们正在申报批复，有望年底之前下来。这是大好事，我们会尽力。以后积余的肉类食品的贮藏、加工、运输都不成问题了，这对发展本地农牧业和旅游事业，推动经济发展，促进内需都大有好处。"林泽宇天南海北地讲着无关紧要的话，以搪塞慌乱的表情。这时候，他不知道该对面前善良厚道的藏族兄弟说什么，只有讲些不着边际的事。

"那是那是，这下子就好了，我们牧民以后就有盼头了，不用愁肉类食品卖不掉了。""对，以后就好了……"大家都应承着。

"林领导，我们回去了，您忙吧，有时间我们再过来，您要保重身体，这里条件不好，让您受委屈了，我们牧民感谢您啊！"有人提出要走。

"谢天谢地。"林泽宇心想应付他们都难受死了。不是马永春，哪会有这样的事发生。

"好，我就不留大家了，我明天去党校，把销售款的事落实好！好好好，那你们路上小心噢！"林泽宇趁势想把人支走。

牧民们离开了林泽宇的办公室，只留下林泽宇静静地等着。

他在想，虽然有些事，马永春可能是始作俑者，但实际上无形中他也是帮凶。

作为党的援藏干部，他们每次下去检查、调研、慰问和帮扶，都以正直、仁厚的姿态，热情爱民，实际上为有的人披上一层外衣，被人们当成了正人君子，为干些不法事情披上了伪装……善良的民族兄弟岂能经得起这样欺骗，把他们当成了忠诚干部和好人，于是，以心相投，误入陷阱，从这点讲，他不属于帮凶吗？

事实还未完全清楚，他只是这样猜测，有待下一步核实。反正林泽宇害怕他推测的那种结果，如果那样，他将如何在这块美丽的土地上待下去？

天暗了下来，窗外已有路灯闪烁，他想，他该回自己的那块小天地了。

三十五

林泽宇利用一天时间匆匆回家转了一趟，对妻子安慰了一番，也给儿子报考志愿当一回参谋。子承父业，儿子报了陆军指挥学院，这属首批录取院校。

县里孙秘书打电话来，所有党政领导干部、党员要第一时间进入禁烧岗位，开始打响环境保护战役。这是林泽宇转业后所在单位的专业职能，所以一听讲"禁烧""环保"这样的字眼，心中就会滋生兴奋。

禁烧并不是小事，里面有很多的弯绕。禁烧工作的战场依然在农村。其间发生的情况和意外常常令人措手不及。

禁烧条例有条明确规定，放火燃烧秸秆者处以 15 日以下拘留，并处 2000 元罚款，情节严重，依法追究其刑事责任。明目张胆焚烧的人极少，可却出现了这样的情况。

有一天，公安局分管局长向他汇报了这样一宗案件：

茨桑村民张大毛指使村里的智障男放火把自家的麦秆烧了。事情是傻子干的，却是张大毛授意干的，正在烧的时候，派出所同志抓到的是傻子，而张大毛并不在场。有人问这件事的责任人是谁，应该处理谁？

林泽宇说："傻子没民事行为能力，不负法律责任，但麦子的主人是正常人吧，他有意指使，他就是主谋，应当负法律责任。那就按有关规定，从严处理。"

一起案件办结了，又有一起案例汇报上来。说有一个村民在麦秸旁边放了一盘蚊香，蚊香尽头放的是火柴秆，村民便以点香驱蚊为由，把麦垛烧着了。

调查结果不好定论，村民说，他只是想驱蚊，无意点着了麦秸，他没有点火的故意，如果处理他，他不甘心。

禁烧领导小组成员与公安人员联合进行了分析，认为本人明知蚊香和火柴属易燃物品，有意放在禁止燃烧的秸秆旁边，明显放纵自己的行为发生，存在明显的主观故意，又造成秸秆燃烧的结果，应当负法律责任，依法予以处理。

两起案件的办案人员前脚刚离开林泽宇办公室，办公室电话又响了。一个乡的领导汇报，辖区有一村民，因按政府规定办事，用四轮车把秸秆拉回家，结果在途中下一斜坡，没收住闸，人从四轮车上摔下来，没抢救过来死了。现在家人组织亲友一帮人准备到县政府上访，说都是上级不准焚烧秸秆造成的，要找政府讨说法。林泽宇的头上瞬间像被扔了个炸弹，"轰"地一下蒙了。冷静了一下，他回想这段时间，这样的事件太多了，而且涉及农村农民，处置不好就会造成矛盾激化、事件升级，引发更大的后果。

上次一个农村电工修变压器时，因操作不当，被电死了。结果亲友聚集堵电力公司大门，弄得电力公司无法正常办公。这样的事情不便强行处置，死者亲人处于极度悲痛之中，容易引起过激行为，最后有关单位以 100 万元的赔偿安定了死者家属的情绪，事件才得以处理。可这次棘手的事情又接着来了。

"我来这儿挂职，权利没捞到，却捞了不少活儿干。"林泽宇在心里跟自己开了玩笑。

他一边通知公安机关派员规劝拦截，一边让信访办做好接待工作。然后让政府以最快速度通知相关人员到政府三号会议室开会，研究处置对策和办法。

处置对策很快拟出：一是由县局法制室和辖区派出所派人配合乡村干部对死者亲属予以规劝；二是要组织调查组调查村民死亡原因，如果纯属个人所为，不构成伤害案件和纠纷事件，乡村当面予以安抚，出于道义情面给点抚恤补偿，但要表明态度，此事与政府无关；三是公安局组织精干警力，做好应急准备，一旦死者亲属大规模集结，集体到县政府等地静坐、上访，要积极疏导，委婉驱散，对少数教唆煽动者或带头闹事者，要强制带离，对拒不配合，甚至暴力妨碍公务人员的，一律采取强制措施。

散会后，林泽宇亲自去了信访接待室。这一段时间农村矛盾纠纷好像梅雨一般进入连绵多发期。负责信访工作的同志都辛苦了。信访工作本来是由张崇骞副县长分管的，他是常务副县长，可能重要的事务多一点。一些不大不小的事自然而然都撂在林泽宇的肩上。按照谭县长的话说："他忙点，多跑跑重要的事情，能理解。"然后都心照不宣地笑了。

林泽宇听说最近上面要调整干部，张崇骞主要跑那边的大事了。最近他总是往省城跑，这样的机会他不会错过；据说他本身也就有这方面的爱好。

有一天，林泽宇在办公室思考环保项目以及山南公园的改建方案。孙秘书进来向林泽宇报告，市组织部来了几位领导，想调研组织和干部，正在政府接待室。书记出差了，谭县长在市里参加一个重要会议，要你临时陪同接待一下。

"张崇骞副县长呢？"他问。

"他正在二号会议室召开市政建设工作会议。"

"好，明白，我现在就去。"林泽宇轻轻地回答。

林泽宇简单准备了一下，就出了办公室门。谁知走廊里突然来了很多人，张崇骞副县长也从二号会议室里出来了。行色异常匆忙，嘴里自言自语着："也不老早通知，弄得我错不开身。"他抬头看到林泽宇说："你忙你的，还是我去吧！"然后走开了。

林泽宇很纳闷，一问走廊里的干部，张崇骞提前把会散了，他告诉参会的同志们："事情要紧着重要的先办。"

林泽宇一头雾水地再次回到了办公室。

三十六

林泽宇揪着的心始终没有松开，因为他感觉到了一种窒息。马永春不仅骑术不好，容易坠马跌跤，而且胯下的骏马正奔向沼泽与深渊。这不是猜测和感觉，林泽宇内心隐隐升出一种忧虑和恐惧。

有时候，人的担忧和伤神并不只为自己，常常连着身边的家人和亲友，甚至同学和生活中所有相通的人。人生活的模式常常是框架链条式的形状，里面一个齿轮的变动会牵扯整个框架的变化。更何况林泽宇是位多愁善感、真挚重情的汉子，他又怎能不为此触动？

马永春毕竟是他的战友、兄弟，又同为援藏的干部同事。

按缘分归属，他们同心同缘，不然怎么会在部队同时爱上同一个话务女兵？出于这一点，他很珍惜这一缘分和兄弟之间的感情。

想起夏霜，他还对马永春心存一份感激。因为在他最落寞的时候，马永春放手把夏霜让给了他。在当时的情况下，门第是有讲究的。马永春与夏霜的家庭正好属于那种合适的家庭。双方家庭条件优越，父母都是干部。马永春坚持竞争，最后他林泽宇必定败退爱情赛场。马永春得知后就转身离开了。这从人性的角度来说是义，从兄弟的角度看叫情。这样的人内心和灵魂天性都是唯美的。怕就怕在人生路途上的腐蚀诱惑，毒素和变数太多太多……

林泽宇那次到后山与夏霜相约，共同享有了对方的拥抱和初吻。

小时候，夏霜胆子小，一只老鼠、一只壁虎，甚至一只蚊子都会让夏霜吓得惊叫。童年时父母带她去田野里抓蜻蜓、逮蝌蚪，突然路边的一只小青蛙跳到了夏霜的小鞋上，她当下就吓得哇哇大哭，扑倒在妈妈的怀里，回家后一口饭不吃，整整发了三天烧，无奈只有找人来叫吓，才慢慢恢复正常。后来随着父母到部队，父母下了死命令，没有人陪护，夏霜不准出部队大院，就是上学，每次也必有人接送。

一只大鸟声音张扬地飞了过来，夏霜本能地扑向林泽宇的怀抱。林泽宇一方面显示英雄救美的豪气，把夏霜紧紧抱住；另一方面心里发笑，他庆幸和感谢头顶飞旋而过的鸟儿，它最懂他的心思，他嘴不停地发出："我的霜儿，不怕，不怕，没事了。"他的嘴向下低了下去。

夏霜的唇温热湿润，被林泽宇堵了个严实。夏霜嘴里呢喃，传出咿咿呀呀的呻吟声。林泽宇心脉血液喷涌，嘴里不停地喊着："我爱你！我爱你！"但传出来的却是一阵没有伦次的言语。好就好在这里林木蔽日、阳光稀疏，平素极少有人来，更何况他们所处的是树林中的一片隐蔽处。

天不见了，地昏暗了，一切都不在了，天地间，只有他们两人是真实的，那么轻松，那么愉悦，那么幸福……不知过了多长时间，他们的唇还连在一起。

当他们冷静下来对视的时候，远方隐约传来柔和悦耳的声音，听清楚了，那是营部集结的军号声，他们已经习惯了，就像听到国歌一样，不管何时，只要听到，立即引发全身的振奋与鼓舞，那是军人灵魂深处最震撼最服帖的生命之音。

两人手拉手跑出了后山的林子……

林泽宇的这段美好经历，这与马永春的宽容大度也分不开。当时，马永春以干部子女自居，自诩与夏霜门当户对，而林泽宇是标准的农家子弟，这种反差反而刺激了夏霜的情绪，加剧了她向林泽宇滑行的速度，就此助推了他和夏霜感情的融合。

思来想去，林泽宇与马永春犹如兄弟的左右手，也是爱情的冤家对头。生命是一条大河，每个人都守望在河边，待生活的激流经过时，有缘的人就会走进同一条河流。林泽宇这样想象他与马永春的相遇、相识、相契和缘分。从某种角度讲，他们的命运已紧紧系在了一起。

三十七

张崇骞副县长的做法令林泽宇不可思议，好端端的一个会议怎么半途戛然中止了，只为接待上级组织部门来的干部。他太不能理解现在一些地方干部的做法，成天迎来送往，那具体的工作都由谁干呢？如果他不是挂职干部，他又会怎么样呢？他想他应该还是要干点实事的。

中央三令五申，领导干部要务实、担当、作为，切忌浮躁、虚假、形式主义。他是在部队锻炼多年的干部，又是受党教育培养多年的领导，身体力行、扎实做事应该是他最真实的内在品质，他觉得无论到哪儿，以何种身份出现，人都要堂堂正正，阳光做人。

林泽宇心思落下地，他要认真做好每一件事情。

有人推门进来。林泽宇办公室，他的门好找，就在县政府办公室的对面，便于群众向工作人员询问查找。这是他来后特意提出的。他更不愿意把办公室设在偏僻安静的楼层，他说来就是干工作的，不怕群众的打扰。从一般群众到县区各级干部和工作人员，极容易找到他的办公室。

禁烧的事还未结束，西部一名镇领导汇报说，辖区一名老汉在自家打秸捆，打捆时因天气炎热自燃了，他上去救火，结果被烧死了。老汉家比较困难，想申请点救助。

林泽宇沉思了一会儿没有说话，他转头看了窗外即将下雨的天空，叹了一口气。"最近怎么了，我们的老百姓像得罪了谁，总是发生一些祸事，还是我们基层一些干部的宣传教育防范工作没有做好，我们都有责任啊！"他有点自责。

"是，我看也像是。"那位镇领导回答。

林泽宇毫无表情地瞅了镇干部一眼，什么话也没说。过了一会儿，林泽宇说："这样吧，你们从下面打个报告，镇里先拿个意见，再报上来，我跟县委和县政府主要领导报告一下，看可能多批一点，我们可以不讲死的人，要让活着的人生活得更好一些。"林泽宇若有所思。

"好的。"镇长点着头退出了林泽宇的办公室。

天刚亮，林泽宇就早早起床了。

东方熹微，小城还处在梦中，像个熟睡的婴儿，安详地躺在夜色的氤氲中，透着自然的静美。还未到上班时间，他早饭后去了办公室，他今天要带人下去转转，一是对焚烧进行最后的巡查；二是多跑几个乡镇，把一些事项向基层提醒一下，尽量避免不必要的事故和灾难，经济再发展，百姓再有钱，总得要在安宁中过日子。

车子走得很慢，这是他要求的。他想多看看这片他没熟悉却即将要离开的土地。

车子穿桥而过，河水在旭日下闪着粼粼波光。孙秘书说："这是四桥，东边、西边加在一起一共四座桥梁。"

林泽宇问道："这里不是没有脱贫吗？怎么会建这么多桥？这么短的距离，修这么多桥，不是浪费吗？要是派用别的地方，会不会更有意义呢？"

"您不知道，五桥落成还没开通，六桥正在规划。"孙秘书讲出了大家都知道的秘密。

"哦，建这么多桥干什么？"林泽宇仿佛初听一则新闻，显得惊讶。

"我们也不知道，反正每来一位领导，就建座桥，桥一建好，人就走了，有的没有开通使用，调令就下来了。"孙秘书一副很踌躇的口气。

"嗯，这是在任的工程吧！"林泽宇轻轻自语的一句，大家都能听到。

穿过河流，到了旧城。虽然是旧城，却彻底换了面貌。新楼盘鳞次栉比，直入云端，透示着现代化都市的气息。这双山双水绕双城的地方，确实壮观美丽，这样的地方又怎么是经济欠发达地区呢？至今依旧戴着贫困的帽子，每年还要上面政府支持，上面知道这里的真实情况吗？林泽宇思索着。

车子出了县城向西进入郊区。一出县城，林泽宇看到满目关于禁烧的标语、条幅、灯箱、路牌……"今天烧毁一分田，明天监狱蹲半年。""加强秸秆禁烧，创造美好家园。""一人把关一处安，众人防火稳如山。""焚烧秸秆污染大气，秸秆还田肥沃土地。""焚烧秸秆危害大，一旦失控更可怕。""保护环境美化家园，禁烧秸秆水碧天蓝。""秸秆浑身都是宝，谁烧谁家老婆跑。"……如流星在天上飞越、地上穿梭，样式缤纷，内容翻新。

林泽宇皱了一下眉头，心想有些事情过于形式化、风向化、格式化、戏剧化，便狂风骤雨般快生快灭了，然后万事大吉，至于真实效果不再细究。一些理念性、意识性、法规性的观念并没有深入人心。只图当下，不想将来，所以一次次地反复。禁烧如此，哪方面不是如此呢？环保、卫生、交通……城市中的人们要有恒久的归属感与生存打算，一些良好的生活习惯和保护意识要深入人心、渗入灵魂，这样时间久了，城市面貌才会改变，而不是临时抱佛脚，强迫勒令式地压制和硬摊，不然容易引发矛盾与不和谐的因素。当然这需要政府和职能部门的宣传、贯彻、落实与督促，看似简单，却是一项长期复杂的人心工程。但有一点很清楚，只要去做，一定会做到，大多数群众都是善良配合的，传统的民族团结协助意识奠定了中华持续发展强盛的根基，这并非虚言。

林泽宇显得心思沉重。他问孙秘书今天是否有什么重要活动，孙秘书告诉他暂时还没有什么安排。

"那这样吧，上午我们下去转转，禁烧工作已基本告一段落，没有情况就算结束了。下午，我在寝室里想一些急办的事，就不到办公室来了，你帮我应付一下。"

"好的，林副县长，有急事我给您汇报。"孙秘书看着说话有点吃力的林泽宇。

"林副县长，您是不是不舒服？"孙秘书问。

"没什么？就是有点心慌，胸发闷，喘不来气！过会儿就好了。"林泽宇不自然地去抚摸胸口。

"我们去医院吧，您这些天太累了！"孙秘书声音顿时有些哽咽。

"不用不用，我们继续跑几个我联系的乡镇转转，没有情况，我们就回来了，我回去休息一下就好些了。"林泽宇坚持要下去。

道路两边飞速后退的林木终于静了下来。驾驶员老马索性把车停住了。

"不行，我们回去吧，您身体太累了，不能再坚持了，您不回去，我不开了。"老马一脸严肃地说，好像车子能随时倒着开似的。

林泽宇无奈，就强撑着点头，"好，回去吧！"他的脸上出了很多汗，眼神有些迷离，他撑不下去了。

"快，马师傅回头去医院，孙秘书马上向谭县长汇报，林副县长要昏倒了。"孙秘书下令。

"好，这就掉头。"马师傅回转，直接去了县城医院。

三十八

林泽宇的为人和处事风格来源于二十六年的部队生活。军区大比武之后，林泽宇被送到河北某陆军军校。从军校毕业后，他被提升为副连职干部，后荣升为连长。在连职务的位置上，他与兄弟连的马永春成了战友，认识生命中的第一个恋人——夏霜。他与夏霜相恋了，没有不透风的墙，很快夏霜父母便知道了这件事。有一次夏霜要带他去见自己的父母，这是夏霜父母要求的。第一次上门，身为部队领导的夏霜父母对他比较满意，有点不满的是林泽宇的家乡在中原落后的乡村，全家务农，家庭生活条件很差。当夏霜父母了解到这些，当即劝女儿断绝同他的来往。夏霜拼死抗争，后被父母锁在了房间。再后来其父母去找林泽宇部队的上级，动员他不要跟夏霜来往。部队是禁止恋爱的，很可能对她和林泽宇进行处分，会影响两人的前途。

这段日子，林泽宇的心情矛盾，痛苦极了。都什么年代了，还讲门第差异。不是说一切都在进步吗？可现在一些人还有这么固执传统保守的观念，时代的步伐行进得太慢了。

他痛苦极了，就四处乱撞。他经常去他和夏霜相约的后山丛林，军训比武的训练房，曾经赋予他梦想的水房；不断往返在连队驻地与团部水房间的石板路上……一遍一遍，让通信员看得发慌，认为连长像个吃错药的病人，走路迷失了方向……

不久，他又听到一个令他肝肠寸断的消息，夏霜被父母强行送进南方一所部队通讯专业学校深造去了。他期盼与夏霜终生牵手的梦想破灭了。

这时候，正处在热恋中的马永春来劝他，让他换一种方式接近夏霜。可他是一名现役军官，有什么方法能使他离开部队去追逐飘荡不定的爱情？他们设计了很多办法都失败了。夏霜终于淡出了他的视野。

林泽宇这时突然羡慕起马永春来，他出生在良好的家庭，条件又那么好，正好与女友吴雅静天作成双。命运如此不公，让他心里屡有不甘。好长一阵子，他失落到了极点。一年后，对越自卫反击战打响，林泽宇和他所在的部队开拔到了祖国的南部边陲。

三十九

林泽宇突发心脏病因抢救及时逃过一劫。

县里党政一把手及许多同志都先后前来探望，林泽宇总是一笑置之："老毛病了，没事，这样我也太矫情了。"

笑是笑的，大家心里都清楚，这可不是闹着玩的。县委王书记下了死命令，回去治疗休养。林泽宇死活不肯，声称下面工作这么多，再说过几个月，挂职工作就要结束，他哪还有心思歇着。相持不下时，妻子秦芳的眼泪和儿子的埋怨起了作用，他终于被送回了省医院。可只过了三天，林泽宇又返回了县城。

他判断得很对，下面工作千头万绪，纷繁庞杂。办公室门口蹲着许多人，他们或许并不知道林副县长刚刚做过支架手术才三天。

一位男子进来向他反映，他在县城一处新开发的楼盘买了一套房子，开发商没有按时交房，他至今也未能按期入住。

正因为这样，就没有日常用电用水等生活记录，更没有房产手续和住房合同。而孩子面临上学报名，辖区的学校必须要一些电费水费条之类为凭证。这可难住了一家人，眼看报名时间截止，叫天不应，呼地不灵。他找了很多人，但都说按要求办事，无奈之下他就跑到了林副县长这里。

他说："我们毕竟在辖区购有住房，是因为对方的原因才形成这种状况，也不能怨我们呀！"他显得十分激动。

"你冷静一下，我来问问具体情况，好吧？你先坐。"林泽宇平息他的情绪。

中年男子不再讲话。

林泽宇打了几个电话，核实了一下情况。然后对中年男子说："你的材料拿过来，我给你签个字，你去教体局找局长，他会给你安排的。"

中年男子双手把林副县长的批字接过来，连连说："谢谢，谢谢，太感谢了。"中年男子后来的语气都变了，好像要哭出声来。他太感动了，没想到对他来说比登天还难的事，一下子有了希望，原先面前的悬崖峭壁，好像一下变成了平坦的大道。

林泽宇觉得办事群众极其真实，只要你为他们做一点事，就感动得无所适从，满足而欣喜。

又进来一个人，四五十岁的样子，这个人好像见过。

"林副县长，我是高亮，高圩中学的老师，方青梅的爱人。"

"噢，想起来了，你上次来过，跟方老师一道，怎么这次单枪匹马了呀！"林副县长开问。

"方青梅被辞退了，病倒在床上，起不来了。"高亮情绪有点低落。

"啊，怎么搞的？"林泽宇很惊诧。

"上面说她老上访，到处告状，影响不好，另外也耽误了孩子，就不让她上班了。"高亮轻轻地说，但看起来心情很差。

"哦，怎么会这样？"林泽宇脑子转了一下。

"青梅说您非常关心她，让我把这件事告诉您，以后就不要再费心思了。"高亮说着擦了一下眼睛，实际上他有些伤心。方青梅毕竟干了这么多年，她热爱这个职业，喜欢孩子。

"我懂了，我想知道，方老师开始为什么没有入编，后来又有那么多机会，为什么一次都没赶上呢？"林泽宇皱着眉头，显得很忧虑。

"她原来学的是财会专业，我们成家后，她就来到我的老家，户口也迁了过来，有两次她考上外地公务员，她不愿意去。她说她不喜欢跟账目打交道，她喜欢跟孩子在一起，看看找个事做吧；我后来费了很大劲，帮她找了个代课教师的职位。谁知道她干得像模像样，取得突出的教学成绩，为学校赢得较好的口碑。她业余时间认真学习，拿到了自修教育专业的毕业证。学校也想照顾她，找机会转正。她参加了几次教师考试，她当时说发挥得还可以，可考试成绩一出来杳无音信，但也有人说被人顶包了。她后来重新努力，终于取得教师资格证，可又说入编年龄超了。她不服就到处找人说理，形成了眼下这种状况。"高亮的眼泪流下来了，林泽宇从桌上取两张面巾纸递给他。

"别哭了，我会问清这件事的缘由，不要难过，你不要因为这事影响你的教学工作。"林泽宇安慰他。

"都怨我，当初她录取外地公务员，都因为我自私，想让她在家带孩子，做家务，实际上我看她也不想离开我，没有全力支持她。"高亮自责地说。

"现在不讲这些了，看看下一步怎么办？"林泽宇说。

"好，谢谢林副县长，老这么麻烦您，真不好意思，青梅说，您太忙，她这件事就算了。"高亮起身出门悻悻地走了。

四十

在自卫反击战中的英勇表现，让林泽宇和马永春等很多中华热血男儿表现出了英雄本色，他们在战场上的豪情壮举，使一批又一批的中国军人经历了锤炼。部队撤离后，他们部队进行了功模评比，林泽宇与马永春都受到了上级表彰。随后林泽宇被提拔为副营职干部，马永春被提拔为连长。组织的重用给林泽宇与马永春的军营生活注入了新的活力，使他们捍卫国土安全、报效国家的信念更加坚定，一代共和国军人的青春和理想在军营这个大熔炉里及这段特殊岁月中得以彰显、实现。

从南国边陲返回部队不久，马永春与吴雅静经过三年的爱情路程，亲密携手，走入了婚姻殿堂，共同采撷了甜蜜幸福的果实。此后马永春便渐渐地淡出了林泽宇的视野。

受吴雅静和其父亲的影响，马永春认为应该在最合适的时候转业，这样会对自己的工作安排有利。不久，马永春与吴雅静双双转至地方工作。马永春转业分在了当地政府部门做了一名正科级干事，吴雅静退伍被安排到金融部门做了一名银行白领。

这种归宿对林泽宇来说应是渴望的。他没有马永春回乡安置的关系与条件，只有继续留守部队。还有一个原因就是刚刚晋升副营职，他不想让自己的青春在激情燃烧的岁月中就此熄灭，想再为自己的梦想涂抹一层色彩。

只是他越来越怀念战友共处的日子，而此时，马永春与吴雅静等许多军营战友已转眼分手，最主要的是他生命的梦想，他男儿的青春，他澎湃的热血，他心仪的姑娘……都因为夏霜的离开而褪色，像花儿凋谢，像琴弦崩断，他常常去后山的松树林静坐，有时在那儿眺望远方，一坐就是半天，眼上挂着泪珠，但依旧望着夏霜所去的方向……

受父母强行干涉的夏霜终于屈服，愿意同林泽宇断绝来往，条件是离开服役的地方。

　　父亲是师部的一名首长，他把夏霜调到了遥远的北方一所军校学习。

　　在遥远的地方，夏霜再无与林泽宇见面的机会。当林泽宇他们赶赴南疆的时候，她正坐在奔袭北国的列车上，泪水与大地一道，自由放纵地飞翔和流淌。犹如室内花朵一般的姑娘，除了当年部队大比武前，曾经抽调到后勤服务，除了参与劳动外，从未经历过雨雪和风霜。本来身躯纤弱，从其答应父亲与林泽宇断绝关系，到赴军校报到，身体一下瘦了十几斤。出生时，父母看她娇小的身材，孱弱的身体，就给她起了个名字叫夏霜，盼望她能栉风沐雨，经受酷夏雪霜，变得勇毅坚强，没有想到这次变得更加弱不禁风了。她也喜欢闲暇时走出校园，坐在树下或者草坡上，眺望着她曾经追梦的地方。难道她与林泽宇今生就这样天各一方？她胡乱想着，世间应该有位拯救生灵和万物的主，别让伤心的人永远凄凉和绝望……

　　林泽宇在南方，她在北方，此时都在想念和遥望，互相牵挂着心上逆风而居的心仪白马王子和白雪公主。

　　因为林泽宇不知道军校地址，无法给夏霜写信，只能默默地思念着夏霜。

　　有一个双休日的上午，他无聊至极，他又想去后山那片树林转一下。经过营房门卫室，站岗执勤的哨兵说他有封信，林泽宇心里顿时像钻进一只小兔子。他又兴奋又忐忑，难道真的是夏霜，他不敢看就装进了口袋，大凡世间的事都是有出口的，即使有困难，也会找到出处；地上的路总会有变道，即使是绝处，也会凸现生的亮光……林泽宇脑海里胡乱翻滚着……

在那片灌木丛中，他细看地址，果真是夏霜。一下子眼泪顺着脸庞流了出来。他没有想到这位让他朝思暮想的姑娘给他送来了胜似珍宝的东西。不管内容如何他已经知足了。

浸满泪水的信笺被打开，溪流般的泪水突被石块阻隔，停顿了一下，然后奔腾得更加欢畅。夏霜寄来的是一封断交信：

泽宇战友：

你好，我不知这样称呼是否合适，你毕竟是我们连队的干部，比武前筹备组的同志，又是我今生第一位心仪的男神，只是不知道是否是今世的唯一。

当然看这封信时，曾经的这些美好都烟消云散，我已置身心灵的异地他乡，我没有了往日的幻想，精神的阳光，军营的歌唱……取而代之的是对你的思念，对军营的依恋，泪水的流淌……我的泪水已流干了，可还是忍不住望着营地的方向，盼着重回山后树林中的灌木丛，想着我们厮守一起的时光……

然而人生变数无常，转眼我们南北相望，万里分航，我无数次梦里，渴望我们的未来拥有同一个幸福的故乡……

我不能忘记你温存时的模样，永远难忘你拥抱时的力量，是你一次次把一个青春女子送进温馨快乐的温柔之乡……天妒人间美好，幸福最怕世俗阴云的遮挡，连最亲的人也会在我们之间筑建痛苦的藩篱和高墙，从此我的心中再没有彩虹和阳光……

　　这已足矣。林泽宇看着信，泪水由断断续续的溪流顷刻变成冲破堤坝的洪水。他没有想到，夏霜一个未曾涉世的女兵，一个情窦初开的女孩把问题看得那么透彻，深入骨髓……

　　从一开始，他就从未责备过她，她应该和他一样，都是受害者，是最无辜伤心的受害者。他突然心惜起夏霜，她那么苦闷，那么忧伤，那么让人怜爱。作为男人，他自己可以接受一切现实，可她以后的日子又怎么过呀……

　　他抹抹泪，又举起了信：

　　　　可是我们终归生活在一个俗成的生命流程里，一个人不能光为自己活着，或许正因如此，世间才铸成许多的悲伤或悲剧故事……未曾想到我们都成了这类剧目中的主人公，那只得认命。忘掉我，去追寻自己的新生活，以你的条件应该能拥有任何一种你希望的爱情；相信每个人都比我优秀。

　　　　一想到离开你，我就心如刀割，难以述说的恨意，无可表达的爱恋，终于崩断了心中的一根根弦；从此寂静无声……

　　　　今生遇到你，是我最大的幸运和骄傲，这也是我对你十分珍惜的原因。后来我渐渐发现人生漫长，开场只是一场试牌游戏，开局得势，后面可能全盘皆输。这些年，我们共守在同一个军营里，从相识到相聚，从相知到相契，再从相恋到相守……那是怎样才能修来的缘分。而现实却容不下我和你……但只要我们曾经在一起，对我来说，就是一种美好难得的经历。我那样深深地爱着你，作为女人，谁不把自己的爱情际遇当成珍宝？

在这个世间，一切都可以用时间来画鸿沟测绘，唯有感情没有界限。我们都在同样美妙的年轮，共同拥有在一起的时光……你把一切能给的都给我了，我享受到了今生最甜蜜的爱情和温馨。即使没有开花，但我也刻骨铭心。因此，今生我对爱情不再奢望，因为我们曾经轰轰烈烈地相爱过。你那么潇洒、自信、善良，富有磁性亲和力；那么善谈、果决、沉着，充满男性魅力。我是幸运的，也是骄傲的。我幻想过我们的生活，在拥有正常的生活条件后，选一块僻静的地方，最好远离繁华的乡间，盖一座简易精巧的小屋；旁边是潺潺流淌的清澈溪水或小河，背坡上是枝叶婆娑的树林和青青的草地，不远处是炊烟袅袅的村庄，上空是广阔无垠的蓝天，阳光温暖地照耀着大地……我们临水而居，鸟儿在林中歌唱，身旁左蹦右跳的牧羊犬，我们自由自在拾掇足下的园地……心儿如风儿一样轻柔飞翔、云儿一般悠然飘荡……我们深情对视着，唱着心中的歌谣，然后会心地亲吻拥抱，醉倒在毫无拘束痴心眷恋的土地上……多么美丽的田园风光。然而现在不想了，这一切的梦境，都被残酷的现实击碎。

如果人生可以重来，我可以选择出身，选择家庭，选择命运……这样从此可以自由自在地享受爱情。我可以出生在一个农家，然后参军报效祖国，然后认识你，爱上你，再安家立业，给你生儿育女……在稻谷飘香的田野里，我们举目相望，手持禾镰，共享收获的希望。

在绿草青青的山坡上，到处是奔跑的牛羊，左右蹦跳的牧羊犬也在欢欣跳跃，忠贞地守望……

然而，这都是我饥渴的想象，罢了，罢了，分手吧，如果有来生，我一定做你的新娘。

林泽宇终于无法抑制心中的情绪，号啕大哭起来，几乎要窒息倒地……不知过了多长时间，树林中有人喊他，通信员带人搜山找他来了。

四十一

方青梅丈夫高亮到林泽宇办公室反映情况的第二天，他就带人去了方青梅代课的学校。

他通过初步了解，已基本知道事情的原委，方青梅是地方不良风气的牺牲品。因为她倔强不服，死缠硬访，一些人怕影响学校，影响教育局名声，说不定哪天引起上级领导的反感，弄出个主管部门处置不当的罪名；最主要害怕影响到各自的乌纱帽。于是主管单位以维稳和维持教学秩序为由，安排学校把方青梅辞退了。

他完全可以直接过问此事，但他还是带相关同志到实地查访。他从众多渠道了解到，教育局这些年对师资力量不够重视，管理也不尽如人意。每年都有不少年轻教师从农村调走。虽然这些教师按要求已在农村干了两年以上，但教育局等管理部门条件设置过于简单，待遇上没有给予人才充分照顾，从而造成了人才流失。

心思走神的老师都认为他们遭遇的婚姻、医疗、交通等一系列问题，唯有向城市抑或其他地区流转才能从根本上得到解决。在这种状况下，教育局要引用竞争机制，让一大批优秀教师凭工作能力追求或选择自己的空间，从心理上和精神上予以鼓励，各种层次的师资要匹配，以达到内部交流、和谐、共融的目标。

他打算从方青梅学校回来后，一定要召开专门会议，把教育当作榴园一项重要工作来抓。

在方青梅所在学校的办公室里，校长汇报了方青梅的情况。他神色变得有些慌张，看到上面这么多人来到学校，会不会要倒查他的责任。但他是有上方旨意的，没有上级安排，无论如何，他不敢轻易把一名为教育事业耕耘二十多年的民办教师解聘。他早已想好，如果哪一天有人要动真格的，他有凭证。他此刻表现得异常惊恐。

"你们谈谈方青梅这些年的工作和表现情况吧！"林泽宇想听听关于方青梅的一些情况。

学校年级组长和校长，以及随行的教育局及镇领导做了汇报，方青梅除了为自己反映情况，争理说事，想当一名正式教师外，其他无一过错。

　　林泽宇通过镇领导联系派出所，民警找来了方青梅所在村的村主任和邻居，都一致反映，方青梅认真工作之外，与邻里和睦相处，乐于助人，还照顾本村及邻村的几位困难户的大爷大娘。

　　林泽宇让孙秘书一一做了记录。方青梅走过一条朴实做人、诚实做事的道路，凭她的贡献和付出，应该符合一名人民教师标准，而现在被无形的力量推拒在门外。林泽宇捂着心口，这一刻他心里有点痛，不是心脏本身的毛病，应该是情绪带来的身体反应，他相信忍一下就过去了。

　　"这样吧！"林泽宇转眼看看随行的教育局领导。"……我说，你听着，鉴于方青梅的工作表现和家庭实际困难，让方青梅暂时先恢复代课教师身份，后面的事怎么安排，我要向县常委会汇报后才做决定，她毕竟是你们的同事，这样也是对一个同志的关心，好吧！"林泽宇分明是做决定的口气，在场的同志们互相看看。林泽宇看没有人作声，就简单地说："谢谢大家，都回吧！走，孙秘书，我们回县城。"

　　"是！"孙秘书回答。

　　像往日一样，林泽宇办公室门口围满了人，大家都知道他的习惯，一旦外面事忙完，立马回到办公室。

　　有一个中年农民向他反映，他们一家是困难户，老婆生病，一个儿子参军，一个女儿出嫁后在南方打工。靠他一个人的收入难以支撑这日渐破落的家庭，正好现在有扶贫政策。他想利用自家北边靠湾里的几亩田种植莲藕，增加收入，改变家庭状况。

他反映的情况如果属实，应该是值得赞同支持的好事。"这是好事，你看准了，就应该大胆地干！"林泽宇一副鼓劲的神态。

"可我现在缺点资金，到处捞不到，就请您给包我们北部片的乡里领导打个招呼，看看可能给照顾一下，没有钱谈什么发展创业呀！"中年农民理直气壮。

"现在全国都在搞乡村振兴与扶贫攻坚，乡镇对下面农民的一些合理要求要关心和支持，你要多去找他们反映实际情况。"林泽宇告诉中年农民。

"我跑了多少趟，也没头绪，只有找您这位县里领导，一位大清官。"中年农民说得理直气壮。

"别给我戴高帽，把问题解决了才是目的，你一共要多少钱？"林泽宇问。

"得二十万元，多了没用。"中年男子不遮不掩。

"你可有申请材料？"林泽宇问。

"有！"中年男子从破包里拽出一沓材料。

"我给你想点子，但不能辜负我的希望，好好经营；一旦资金回笼，立即还银行的钱。我让乡里给你担保。"林泽宇像给家人交代一样。

"您放心领导，您对俺好，俺不能拖您的腿，丢您的面子，一定好好干，争取两年内翻身。"中年男子忽然眼圈红了。

林泽宇坐下来，在他的材料上签了字。他是签给乡里一个领导和农村信用行长的，要求以乡政府的名义担保，稍后乡里会把相关信息资料报呈上面。

中年农民看不懂，林泽宇说："你去找两个人，这上面有号码，就讲是我让找的，让他们帮你办。不过你可要讲诚信啊！"

男子半信半疑地一步一退地到办公室门口，然后深深地向林泽宇鞠了一下躬，然后转身跑了。

四十二

通信员和战士们找到林泽宇，林泽宇正躺在树林中灌木花草的空隙间，像个病人一般浑身无力，又如醉鬼喝多了一样，头发蓬乱，衣服很脏。问他什么情况，他一声不吭，偶尔还掉几滴泪水。战友们要送他去医院吊水，他不同意；有人要去跟上级汇报，他的嘴突然张开："谁敢跟外人说？我罚他打扫一个月的厕所。"没有人再多言多语。

部队生活恢复了平静，林泽宇除了开会，正常带人查哨、执勤、训练、拉练，与往日也没有什么不同。只是有一次到团部开会，一位团首长开玩笑说："哎呀！我们林营长瘦多了，是训练累的，还是想老婆了？"

林泽宇愣了神，然后笑了："谢谢首长关心，我可不能把这几十公斤一辈子都卖给部队吧？"话里明显有话。

团长看他一下说："我看真有情绪嘛，咱们都是兄弟战友，有什么想法可以跟兄弟们拉拉，也可以向组织反映，可不能窝在心里，弄坏了身体，那可是咱军人革命的本钱哩。"

他跟夏霜真的没戏了，夏霜的信让他增加了自信，因为他们曾经相爱，而且爱得那么深切、那么热烈，但却彻底打消了他的希望。夏霜把爱情的失败归结于世俗的困扰，凡尘的无情；告诉他去追求新的情感……这给了他一个失落和绝望的答案，他几乎悲痛欲绝……他断定了他今生不再拥有如此让他悸动、强烈、愉悦和兴奋的爱情。通过军营、操场和战场等军旅生活的磨砺，他越来越懂得爱情是人生的一首插曲，只是这首曲子具有举足轻重的音符和分量，有时足以损毁一个人生命的主旋律。但爱情不是一个人生命的唯一，除此之外，人还有事业、家庭、亲情、友谊……事业是最重要的，没有这项主弦，一切都是空洞之物，虚无缥缈的，弹不出生命的最强音，就像当初他把自己的理想和抱负都投入从军报国这项事业中，这正是一个男儿的最伟大之处，他现在不正是沿着这一坦荡阳光的轨道奋勇前行吗？

他心想不能再因此影响工作，影响自己的初心抱负。俗话说，儿女情长，英雄气短。他一定要做一名从军戍边、转战沙场的热血男儿。在一个月光皎洁的晚上，营部的熄灯号早已吹过，他悄然打开了桌灯，准备给夏霜回信。

我尊敬的夏霜战友：

　　你好，祝君学习快乐，全家安康！

　　此刻，营部静然无声，窗外的月光把一切照得如同白昼。这更增添了营房大院内的空旷与寂寥，如同我的内心和灵魂。夏霜战友，我现在就是一具躯壳。

　　你一定明白，我失去你是怎样的无助和绝望，几乎不能自拔。

　　收到信的那个上午，我是专门拿到我们常去后山树林里的那片灌木丛看的。看信后，那一天是怎么过来的，自己也不知道，傍晚时通信员和几位战士把我从树林里抬走的，都说我生病中了邪。团首长开会时看着我的状态，调侃得更让我难堪无颜。但我终于挺过来了，像从战场上拉下来的残兵败将，而我不是将，连一丝那样的风采都没有，只是一具躯壳，心已经碎了。

我不想说我们曾经的美好，曾经的甜蜜，曾经的一切一切，那会立刻让我肝胆寸裂，无法自拔……

我现在只想跟你说，夏霜，我最尊敬的战友，亲爱的同志，你是我最幸福的记忆。你心中所说的一切都对，我完全同意。

既然世俗让我们分离，那我们就把曾经的美好化作最珍贵的记忆……尽快走出这段时光，投入火热的学习生活中，重走最美的军营之旅，把伤心的泪水融进我们追逐未来生活的汗水里。

你是一个好女孩，是上天赐给人间的一块宝玉。我无缘再读你惊艳绝世的美，但你的一切早已渗进我的每一个细胞和灵魂的谷底……

有人说，人类群体有很多种类，而有一种人就是从月亮上下来的，纯净无瑕，晶莹欲滴……那样的人中就有你，有你……

我的眼泪不允许我再说了，夏霜战友，尽快把我忘掉吧，我真诚地祝福你：好好生活，未来幸福，一生美好！来生我们再相依……

林泽宇于营地

　　林泽宇第二天让通信员把信寄掉后，再也不去理会夏霜的事。深秋已过，冬天到来，新兵快到军营，下一步的工作又挤在案头，他想作为军人，应该实实在在地履职尽责了，于是他决定开始新的工作计划。

　　夏霜从林泽宇的视野消失后，还有一个战友也已经失联很长时间了，那就是马永春。林泽宇想这家伙真自私，有了岗位和娇妻，把他这个老战友忘在了九霄云外。一封信也没有来过。林泽宇想写信，可具体地址也不清楚，听说他在鱼米之乡的一个政府部门工作。听说还是一名科级干部呢，人各有志，那就有滋有味地做你的官吧！他可要在部队安营扎寨了，这叫"你喝你的酒，我嚼我的馍；你下你的海，我蹚我的河。"

　　三年后，林泽宇调入师部，被任命为正营职参谋。从陆地到海防，从北国到边陲，从边塞到内陆。林泽宇随同首长踏遍祖国的山山水水，为祖国的安宁奉献着年华，为祖国的强盛贡献着力量。四年后，他又荣升为副团长，继续为军营效力，为捍卫国家奔波。二十六年后，他以正团职身份转业去了中原大地的一个省环保机关工作，直到2016年，他受命赴西藏自治区工作，开启了援助藏族同胞的崭新旅程。

四十三

　　找林泽宇申请资金的男子叫苏强，是北部边远一个乡镇的农民，二儿子是名军人。本人早年出去打工，现在年岁大了，又回村里。做了一些小生意，但都不景气。有天在自家承包地边溜达，忽然发现这块地紧靠河湾，地边又有天沟，水源十分方便，突然萌发奇想，要是种植荷花莲藕，岂不是天然佳境。于是他找村干部汇报，任他如何表明想法，村干部对他的事情依旧兴趣不高，认为没有考证，没有调研，没有销路，即使种植成功，前景也迷茫。无奈之下，他去了镇里的信用社，大家认为他这属于农民经营，不属政府项目，没有扶持政策，一推了之。他说儿子当兵为国，自己还有两间平房、一辆四轮车作为抵押，完全可以贷款。而一些部门这样做明显是对农民漠不关心。他到处借钱筹集资金时，有人给他透露信息，说县里一位挂职副县长，就是时间干不长的那种领导，喜欢帮老百姓办事，人特别好，很多人遇到困难都去找他。他抱着试一下的心理，谁知林泽宇真的为他批字解决了资金问题。后来这个村就有好几家效仿他，都通过林泽宇找到了资金。

他们并不知道，林泽宇是遵照中央关于惠农政策的其中一项条件执行的。只是其中有些风险担当，很多人能规避就规避了。而林泽宇认为是老百姓的事，不担点责任，农民何时才能富起来。林泽宇后来听镇领导和当地村民说，那个村靠种粮毫无改观的农户们现在改成种植黄梨、核桃等，开发果园，果实长势茂盛，临近收获季节，已有很多商户前来洽谈预订，预计农户们都能获较大盈利。

林泽宇对自己能帮助老百姓做点实事，感到非常欣慰。他知道老百姓要求不高，找个更好的生活门路就知足了。作为一名普通党员干部，就是为大家解决实际问题的。他做不了人民公仆，但一定要做老百姓的贴心人。他坐在办公室里翻着工作日记。看看需要亟待汇报和办理的事情。有关方青梅和一些老师身份和待遇，以及方青梅考试成绩异常的问题，昨晚他已经向县常委会做了汇报。王书记让他安排主管单位拿出具体数据和翔实资料，另选时间重新专题研究这项事宜；同时还要求从纪检部门、公安局、教育局和档案局等单位抽调人员，成立专门调查组，对方青梅的情况进行认真调查，一查到底。如果真是有人顶包，立刻恢复成绩和名誉，还原真相，彻底解决本人一切待遇；除此之外，要对相关责任人和当事人，严肃处理，绝不迁就。听了王书记的一席话，林泽宇内心迸发出一股强大的力量，随即又幻化成阵阵暖流将他紧紧地包裹。

全县一百多万人口，师资力量自然雄厚，教师队伍也很庞大，由于每年正式分配教师不足，要有很多聘用老师进来。上头这一块有规定，根据从教年限和有关学历及资格要求，大多老师常常通过招考能进入正式编制。可也有早期进入，代课已久，又没有教师资格，或者有资格条件、年龄却不合适的特殊人员，这种情况是令人头疼的事，方青梅就属这一种。这是从原则上不够条件，从情理上应该照顾的人。

从前天晚上的常委会议看，事情不太简单。从头到尾，书记没有表态，张崇骞持反对意见。他说："从基层到现在的岗位，我在这里干了很多年，从来就没有这样的先例，如果方青梅身份问题解决了，那么会有张青梅、李青梅……都跟着效仿，这样会无端地增加很多规则外的问题，等于给我们自己添麻烦，给舒服找别扭。我们都是党的领导干部，要在制度、原则和规定内履职尽责，不属于我们权属和职责范围内的事，不要节外生枝，大家说对不对？你们说全县范围内有多少这样的情况，你照顾得了吗？我觉得研究这样的问题，实属浪费时间。"沉默占据了张崇骞发言后的好长一段时间。然后出现了嗡嗡的议论声，但没有人表示赞同，也没人表示异议。

"崇骞县长的观点乍一听颇有道理，制度呀，原则呀，规定呀，这都是领导干部和共产党员要严格遵守的，但有一点，你要知道，我们在党的事业中，在为民服务时，要遵纪守法，严格规定，热心服务，但也要敢于担当、勇于开拓、善于变通，绝不墨守成规，生搬硬套。否则，一旦遇到新的问题，就只能束手无策。"林泽宇说着，停顿了一下。他环顾一下常委会会场，大家都在认真地听他发言。他接着说："大家都知道，全国发展的大环境非常复杂多变，结合我县实际来说吧，你们看有多少新生问题，我们现在就要结合实际，集思广益，想方设法，灵活变化，把一些问题解决掉。"他又看了一下大家。然后说："就拿教师中存在的问题来说，有编制的不安心，没编制的到处找，每年都要耗费大量精力扩招，实际上对那些代课时间长、服务态度好、教学成绩突出的民办老师应该大胆任用，通过招聘解决身份问题，同时对少数不合正式教师学历要求，但确实从教时间长、水平高、口碑好，又有实际困难的同志，可以赋予特殊政策，转进教师队伍。这样可以促进全县整体教育水平的提高，鼓舞提升很多民办老师的教学积极性和奉献情怀。我是一名挂职干部，时间短，没什么关系户，我也不会为谁谏言，我只是从本地工作实际出发，反映一名普通党员的真实心声。"他端起面前的一杯水轻轻喝了一下，然后坐直身子等着大家的意见，看样子他的发言结束了。

又是一阵死一般的沉寂，只能听到会场内品茶的声音。后来主持会议的王书记看到会场有些冷场，索性换上有关人事任免的议题。大家都知道，这方面往往顺利一些，事先组织部门的提名意向和考察的名单一下，再举手表决就过关了，很少有人在这时候提出异议。对于一名挂职干部来说，这些似乎都与林泽宇无关，他没有权力问及干部使用的事情。说心里话，他也不想问，那么短的时间内，能干几件实事就很不错了。但从眼下看来，完成这一点却是很难的。索性后来的各项议程，他就简单顺大溜举下手，一直沉默到会议结束。会议都散了，林泽宇还埋在解决代课教师的问题中，从实际看，那还真是一件有意义的大事。

出门的时候，王书记叫住他："老林啊，你费神了，来了之后，连续下基层调研，体察民情，想做些事情。但你发现没有？我们这个县问题很多，一时很难解决，有些问题还是很棘手的，而且真正解决了很有意义的，但难度大呀！"王书记最后一句话的语气有些拖沓，像一个球突然被谁扎了一下，瞬间气泄掉了。

林泽宇重新坐在了板凳上，然后抬头看看王书记。他知道他内心此时的苦衷。在地方上做一把手也确实不易，既要把整个班子带好，还要协调上上下下和方方面面的关系，观察每个人的性格特点、综合素质，要最大限度地发挥每个班子成员的长处，督促他们把分管和负责的工作干好。因为为官一任、造福一方，本身就是党员与领导的责任。

"我能理解，也明白你的意思。但毕竟我们要以事业大局为重。我们现在教育方面存在着很多遗留问题，特别是教师队伍内部一些人的身份定位。我作为一名分管领导和老党员，我一定要以本地的实际工作为出发点，不能糊里糊涂。随便上面有什么计划，怎么安排这方面事情，但我是要尽我个人的责任。"林泽宇讲过这段话后，喝了一口茶，然后接着说，"比如，关于教育系统这些代课教师的问题吧，有些代课教师，有的也叫民办教师，他们干了一辈子，抛家舍业，把自己的一生都献给了教育事业，但却没有正常的身份和待遇。我认为，这些问题都要列入议事日程。当然政策我们是要把握，但工作中要善于变通，要根据实际情况来解决一些实际工作中的问题。"

林泽宇说着，看了下王书记，发现王书记的表情变得凝重起来，他在认真听着他的讲话，不像先前那么漫不经心。这忽然给了林泽宇一种信心，甚至是一种力量。他又接着讲下去："王书记，您是我们这个班子的一把手，我来这里时间很短，但您知道，我的心思就是想为地方、为我们的榴园做点实实在在的事情，没有别的意思。只要您能懂得部下的心情，我们就满足了。"林泽宇诚恳地望了一眼王书记。

"泽宇副县长呀？我为你的话感动，确实我们有很多干部还没有尽到自己的责任，没有把心思全部放在老百姓的事情上，你这样做、这样去想，我感到很欣慰。今天你的话也提醒了我，确实我们还有很多亟待解决的事情，却一直没有放到议事日程中。你的话我会考虑的。对一些亟须解决的人和事等方面的问题，我们要尽量拿到桌面上来。认真研究，视情况拿出解决的方案。关于代课老师的问题，我们也应该认真对待。"王书记的眼光变得更加慈善，也很平和地看着林泽宇。

"今天的事就到这儿吧，你先回去休息，你尽快拿个方案，要尽量全面和完善。适当的时候，我们再讨论，该是我们担当和作为的时候了。好，就这样吧。"王书记端着茶杯消失在常委会议室的门口，林泽宇也缓缓离开了会议室。

林泽宇散会后，并没有直接回到自己的办公室，而是返回了四楼，那儿还有一件白天没有完成的事情。晚上要思考和安排一下。

几天来，他一直帮助群众上下协调，尽量解决他们创业资金困难的事情。他出面，大部分事情容易办妥，但也有少数农民在贷款方面遇到了障碍。他需要问清具体情况、具体原因，才能跟金融系统的领导打下招呼。当然，在此之前，他要帮助这些农民认真分析，做好预案，办好各种手续。要针对具体情况，做到细致稳妥。既要解决问题，又不能遗留后患，也免得他自己在有关事情上说不清楚。

一番思索和忙碌后，林泽宇走出了县委办公大楼。快乐与欣慰写在他的脸上，他的每个神经和血管也都变得轻松。夜色蔓延，路灯闪亮，远处霓虹闪烁，整个城市显得宁静和谐。

他越来越热爱这个城市。这里的人们忠厚善良，这里的人文丰富多彩，这里的事业也等待着他们这些心底无私的奉献者去认真推进和完成。他慵懒地走在政府门前的文化广场的边上。广场上晚聚和锻炼的人们早已散去，广场显得安宁和空落。场边的木桥蜿蜒至远处，桥下的流水在灯光的映照下，闪着粼粼的波光。门前的道路上偶尔有车辆穿梭而过，驶向它要去的目的地。

今晚天气很好，夜色斑斓，能够与阑珊的灯火媲美。繁星闪烁，像哲人在诉说自己的思想。林泽宇想生活是最真切美好的领跑者，每个人都沿着预定轨迹努力地追求和向往。自然是真实的。它洗涤着世间的一切虚假、浮躁和骄狂。老子有句名言：人法地，地法天，天法道，道法自然。他曾听过一位大师讲课，大师说人是复杂的个体，当恶念刹那间膨胀的时候，需要良知和善良去疏导释放，这样便挽救了他的灵魂。不过在当下的社会状态下，无论社会怎样复杂，人性怎样虚假，只要每个人都变得真实、变得诚信、变得自律……有朝一日风气还会回归，诚信美好的时代一定会到来。林泽宇越想越有点感伤，但走着想着，心情豁然开朗起来。他突然觉得人性纵然复杂，爱情纵然复杂，一切纵然复杂，但再复杂的人性和事物，最后一定会回归单纯。只要我们心中拥有一颗为民服务的心，种植一颗为社会奉献的种子，我们这个社会终将会变成美好的家园。他知道自己只是一名普通的县处级干部，没有太多的权力，但他也必须要有自己的判断，不能糊涂地跟着单位的某种信息与号召、眼色与旨意行进。要本着百姓利益高于一切的原则，每一项工作都要有自己的思考。坚定步伐，义无反顾，将来一定会达到自己预定的目标。因为这条道路是通往社会稳定、国家安宁、人民幸福的阳光大道。

今晚他的心情如这宁静的夜晚一般安详。因为他心中已经有了希望。王书记的一番话给了他支持和力量。只有此刻，他才觉得自己并不孤单。正是百姓的利益才让他感到正义者永远无敌。

"当当当……"远处的钟声忽然响起，为整个榴园的夜晚涂上了一层安谧，增添了一种神秘。钟楼上的大钟正指十二点。他觉得时间不早了，立即转向了通往住处的小路，明天还有很多事，在等待着他去安排和办理。

四十四

部队生活的历练，加上爱情的失落，这些人生的际遇让林泽宇更加珍惜人生、热爱人生。他想用自己的劳动和付出为更多的人办事。林泽宇扶持的几家贫困户生活得到了改善。他帮助他们经营的几个项目，半年后均收到了成效。这些牧民和农户常常从草原和边远地方，不惜路途迢迢来看他。他的内心是宽慰的，也是幸福的。他们的善良和宽厚让他感到了藏族同胞品格的高贵和魅力，也让他感到了人性的伟大和力量。他知道人生在世，会有各种各样的遭遇。顺利的，坎坷的，快乐的，悲伤的……但这些遭遇会让亲历者感受不同的人生体验，品尝悠然快乐人生的幸福与美好，更会让人欣然接受不幸的人生。因为坎坷与挫折则会给人造成逆境和痛苦，甚至有时会把一个人的内心世界摧垮。但不管怎样，人都要以积极向上的态度对待人生，对待生活，对待周围的人们。他也曾经无数次思考过，怎样让自己的人生更加充实、更加丰富，也更加精彩。但事实上一个人要想把自己的人生装点得更加顺畅和辉煌，是一件极不容易的事情，稍有不慎就会陷入自我挖掘的陷阱和深渊里，马永春就是一个典型的例子。他没能坚守自己的人生底线，最终还是被人生名利和欲望的箭镞击倒在马下。

那是一个星期三的上午，刚刚从外地培训回来的马永春被上级纪检部门带走调查，一个月后便转入司法程序。

他始终忘不掉马永春被带走的那一刻。他与马永春眼神相遇，他看他的眼神里藏满了凄楚、伤感和绝望。他那张白净、端庄和英俊的面孔上也布满了灰暗和无奈。很多人都站在办公室的门口。他的腿如灌了铅一般，步履蹒跚地走在办公区的走廊上，显得苍老而笨重。就在他的身影消失在走廊尽头的那一刻，林泽宇还在远远地看着他，并轻轻地朝他点了点头，而马永春却没有做任何表示，转身离去。

马永春走后的那一周时间里，林泽宇的心情是沮丧的，也是低落的，甚至是苦闷的。马永春毕竟是他情同手足的兄弟战友。他们一同摔打在军营，一同热恋过同一名女兵，现在他又成了自己的同事。没想到这次远离家乡一同奔赴高原，在这块神明都受到敬仰膜拜的神秘地方，他竟然成了一名贪腐官员。他的跌跤落马可以说是罪有应得。不仅毁了自己，还连累了一名优秀的大学生，而且还是一位美女。这位佳人当初已经发现了某些端倪，也对他进行了劝说和阻拦。

生活的玄妙往往就在这里。有些人做了一些事情，即使你发现不太对劲，但你也不好去说些什么。原因是每个人都有自己的生活习惯和生存状态。有些事情就很难说出它的对错，不到最后出现结果的时候，你也很难判断它最终的结局和走向。因此，你对身边人的表现，即使出现了一些情况，也很难去说三道四、指指戳戳，那会让人不悦和反感。更何况一些事实和真相的东西隐蔽得很深，在短时期内，就像毒瘤一样，很难被发现。一旦发作，就会造成严重的后果，打破和摧毁你本来平静安详的人生。

马永春已经出事半年了。目前除了他已经被关押以外，还没有新的消息。他一直忙碌，没有时间关注这件事情。当然，一切也无济于事。但作为朋友、作为同事、作为战友、作为兄弟，他还是想关心一番的。最起码通过有关人员打探一点消息，适当的时候，也可以送点衣服和费用。

与此事有关的牧民曾来到他这里反映：他们对此事也并不清楚，只是当初他们曾来找马永春催要订货、建厂等相关方面的钱款，但并没有真正去告发他。不知道后来马主任怎么会出事？

从这些农户和牧民真诚善意的脸上，林泽宇知道他们说的话不含一丝虚假。但话说回来，这是什么原因呢？怎么会出事呢？这其中肯定会有一些原因。只是他们并不知道罢了。他委婉地安抚了这些善良的牧民和农户，让他们继续努力，无论如何都要做好他们想做的事情。只要有他林泽宇在，他一定会继续帮助这些牧民朋友完成当初制订的计划，相关资金也会继续落实到位。

农户和牧民走了之后，林泽宇思考着。马永春的问题，除了他自己所做的不法事情之外，又是什么原因导致他走到今天的地步呢？本身他是可以主动向组织讲清问题、说清原委，或者在他的帮助下，一起向上级组织部门、纪检部门，或者监察部门交代清楚，退回相关款项，写出检查和忏悔书，或许会得到从轻处理。而实际结果是有人在背后用力，紧盯不放，最后使事情得以案发，走到无可挽回的地步。

　　但这起事件幕后的主谋到底是谁呢？他百思不得其解。但转念一想，马永春也是作茧自缚，遭到法律的惩处也是罪有应得。作为战友和同事，他是无能为力的，只能尽心罢了。

　　他渐渐平静下来，无论马永春怎样，他还要尽到一个援藏工作者的责任。只有好好去工作，才能不负党组织的一份信任，才能对得起这片土地上群众的信赖，才能对得起金玲玉珠，才能对得起民族同胞的那份感情。金玲玉珠毕竟是和他在一起参加搜救战斗时失踪落水，然后罹难的。多么好的一位藏族女干部，却倒在了这座神秘的高原上，神奇生命的天堂。细细想来，这多少与他有着关联责任。他未能保护好这位热情善良、淳厚真切的同胞亲人。每当想起这件事，他的眼泪总会自然地落下来。虽然一切都无法挽回，但心中对金玲玉珠的那份思念，不允许他放下关于她的一切珍藏。金玲玉珠作为一名藏族女性，他已经在自己的心中为她留下了不可动摇的位置。

　　想到这些，他觉得他应该出发了，他还要把一些事情落实一下。于是，他和驾驶员一起踏上了前去扶贫的征程。

　　脚下的这片土地位于唐古拉山与青海省交界处。众所周知，唐古拉山是一座神秘的山脉，藏语指高原上的山脉，雄鹰飞不过的地方。它像一位头缠锦缎、身披铠甲的英武之神，高高地矗立在雪山、草原和峡谷之上。这里虽然终年白雪皑皑，四季如同猴子的脸，云雾缭绕，雷电交加，变化无常，神秘莫测，时而雨如泉涌，时而云彩如帆，时而雨雪翻飞，时而冰雹似仙，各有风采，随时展现。在西藏古老的神话里，在藏传佛教的万神殿中，在当地牧羊人和狩猎者的民歌和传说里，念青唐古拉山和纳木措湖不仅是西藏最引人注目的神山圣湖，而且是生死相依的情人。念青唐古拉山因纳木措湖的衬托而显得更加英俊挺拔，纳木措湖因为念青唐古拉山的倒影而愈加美丽动人，吸引着成千上万的信徒、香客、旅游者前来观瞻朝拜，成为世界屋脊上最大的宗教圣地和旅游景观。

有一首古老的羌塘古歌唱道："辽阔的羌塘草原啊，在你不熟悉它的时候，它是如此那般的荒凉；当你熟悉了它的时候，它就变成你可爱的家乡。"

藏北高原在藏语中被称为"羌塘"。它在唐古拉山脉、念青唐古拉山脉环抱之中，包括几乎整个那曲地区及部分阿里地区。这片高原平均海拔4000米以上，世代生息着逐水草而居的藏族游牧民。上苍不公，让这块"世界上最神秘美丽的地方"，依然有着生活贫穷的牧民……

坐在车上，林泽宇喜欢胡乱地想着、看着……他想起在从前，这里也曾经燃烧过领地纷争的战火，飘荡过弥漫的硝烟，飞扬过金戈铁马的厮杀……那时的牧民陷于水深火热之中。而现在是和平时期，岂容贫瘠和不幸存在，只盼望高原上飘荡着欢乐的笑声，只祈愿着歌舞翩跹，琴声悠扬……

我们这些党员干部为了给高原与牧民罩上美好幸福的光

泽，必须付出和战斗……

　　冬去春来，夏尽秋往，岁月像忠实的随从，紧跟地球般旋转着。但林泽宇身边的一切渐渐写进他的记忆图谱，他可能很快要离开这片土地了，他要抓紧一切时间……他舒展了一下身体，浑身充满了力量……

四十五

　　林泽宇近期关照的几件事情办得都比较顺利。不管是农民贷款，还是农户自主开发，抑或是扶贫项目的启动，都十分顺利和成功。常有人来大院里看他，以示感谢，再就是汇报项目和生活情况，林泽宇已经变成了他们的支持者，也可以称得上是恩人。

　　但林泽宇认为，这些都是职责范围内的事。眼下还要抓城市的环境保护与城市设施改建。一个城市的发展，是一个综合长久的巨大工程，同时还要处理好发展和保护的关系，千万不能只利用不保护、只维持不发展。

　　因河流上游污染与城关污水排放困难，他曾经向县政府建议要建立污水处理厂，购置污水处理器。针对有些管网修建不合理、不对接，使用效果差，污水外溢，甚至不能使用的情况，要建立地下管网总汇。他多少次接到群众举报，反映这方面存在的问题。每次接到举报，他就会立即派人，前往检测排查和处置。但这都是临时抱佛脚。现存的问题没有能够得到根本解决。后来他提出的建议和方案被采纳，工程很快进入实施阶段。有关部门开展施工后，后续工程款却拖欠未能跟上。这就造成工程延期，甚至停滞……分管财政的常务副县长张崇骞，像是有意和谁作对似的。当有关部门和工程队负责人找他汇报的时候，他总是找出很多借口，迟迟不愿批款……但大宇公园、荆卫文化广场等一系列形象工程，却在紧急推进，迅速启动。

有一天，林泽宇亲自到张崇骞办公室，他要为工程部门督促款项。他一进门，张崇骞显得很热情："你来啦，我们的泽宇副县长。有什么事让你亲自登门？"

"既然我们是一家人，就不说两家话，请你不要揣着明白装糊涂，你知不知道宇王大道下面排水工程和城关地区排污工程，已经进行到关键时刻？你为什么迟迟不愿批拨工程款，这样会影响工程进度；这也会在雨季来临时影响排水，对城关百姓来说，是潜藏危险的，你千万不能不重视。既然工程已经启动，我们就要督促落实完成。讲句难听话，如果我们工作不力，将来引发后果，那可是担当不起的哟。"林泽宇开门见山。

"你怎么这样危言耸听呢？你有你的工作，我有我的权力。咱们都有各自分管的事情，你可不能这样对我指手画脚，随意说教？"张崇骞回想他担任常务副县长以来，第一次有人敢对他这样说话。

"说教倒不敢，我只是向你反映一个事实，现在地下排水排污工程正箭在弦上，我作为你的同事，提出建议并希望你给予关照和支持。"林泽宇的话语中，看似绵软，实际上带着一种不可抵御的力量。

"林副县长呀！你虽然也是一名常委，一名正处级领导，但也要摆正自己的位置，要知道你只是一名挂职副县长，而且还是挂职时间很快就要进入倒计时，为什么要在某些方面争锋相对呢？再说了，我作为副县长，我有自己的做事风格和原则，怎么为人处世，履职用权，需要你一个挂职领导来提醒吗？如果你认为我哪些方面做得不当，或者违反规定，你可以向上级组织和领导反映。"张崇骞也不甘示弱。

"在某些方面我自愧不如，你是实权派，你可以掌控县里一些重大工程的节奏和进度，但我只是想，作为领导和普通党员干部，要以实际工作为出发点，多做力所能及的事。不能全放在那些容易看出成绩、表面光鲜、群众不关心的一些工程上。我不该跟你说一些工程项目孰重孰轻，但你要均衡用力。刚才我已经说了，你也知道，上游污染较重，水质特差，已经多次发生渔民跟工厂职工械斗的事件。另外还有成千上万户居民要饮水生活，排污净化该有多么重要。你心里对下水道改进和污水排放工程的重要性比我更清楚得多。我们都是当副手的，对自己所承担的工作和责任，要在把握原则基础上认真完成好。还有你要看清是非曲直，实实在在做好本职工作，也不能把眼光全部放在表面工作上。步伐时刻落在主要领导的身后，那样虽然可能对你个人有着实际的效果，但对百姓往往是有害无益的。"林泽宇终于把话讲开了。

"你这是屁话！你说我跟谁后面啦？我的眼光放在谁的身上啦？论从政做官，你的毛还很嫩。你只知道，做些无关痛痒、微不足道的鸡毛蒜皮的小事。你可能说百姓无小事这种冠冕堂皇的话，但你知道你管得了吗？别说你只是一名挂职干部，你就是一个实实在在的县长、市长、省长，你有撑天的本领吗？中国那么大的地方，你能把所有问题都解决？所以你不要好高骛远，把自己看成是救世主下凡，还是本分些好，躲在办公室看看报、喝喝茶、批一些无关紧要的文件，过问一下无足轻重的工作，再过几个月，讲白了你就滚蛋了，天下哪有什么真正的工作、什么真正的事业而言，那都是掩人耳目，讲出来听听而已的话，千万不能做官场上的傻子，把一切都当真哟。好了，我还有事，我得送客了。话不投机半句多，其实一家人也不行，我有我的为官之道。"张崇骞真的没给林泽宇留面子。他真的下了逐客令。

"那可不行，我是无事不登三宝殿，虽然我们同行，可不是同路人，我现在来找你，是想催一下工程款的。上次教育系统那批资金你迟迟拖延不批，影响了有关工作的进展；现在城市改造与城区污水处理这一块又到了关键时刻，作为联系这块工作的领导，我想请你对此尽快重视和关心一下。我绝不是来找你叙旧谈心的，我也没那工夫，我只想着腾出时间多做一些具体工作。无论如何，你帮忙批一下，不然的话该搞的事真要前功尽弃了。"林泽宇再次道出了来找张副县长的目的。但两人冷言热语，兵戈相向，陷入一种尴尬的境地。

特别是张崇骞一刻也不想看到这个身上长刺的挂职副县长，好像从天边来的红毛野兽。而林泽宇依然是内心坦然，他想着自己倡议的改建工程，那是关乎全县百姓安居和生死的大事。

林泽宇悠然自在和轻松闲适的状态，终于激怒了张崇骞的神经底线："再不走，我要喊人了。"张崇骞忍无可忍，歇斯底里地大叫起来……

四十六

马永春从林泽宇的视野中悄然消失，给林泽宇内心带来很大震动。一段时间里，林泽宇的心情变得十分沉重。年轻时长辈的话语时时回响在耳畔。是的，一个人要想在人生的路上顺畅地走下去，那就要变得坦荡阳光，清廉处事，洗涤一切红尘杂念，否则总会有一天作茧自缚，自食苦果。在某些方面，相对马永春来说，他似乎清纯一些。可正是因为自己有意回避一些事情的运营和误解，才束缚着他，做事更加谨小慎微，不敢担当，反而影响了他为民服务的情怀和质量。实际上，他是有愧的，对不起组织的安排和同志的信任，更对不起藏族兄弟的敬重。人活着不是为了自保，为了庸常的平安宁静，还应当把国家的命运、社会的安定、人民的利益和幸福放在心上，否则，人活着就毫无意义。所以每个人生命的价值应与民族与国家紧紧连在一起。

林泽宇这样想不是没有缘由的。因为马永春出事以来，他始终处于观望的态度，不敢放手工作。对一些职责内的工作，也不敢放手去做。他们这些党的领导干部，不同于寺院内的那些游客香民、善男信女，可以为自己的一厢心愿，祈求安顺，跪祷福祉，游走天下，悠然一生。作为党员干部，是要为百姓服务的。他不该这样消极观望，坐等时间流逝。他应该把自己的心思重新回落到藏族百姓身上。

两周后的一天，内地大学生苏雅回到了单位。由于她的认识态度和相关问题，纪检和司法部门为她办理了取保手续。但她觉得自己无颜再回单位工作，经上级批准后，她决定回内地接受取保候审。临行前她来到了林泽宇的办公室。看出来，她虽然年轻依旧，姿色不减，但明显有些倦怠和忧伤。矜持早已不在，只是增添了几丝羞怯。

"坐吧，今后怎么打算？"林泽宇轻轻地问她。

本来苏雅怯生生地准备坐在林泽宇对面的沙发上，听到他这么一招呼，还没坐下，眼泪便顺着脸颊流下来了。她抬头看了林泽宇一下，林泽宇看到她的眼睛如两汪水潭，晶莹地闪着亮光。

"别难过。每个人一生都会遇到这样或那样的挫折，这并不只是你可能遭遇。既然你不期望发生的事情来了，那就要去面对。我知道你是个好女孩。阳光单纯的大学生，是不可预测的原因造成了今天的这个状况。不过还好，就像高原上出现的乌云和狂风一样，早晚都会过去的。你看外面天不是放晴了吗？"林泽宇安慰着面前青春美貌的女孩。

"我不是为这件事难过，更不是为来到高原而后悔。我是觉得这么美丽的地方，这么神奇的家园，因为我们的出现变得晦涩肮脏，就像清澈的湖水里被人扔进一包垃圾，一处风光秀丽的家园，突然被人种植了无序的蓬蒿。如今我已经成了大煞风景的人。"听到林泽宇调侃式的安慰。苏雅再次抬起头来，但眼睛里已经没有了刚刚澎湃和汹涌的泪水，取而代之的是忏悔和叹息。

"嗯，你有这样的心思是对的，但无须自责。因为你还很年轻，道路还很漫长，未来在远方。你现在需要的是调整，慢慢平复自己的心情。我们希望你留下来，和我们一同战斗，为藏族同胞继续做着有益的工作。当然是去是留还得取决于你自己。用一句时髦的话说，你的人生你做主。"林泽宇非常怜惜此时的苏雅。

"不，林主任，您是一位好领导，能遇到您，跟着您干工作，又在这远离家乡的雪域高原，我一生足矣。不过我一定要走了，不能再给你们带来任何消极不利的名声。您是领导干部，可我们毕竟都是内地工作人员，都打着援藏的旗帜，可我却做出了如此不雅的事情，怎么再有脸待下去，天不藏污啊！这神奇的草原，苍茫的雪山，清澈的蓝天，美丽的云彩，善良的藏族同胞……一切的一切，怎么会允许我的加入和联盟呢？我辜负了上苍赋予人间美好的一切啊！只有自寻归途了，请您不要劝我，我只是来同您打个招呼。"苏雅突然变得伤感和低落。

"如果你这样认为，你还真的年轻啊！你还不知道，这世界有多大？人生有多么复杂？生活有多少风雨？这么小的挫折就会让你自毁，甚至趴下！那么未来的路你怎么走？你的幸福还怎么去创造。我不知道你听没听说过关于自强不息和奋发有为的故事。生活中总有那么一些人，因不慎或者失足，遇挫折跌倒后立刻会爬起来，掸掸身上的泥土，轻蔑地瞅瞅脚下，然后抬起头，目视着远方，又继续向前奔去，终于实现了人生的目标，到达了终点。"林泽宇本来是想对她讲几个关于人生奋发图强的故事，可是想苏雅是当代的大学生，她的知识与阅读面，及所涉猎的信息量，肯定远在他之上，虽然从年龄上说，他是可以鼓励和帮助她走出暂时的生活逆境，但毕竟他不是她的老师，不是她的最直接领导，讲多了会显得多余。他收回了心中的一些话语，只是简单地安慰鼓励一下。他接着说："苏雅呀！你虽然是一名当代的优秀大学生，但我可以称得上是你的长辈。我想说的就是，你毕竟很年轻，不要被当前的困扰所羁绊。当你眼泪忍不住的时候，千万别眨眼，你会看到世界由清晰变模糊的过程。在你泪水落下来的那一刻，一切变得清新明晰。实际上，你经历的事根本就不算什么事情，你是一时困惑，造成了今天没啥大不了的结果，但你千万不能因此沉沦下去。不要以为蒙上了眼睛，就可以看不见这个世界。因为捂住了耳朵，就可以听不到世界所有的烦恼。因为停下了脚步，你就不再远行。你设身处地地想想，你要是回到内地，你以前的同学朋友会怎么看待这件事情。你的父母更会为你担心，如果你再到一个新的单位，那么他们就会胡乱猜测，风言风语就会让你长期生活在一个猜疑和迷乱的氛围里。你的日子或许远比你留下要艰难得多，所以一个人活着不能只为自己，要考虑周围人，要考虑长远，考虑远方，不然不仅会连累自己，也会触及他人的情绪。我不会强行阻拦，但劝你要反复掂量，然后做出决定。"林泽宇这段话是推心置腹的，不含任何客套和虚假，这让苏雅的心弦猛地一动。她只不过是来打一个招呼，没想到这位领导，也算她的战友同事吧，对她如此关心和爱护。她的父母在远方，亲人都不在身边，他应该就算是身边为数不多的亲人吧。回想那个让她自食苦果，又陷入难堪境地的马永春，心中顿时滋生一丝恨意。她当初只图他虚假的外表，贪图一时的虚荣，并被他的虚情假意所迷惑，结果落入了这左右为难、无以平复的境地。她恨死这个男人，真的该千刀万剐，最主要的是自己没有骨气，还把自己牵扯进去。该是彻底跟他决裂的时候啦。她停顿了一下，突然说："林主任，谢谢您的关心，您的话很有道理，确实打动了我，我再认真考虑一下吧。如果可能，我在哪里栽倒就从哪里站起，让我们继续携手同行，为藏族同胞热心服务，重新大干一场吧！"说着，她的泪水再次流了下来，眼神里却流露出了感激和欣慰。

"这就对了，你先回去好好休息，然后再跟你的领导说一下，稍后我会跟他们碰一下头，有可能让你直接到我身边工作。"

"好的，领导，您先忙吧。我先把退票的事安排一下。回头再跟您打电话。"苏雅转身出了林泽宇的办公室。

苏雅出去了，林泽宇的心情平静了很多。他知道这个世界是简单的，如果说复杂的话，是因为粗俗的人类赋予了它很多烦琐揪心的因素和色调。难怪有人说人一简单就快乐，一世故就变老。他最喜欢那句话：世界是复杂的，生活是复杂的，感情是复杂的，爱情是复杂的，但是复杂的背后，紧靠着的永远是简单，一切复杂之后终会趋于简单。作为人不要把一切复杂化，不要画蛇添足，不要让自己太累，让人生太累。只因很多人计较结果，计较目的，结果就生发出一些无法预测的结局。苏雅确实是无辜的，她是因各种诱惑，才走到了今天这个境地。如果有人扶她一把，那么她的未来生活，或许会转换成另一种模样。说白了，她还是个孩子，还是个涉世不深的小姑娘。为了这位美丽姑娘的青春，为了这位美丽姑娘的美好未来，他就把她扶进阳光地带吧。这些近乎哲理的话和心思在他的心中旋转着，让他全身每个细胞都鼓足了力量。

他想把他能够帮助的人都引上幸福的道路，想看到天下人都快乐的模样……达卡进来了，他要送林泽宇去草原牧区，让未完成的使命披上灿烂的阳光。

四十七

"涡水清，淮水长，涡淮之间是故乡……"这是榴园流传的一首歌谣。的确如此，星移斗转，涡淮奔流，养育了两岸善良耕耘生息的一代代百姓，也抒写了一部奋斗抗争的辉煌诗篇。榴乡往北有一个小小的村落叫老汪村，汪村位于涡河支流的澥河边，是个十年九灾的多难村。只要连绵阴雨，必定村可罗鱼，汪村故此得名。这些年，村里的村民总是想通过勤劳耕耘，改变贫穷的命运。可无论他们怎样努力，只要下一场大雨，一切回到从前。后来村民为了生计，纷纷外出打工，或者通过运输，再者通过捡拾垃圾等方式来改变生活的状态。但由于底子薄，条件差，环境恶劣，效果一直不太明显。年轻的村民苏强有次来到澥河边捕鱼，发现河岸与村庄间有一片自然水泊，面积不大不小，非常适合做养殖。于是，他灵机一动，就起了心思。但没有资金，他陷于无奈。他心里踌躇了好一段时间，有次他从村民闲聊中听说县里有一位"好人县长"。开始时他也将信将疑，但看到村民们信誓旦旦和活灵活现的神态，他决定前往一试。于是有一天，他来到了林泽宇的办公室。

他见到林泽宇，确实让他瞬间增添了无限的敬重。眼前这位领导的平和与真实突然改变了他以往对干部的看法。神奇暂时不说，反正他根本没有想到林泽宇对他这样一个平头百姓十分热心，也喜欢帮人办事，或许这就是他被人戴上"好人县长"帽子的真实原因。

林泽宇没有把这当回事，他知道百姓的心坎低，只要你为他们着想，设法为他们办点事，雅号就会自然而来。这本身就是最简单的事情，别说领导，就是普通党员干部要履好职责，最根本的就是要为老百姓做实事。可他很随手办的一件事，却是从根本上解决了一户村民的全家生计大事。现在大家都知道苏强是当地的养殖大户。林泽宇带领相关人员和省市县媒体记者再次来到老汪村，采访在政府的关心帮助下老汪村是如何走出困境的，并且自强不息。最终通过养殖脱贫的老汪村村民苏强时，津津乐道地讲述起来。

季节像一个舞者，跳过盛夏过后，舞到凉意深深的秋天，但身上还裹着似火的骄阳。坐在村委会的苏强，上身穿一件老旧的黄色 T 恤，下身黑色的肥大长裤上粘满了新鲜的泥土。平时不抽烟的他，今天抽得特别带劲。苏强就这习惯，开心的时候，便不由自主地把烟点起来猛抽。苏强看上去身材粗壮，笑容满面，显得精力充沛。这跟以前沉默寡言，喝酒后乱发酒疯的他可算是天壤之别、判若两人了。苏强曾经有个幸福甜蜜的家，二十世纪九十年代在亲人的介绍下，他跟现在的妻子相识并且组成了家庭。没过多久，就生下了女儿苏云。因为家穷，女儿的出生，虽然增添了生活的温馨，也增加了家庭负担。每天苏强总是不停地在地里干活，闲的时候再做点手工补贴家用。但一直没有改善经济拮据的状态。遗憾的是，生活的意外不知道何时就会突然到来，甜蜜的生活没过多久，2008年春天，苏强的父亲突然去世。这对苏强来说，雪上加霜，就像天塌下来了一样。好几年，苏强都沉浸于悲痛之中无法自拔，整个家庭也变得凄凉。性格内向的苏强不善于交际，也没有什么技术，一家人主要靠家里四亩多地种点玉米、小麦生活。父亲走了，妻子要带孩子，只有自己种田，本来苏强就因丧父没缓过劲来，眼下压力更大了。单靠这几亩地养活几口人，经济上依然捉襟见肘。为了照顾孩子和家庭，苏强也没有办法再做别的事情。有时候家里略微碰上点事，经济就跟不上，全靠乡里和亲戚们支持。孩子渐渐长大了，眼看要上学读书了。家里因为添加孩子的学习用具，不敢再添一件其他新的家用物品，房子越来越破旧，也没有精力修补，他的脸上再也没有了从前那开心的笑容。

根据家庭的实际情况，2016年苏强被老汪村识别为建档立卡贫困户。2017年，家中很多事让苏强欠下了两万多元的外债。而就在这一年，女儿苏云考上了安徽高等职业学院。当年，苏强种田一年的收入才2800元，这样的收入，别说还账了，就连女儿的学费和生活费都远远不够。还是出门去借吧。但要强的苏强已经张不开嘴再去麻烦乡亲邻居们了，可女儿的学业也不能耽搁啊，如果因为交不起学费而辍学，这将是女儿一辈子的痛，也会让苏强感觉对不起女儿。女儿收到录取通知书以后，他心急如焚，却又无计可施。短短的几天时间，苏强的头发花白了许多，人也苍老了许多。

　　此时，滕集乡农业综合办主任钱玉和作为老汪村扶贫队长和苏强的帮扶人了解到具体情况后，就这个问题在村委会召开了专题会议，将现实情况向大家进行了通报，建议同意苏强的申请，按规定的程序将其家庭纳入低保补助范围，将苏云纳入教育补助的范围。苏强的档案在村里早有记录，他的情况大家基本上都知道，确实属于老汪村困难家庭之一，可以说，如果这时没有人援助的话，单靠苏强很难挺过这一关。会上，村委会委员经表决一致通过，同意将苏强和苏云纳入补助范围，并且在需要时村里无条件支持和保障孩子入学，绝对不能让老汪村的孩子因为经济问题而辍学。当村干部到苏强家告诉他这一消息时，焦虑了许久的苏强心里一块石头落了地。他激动得不知道说些什么才好，一边的孩子也流下了欣喜的泪花，终于可以正常入学了，苏强的经济问题也得到了极大的缓解。在这个关键时刻，如果没有党和政府的关怀，他真的不知道该如何走出困境。

　　苏云去上学了，但是问题还没有得到真正的解决。虽然女儿走了，可单指望家里的那四亩多地，不知道什么时候才能把乡亲们的那两万多元还上。就是还上了，光靠种地也很难让苏强脱贫，若遇到什么事情，还需要大家的帮助。这种遇到困难就要找人求助的生活，对于要强的苏强来说，实在太难受了。为了改变这种状况，他一直在琢磨该怎么办。密切关注着老苏的村干部也没有放松下来，因为他们深深地知道，一个人，一个家庭，单单指望政府的救助而不是靠自己的努力，解决不了根本问题，只有靠自己的双手赚来的财富才会长久。在村委会多次探讨后，村干部找到苏强，建议他在种田之余，再发展水产养殖业。乍一听这个消息，苏强有点蒙，从来没搞过养殖的他，能行吗？村干部仔细地跟他讲解："你不要担心，啥时候走着总比坐着强。你先买鱼苗试一试，只要你能坚持下来，前期我们再从村里给你申请些养殖补助给你兜底。等你把鱼给养好了，养多了，好日子在后头呢。还有一点，如果资金不足的话，你也听说过，县里有个林副县长，他最喜欢帮助人，适当的时候你也可以去找找他。"就这样，在村干部的鼓励下，苏强开始琢磨水产养殖兴家之路。

有一天他照例闲着到北湾去钓鱼，悻悻的他无功而返。在回来的路上，他看到一片水泊，里面不时泛起水花，很可能水退后里面留有塘鱼。这儿约有几亩水域面积，虽然面积不大，但也不算太小，可以当作养殖水产的好地方。如果做好隔离防护设施，确保今后水产品不流失，应该算一块很好的基地。他突然来了兴致，立马去了村委会。愿意在村委会的帮助下，发展水产养殖。村委会一班人一听苏强主动创业致富，大伙都不亦乐乎，心想真是浪子回头，一件极大的好事。他们同意给予解决部分创业资金，一番斟酌后，村委会领导再次告诉他一个办法，让他去找副县长林泽宇，他或许能给苏强提供关心和帮助。

实际上，在此之前，镇村领导早已经把一些帮扶对象和创业计划报告给了林泽宇副县长。只是找林副县长是让县领导确定一下计划的真实性。林副县长果真大力支持，通过乡里担保，让银行给他贷了一些款。再加上村里支持他的一部分资金，要干的事情很快便张罗起来了。他一开始害怕不懂，就先买了些鱼苗，村里又从县里帮他找来了技术员。每个月都到苏强家来检查指导。有时候养殖方面遇到疑难问题，技术员就上门来指导。慢慢地，在大家共同的帮助下，苏强找到了感觉，把种地以外的全部精力都放到了养殖上，每天投放食料，清淤，清理鱼塘杂物，……从早到晚忙个不停。有时候他不放心，家也不回，披个大衣成夜守在鱼塘边看护。一路走来，功夫不负有心人，苏强的心血没有白费，这样一来，现在每年光是养鱼收入就已经超过一万元。鱼头越来越多了，照这样的势头运转下去，还有着广阔的发展空间。他又开展多种综合养殖，甲鱼、螃蟹和龙虾等都进入了他的养殖产业园，养殖面积的几亩地翻了一番。现在荷花满塘，不仅虾蹿鱼跃，养殖区变成了一处景点……参观者络绎不绝。借着自己的双手，苏强已经真正脱贫，并且稳步向着小康的方向发展了。

喜讯不断传来，他女儿苏云在 2019 年毕业后已经联系好工作留在合肥上班了，工作比较稳定，并且在工作之余制订了计划，打算最近再把教师证考下来，今后她的发展空间会更加宽广。孩子的事业稳定了，苏强的干劲更大了。最近苏强重新盖了一座新房子，不仅住房宽敞明亮，每年又多了两万多块钱的进账。回想几年前的黑暗时刻，再看看如今的发展，真是天壤之别啊。聊起这些年的变化，再看看塘边吃水的鱼兵虾将们，苏强的心里像灌了蜜一般，幸福得不能自抑。他深深地感谢党和政府在危难时刻给予他无私的帮助，更是给他指明了养殖致富的道路，在这里，帮贫扶贫不是一句空话，而是实实在在地体现在了他的身上。没有林泽宇副县长和村干部无私的帮助，他是很难走出困境的。今后，他将把全部精力都放在养殖上，用最好的状态来迎接新的生活，并且他也要向那些爱心人士学习，在有条件的时候他也会尽自己的能力去帮助别人。

说到激动处，他又兴奋地猛抽几口烟，看着他手中猩红闪亮的烟火，林泽宇笑了，大伙也都笑了起来。"再笑点，用力再猛一点，好，好，这最有说服力。"一位记者正在拍摄。苏强这火红的烟斗，象征着今天和今后幸福而又火热的生活。

四十八

林泽宇在藏区生活，亲身感受到了很多人生的哲理。他不仅要珍惜这次组织赋予他的使命，而且要珍惜这次难得的机遇，还要珍惜身边的每一个人。人生那么短暂，在辽远无际的星空下，上苍正在看着人类，在注视着他们的行为，他们的举止，他们的生活……在遥远空灵的宇宙中，人的一切都显得那么富有意义。在绵长的自然空间里，悠悠人生多么短暂，而在这短暂的人生时光里，人与人相遇相知，又是多么的珍贵。所以每个人都要珍惜生命中的缘分和机遇。以往的部队生涯里，他没有能把握好自己幸福的际遇，夏霜从他的视野中隐去了。那是一位多么善良、多么美丽、多么优雅的女孩，像天使般从月亮上飞来，心灵如水晶一般。美好的人啊，像碧玉一样会让人爱不释手，一旦失去将会给人的心中留下忧伤和哀怨，并将伴随人的一生。后来到西藏以后，他又遇到了藏族干部格桑旺姆。他的确是共产党领导下的一位最好的少数民族干部，尽职尽责，诚恳豁达，心性坦荡，豪爽仗义，可是为老百姓的幸福大业，过早地倒在了忠贞为民的岗位上。西藏女干部金玲玉珠，既是他视野中突然绽放的一朵奇葩，又是一块高原上的宝玉，玲珑剔透，清澈晶莹。但是天妒美好，把她从自己生命的原野中掠走……一件件怪事，一个一个战友，他们为何与他不能永久相守，那是因为人类生活充满变数，世间的美好也过于脆弱。人们便找出"彩云易散琉璃脆""好事多磨""峣峣者易折"等很多无奈的借口和说辞……

如今他要倍加珍惜工作和生命中遇到的一切，让经历中的美好都成为稀世珍宝。想到这里，他拿起电话拨通了苏雅的手机。电话通了，没有人讲话，里面传来了啜泣声。

"喂，苏雅吗，你说话呀，到底发生了什么事？"林泽宇突然担心起来。

"林主任，我没事，我现在心情好多了，高兴得有点控制不住。"

"哦，没事就好，一切都过去了，好好活着，把眼光投向前方。"林泽宇鼓励她。他知道她是一名单纯善良的女孩，涉世不深走到了这一步。社会转型时期，物欲横流，泡沫浮躁，才造成人都功利浮华，虚荣轻信。不光是苏雅，这种情况的人应该很多很多。讲白了，她们这些人是无辜的，是时代的一丝影像和标记，既然如此，苏雅不该再为庞大的社会机器埋单。

"如果你有时间，我们见下面，问一下你下一步的安排和打算，是不是再回内地？"林泽宇此时只想让一个自己的同事、朋友能开心，不要再为过往的不幸揪心。

"谢谢你，林主任，我现在这个样子，出去让人害怕，我恢复几天就去上班，请你到单位帮我通融和协调一下，我决定留下来还在西藏工作，我要把我的一切奉献给藏族同胞，不辜负大学和组织对我的培养。"她的话显得很有底气。

"那我就放心了，现在我就把你愿意留在单位继续上班的情况跟大家说一下。你是一名大学生，也是素质很高的人才，大家都盼着你能留下来和他们一起工作，把各项工作做好。希望你尽快恢复身体，养足精神，尽早来上班。"林泽宇安慰她。

"好的，谢谢他们能原谅我、包容我，我一定好好地工作。也请领导和同志们放心，我一定在一周内重回我的岗位，合适的时候我请你们撮一顿。不过我自己埋单，不准像以前那样，总是我请客，他们结账。哈哈哈！"电话里传来苏雅清脆爽朗的笑声。

林泽宇此刻心思终于落了地，他知道苏雅从迷茫中走了出来，应该到了重新认识人生、认真做事的时候了。

林泽宇又算做了一件让自己欣慰的事情，他毕竟是马永春的战友和同志。话说回来，无论如何，苏雅也是他自己的一次际遇吧。他这样做，也是对朋友的一番关心和责任，他不能辜负自己的朋友。

林泽宇心思落地后，他又想到了马永春担纲主办的牧民营销事件。马永春现在出了点问题，但牧民是无辜的。他还要把原先既定的事情完成掉。那时他们一起策划了帮助牧民建立牦牛肉等肉食品加工厂的方案，后来他负责跑外围，积极配合马永春把事情办好。谁知马永春从中作梗，最后作茧自缚，自食苦果。或许因为马永春忘了初心，忘了根本，忘了自己的职责，忘了他们西藏之行的目的，才会种瓜得瓜。如今他不能再食言，再辜负藏族同胞的期望和信任。他翻动满桌的材料，终于找到了当初他们签订的协议书草稿。

凉山几位牧民想建立的公司名称叫木里亚吉食品有限责任公司。打算公司建成后，精选西藏质地酥松、细腻、纹理清晰的牦牛肉，采用最传统的工艺制作，即每年十一月底后，当气温降至零度以下时，就把牛羊肉挂在阴凉处，背离阳光，加秘制配方后用很长时间晾干或者冰冻风干，风干后可以再度烘烤。这样既去水分又保持鲜味。精心制作出来的风干牦牛肉天然健康，食用后，可提高人的抵抗力和免疫力。还可以再进行味道配制加工，做成特色牦牛肉。纯风干牛羊肉看起来比较硬，经加工后的牦牛肉干食用起来口感酥松，味道纯正香美，藏族同胞和所有游客都喜欢品尝享用。然后先销售给游客，再拓宽渠道，销往藏区以外的地方。

公司可以在主营牦牛羊肉干和系列食品的同时，配制野生蜂蜜、红花椒、核桃、松茸、野生黑木耳、野生天麻、野生蘑菇、羊肚菌、藏香猪腊肉、大凉山土特产等各类无公害特色有机食品。在确保食品安全的基础上，打造原生态、绿色有机食品，将大山深处的绿色无公害的原生态食品，带给广大的消费者。公司的办公地址准备选择在冬无严寒，夏无酷暑，四季如春的凉山州。

林泽宇看到，他们制作了周密的工作规划和严密的员工规则。公司要以服务顾客为前提，恪守信誉，一切以用户满意为目标。本着品质、高效发展、热情服务的办事原则，致力于打造业内知名品牌，而且诚挚邀请新老客户在藏族经济建设大潮中携手并进，共同发展。

凉州产品丰富，物流越来越频繁便捷，成本占有很大优势，这是星光和灯火闪烁的不夜之城。拥有着广阔的环境，而且贸易往来人们不受时间和空间及传统购物模式限制。

无疑这是一件有百益而无一害的大好事。工厂一旦建立并投入实施运营终将会形成藏族地区的特殊产业。一旦做好，既改善牧民的生活状况，增加他们的收入，同时对发展和推动振兴藏族经济的发展大有裨益。

林泽宇此时才看到当初让马永春负责的这个项目，蕴藏着联手经营的牧户们多么强烈的美好愿望。别说还处在生活状态相对滞后的牧区百姓，就连他这个享受国家工薪和补贴的干部也高度赞同这个项目。怎么可以仅仅因为一位领导的思想错位，让一项民生和民心工程付之东流。"真是个罪人！"林泽宇突然觉得马永春这般境地，一点也不冤枉。

现在不是怪罪的时候，他要尽可能弥补他们的过失，毕竟他也是这件事情的最初发起者和关注者。作为一名领导干部，只是因他过度相信他人，大而化之，因为疏忽督导和失察，才造成今天的结局，这本身就是不作为，实际上就是渎职，就是犯罪。他该和马永春一起被追究才是公正的，手法不同，可都是犯罪呀！

林泽宇很快联系到了这个项目的相关负责人，让他在牧区找个地方把人员集中起来。他马上启程，要和大家一起研究木里亚吉食品开发公司的具体事宜，而且要成为其中的没有股份的合作者，他对不起牧民，对不起草原，对不起藏族同胞……他要向他们道歉，向他们请罪，他打通了达卡的电话，让他准备车子，立马送他去牧民们的梦想早该起飞的地方……

四十九

在离春节还有三天的时候，榴园县发生了一起特大交通事故。三名中学生，放假回家洗澡时途经一段乡村公路。一辆轿车驾驶员打手机，又被一辆大货车挡住了视线。在他超车并加速时，没看到货车前方三名行走的孩子，一下把三个孩子撞倒并致其死亡。事件发生后，市县公安机关等部门人员，立即赶到现场。林泽宇也和相关人员亲临现场，指导处置工作。前期因相关职能部门做了一番周密部署和安排后，事件才得以初步平息。

没有预料的是，由于双方调解没有达成一致，孩子亲属联手聚众三百人封堵国道，造成大批车辆淤积堵塞，在一定范围内造成了严重不良影响。

对这次事件的处置，政府部门相关领导意见不一。县委常委会上，有的建议强行处置，有的提出规劝疏导。由于堵车面积越来越大，影响也越来越恶劣，引起上级领导部门的重视，也引起相关媒体的关注。此时的处置对策十分重要，稍有不慎，极可能造成更大的不良后果。围绕事件的处置对策，在县政府内部，也产生很大分歧。谭县长静坐不语，按照他的话说，他要听听主管和分管领导的意见。常务副县长张崇骞主张动用大规模警力，采取强硬手段处置，以绝对优势警力驱散堵路群众。他说当地本身就是民风落后的地方，"俗话说，穷山恶水出刁民。不过大盖帽牌子前面站，啥事都好办，我认为要让公安和武警给他们点颜色看看。不动用强势力量，就不能震慑这些人的气焰。"

其他领导多半赞同张崇骞副县长的意见。但林泽宇发言时却提出："人民群众是一个善良的群体。我们不能把工作中一切不顺的情况都归因于这些人文化层次低、法律意识的淡薄。这本身就是一起特大交通死亡事故，由于对方当事人过错，造成三个家庭受到伤害的事件，根本不该怪到群众头上。我们首先可以换位思考一下，如果受到伤害的是你、是我们自己，我们将会如何处置呢？所以这些百姓，这些死者的亲属，不是因为他们品行低劣，法制意识淡薄，那是他们的感情所致。当他们的感情受到了伤害，家庭遭受了重创，行为出现过激也属正常。他们即使做得不对，心情也可以理解。所以最重要的就是下一步，针对这种情况如何予以妥善处置。我觉得既不能让事件后果得以扩大，又不能伤害他们的感情。如果强行处置，极可能造成他们铤而走险，公开作对。当然这就需要我们这些当领导干部的，既要敢于工作，又要勇于担当，同时还要替死者亲属，从老百姓角度多多考虑。"

常委会决定，由谭县长牵头，张崇骞和林泽宇配合，联手成立事件处置领导小组。先由林泽宇拿出来一个处置方案，让公安机关和当地政府部门，以及交通管理部门联合抽调人员，组成思想工作和法律宣传工作专门工作组，要认真与死者亲属代表倾心交流沟通，做好法制宣传和思想工作，促成双方在初次经济赔偿方面达成协议，以防造成矛盾，形成僵局。还要组织相关力量，做好备勤工作。对那些背后鼓动、蛊惑群众，在现场煽动和参与闹事的少数不法分子，依法带离现场和作出关押处理。

可林泽宇的处置方案一出，立马引起了张崇骞副县长和相关领导的强烈反对。他们认为，政府不是慈善机构，遇到事情就要当机立断，速战速决，严肃处理；不能跟他们谈条件，讲道理，说法律。跟这些百姓打交道，没有道理可言，你是说不到他们心里去的。政府机构和公安机关必须动用强硬手段，看着不怕打着怕，你只要来真格的，他们就服软了。我们作为领导，千万不能婆婆妈妈，有半点怜悯心理。

张崇骞等领导的意见，立马得到大家的赞同。相持不下时，谭县长也没了观点。他让大家表态，应该用哪种方法来处置？结果会场鸦雀无声。就在这时，有人提出先用张崇骞副县长的方法试一下，如果出现问题，再改变处理方式也不迟。大家都同意这种方式。张崇骞副县长的脸上，露出十分满意的表情。

“那可不行，我们不能拿百姓的性命安危和社会稳定及国家法制做实验，一旦出现……”林泽宇据理力争。

“哎，少数服从多数吗，你就不要再一味坚持了，泽宇副县长，要允许别人……”林泽宇的话刚想出来，就被谭县长的话挡了回去。

张崇骞看到谭县长出来讲话了，就很自信地歪头瞅了瞅坐在他左侧的林泽宇一眼。林泽宇看出他眼中的骄傲和满足。

处置方案一定，下面就是实施和执行了。公安机关很快拿出方案。为了这次事件，经请示市公安局后，动用300人的警力参与处置，按照应急响应处置暴力和恐怖事件的标准来部署应对。第二天的上午10点，参与勤务的民警和工作人员全部到达现场，阵势庞大，气氛庄严。

就在准备行动的时候，一位事故中罹难同学的奶奶，八十多岁的老太太，突然蹒跚着走出人群，手里拿一个微小农药瓶，往地上一跪，仰望苍天大哭一声："我的宝贝孙子呀。你的命好苦！你在天堂没人照应，奶奶这就来了……"眼泪随之疯狂流下，手中已经打开的农药瓶放到了嘴边……

说时迟那时快，身边的一名民警飞速赶到老人家身边，迅速夺下她手中的农药瓶，但老人家还是把农药倒入了嘴里。

老人家身边的几位壮汉，估计都是老人家的亲属。当他们看到老人家已经服毒时，冲上来就要对民警大打出手。国道上堵路的亲属和围观的群众，刹那间就要骚动，大有和民警与工作人员决一死战之势，一场暴风雪就要降临……

"现场所有工作人员和民警都把手放在身后，不许乱动，听我指挥。请公安局高局长安排人员和现场的救护车先送老人家去医院抢救；请亲人们静一静，我是挂职副县长林泽宇，我知道孩子出事，大家都很难过，我们也不期望这种悲伤的事情发生。可是现在事情毕竟发生了，肇事者已经被抓，他的责任他负责，下一步还要追究判刑。可大家不要再把事态扩大化，不能再有人命官司发生，事情我们公安局交通事故管理人员会进一步调查处理，赔偿和责任双方进一步协调，如果你们这样做孩子能够复生，我们也和你们一道在这坐下去，两天三天，两月三月也乐意……可孩子已经不在了，再坐在这里堵国道闹事，孩子不仅不能活过来，而且还会造成更严重的后果……所以大家一定要冷静。"林泽宇眼看一场暴力事件就要发生，立刻挺身站出来跟现场人员交流。

现场很多死者亲属和大多数群众不认识林泽宇，只有民警和工作人员这才看到他已经来到了现场。

"你说得倒好听，难道三个孩子就白死了吗？我的孩子在一中可是火箭班的学生啊，他怎么就这样命短呢？"一个中年男子对着林泽宇副县长大喊大叫，随后又大哭。

"孩子不会这样白白无辜地失去生命，肇事者一定会得到处理。亲友兄弟和父老乡亲们，你们主要是和对方当事人协商处理好经济赔偿，后面再把主要的精力都放在一些后续事情的处理上。只有这样，才会让孩子在天之灵得到更大的安慰。请大家不要在这白白地浪费时间。这是违法的行为，也是得不偿失的事情。我现在可以向大家保证，只要你们遵纪守法，不要在这静坐堵路，我们执法机关一定会公正合理地处理这起交通肇事案件，也会督促办案同志，更多地做些工作，能让肇事者及其亲属更多地给孩子一些补偿，给孩子家长更好的精神上的安慰。如果大家不信，事情一天得不到处理，我就与大家吃住在一起。大家不散我也不走，不相信的话，你们就看看我这个挂职副县长是不是讲话算话？"林泽宇随后把话筒交给了身后的一位民警。

救护车上医护人员，在民警的护卫下，把刚刚服毒的那位老太太快速送往医院，现场渐渐恢复了平静。

大家听到了林泽宇的表态，互相观望着，也不好再说什么，再坐下去也是很无聊的事情。堵路的群众有的抬头看看两头长龙似的车辆，马上从地上站起来，他们似乎意识到了自己不对，都慢慢站起身，掸一掸身上的灰尘，纷纷走向路边，然后离开了公路……

民警和所有工作人员注视着林泽宇，都在怀疑这位常委怎么会亲临这样的处置现场，并面对即将发生的危急情形和棘手局面，亲自现场规劝动员，委婉劝说和处置，真是现实版平易近人的好干部。那一刻，很多人的目光立马充满了佩服和尊敬。

"林副县长，我们的人员是不是现在撤退？"这时有人来向林泽宇副县长请示。

林副县长环顾了一下四周，又看了看刚刚亲属和围观群众静坐的现场，立马说了句："派人打扫一下群众静坐堵车的现场路面，否则过往车辆也会对交通管理表示不满的。好吧！其他各单位人员全部返回单位备勤待命，听候本单位领导安排。请你找孙秘书说一下，让他通知相关单位的主要领导到政府三楼会议室开会，研究下一步的处理意见。"因刚刚的紧急局面，孙秘书并没跟在林泽宇身后。

"是！我来通知。"那位请示人员听到林副县长的安排后转身走了，看来他也是一名政府工作人员。

林泽宇看到事情已经基本结束，就转身朝着停在远处的车子走去。他知道作为一名基层领导干部，不能光说不做，糊弄百姓。他要把这件事情真正设身处地地安排好，处置好，让百姓信服，让群众放心，让死者安慰。他想正是因为自己是一位挂职副县长，既然挂职，就要挂岗，既然担当，就要作为……那么他才真正无愧于党和政府赋予他的权力和待遇，这本身也是他这位挂职副县长的初衷和愿望……

事件趋于平稳后，连续出现的学生交通事故，引起了林泽宇的深深思考。学生安全事关千家万户，不能漠然置之。为了校园安全和教育事业的平稳发展，他认为必须进行校车改革，并逐步建立校车服务公司，并将其纳入正常交通安全管理中。随后他把自己的想法向常委会做了认真汇报，当即得到批准。

林泽宇为此紧锣密鼓地开展了一系列的工作。召开专门会议、多次分析探讨、起草相关文件、率队赴周边参观调研……经过一番艰辛工作，榴园县教育系统校车安全接送工作投入正常运转。

五十

林泽宇终于帮助亚吉食品加工公司建立起来了。公司地址就在林泽宇联系的靠近西藏与青海交界处的一个西藏牧区内。这里空间较大，原材料充分，对生产加工十分有利。唯一不足的是这里距离城区较远，而且交通十分不便，大多需要靠牛车和骑马外运食品。

交通状况必定影响未来企业的发展。当林泽宇已经帮助他们进行了长远规划，而且项目正在投入试营。就在投入生产经营以后，公司根据未来发展情况增添了相关配套的设备，比如运输工具、屠宰器械、肉食晾晒和皮毛加工等一体化设施。光靠手工劳动未免过于原始粗糙，也占用人力资源，影响生产效率。公司班子的人，都是经过精心挑选的相对上进，有着长期牧区生活经验的牧民。他们要改变传统陈旧的生产模式，也要打破以往食肉与饮奶为主的原始生存状态，走向丰富多元化的消费机制，增加日常储蓄，以应对生活中的突发变故。公司的创建为牧民增强了生活的信心和力量，个个显得劲头百倍。藏族百姓们都十分感谢林泽宇这位正直善良的内地干部。林泽宇也热爱西藏，关心牧民，仿佛那些生活困难的贫困群体都是他的亲人，而带领他们创业致富走向幸福的生活，就是他一生最本质的工作。

但他们都深知这位专心帮他们办事的领导，从来不愿意喝他们一口水，吃一顿饭，用一件东西。有时牧民送他们一些煮熟的牛羊肉，他总是拒绝。实在难以推辞，他过后也会设法让达卡等再把东西还给牧民。他常说，这是你们用汗水和劳动换取的成果，我不能不劳而获。有的牧民说："林领导啊，您真是我们的好领导，这不都是在你的帮助下，才有了今天吗？也该有你的份呀！"

"哎，我只是为大家提供些简单建议，跑跑腿什么的，主要是你们的劳动成果。"林泽宇谦虚得让牧民没有办法表示感谢。听到这些话，牧民不再言语。但也有个别人私下议论，这位领导成天也不买菜，也不下馆子，吃那些蒸不熟煮不烂的方便面，长期下来怎么得了，这也没有营养呀！"

"就是的，你看他瘦得也太厉害了，脸上只剩下了高原红，除了工作时看上去有劲头，其他时间都显得浑身无力。我真担心他的身体。"一位牧民说。

"咳，一个人出门在外，真的不容易，最主要的是他只上心工作，平时只关心别人，不在乎自己。这样日子久了，肯定身体要亏欠的。"又一位牧民说。

"别说了，想办法让他的身体好一些。我看这样，我们从牧区找一个厨艺精良的伙计，长期帮他调理饮食，不能再让他吃白水下面了。"一位食品加工厂的负责同志说。

……

大家你一句我一句议论个不停。

这一段日子，食品加工厂的员工，一提到林泽宇书记的健康，都在担忧。厂里一位负责同志听着大家的议论，露出了焦急的神色，实在不能再沉默下去了，就迫切地向其他几位员工提出了上述武断的建议。

"依着林主任的脾气，他不会同意呀？"一位员工说。

"我看每天给他按时做饭，就说让他品尝一下我们加工食品的味道，专门让他品尝的，好做个实验，看看产品有没有营养，以便将来打广告做宣传，领导不带头谁带头呀。再说了，他是我们的顾问，有问题就要找他。"另一位员工说。

"我恐怕不一定能骗得了他。"又一位员工有些担忧。

"实在不行，就说是供大家伙消费品尝的食品，但各自都记上了账，每个人最后都统一结算。"前面那位负责同志说。

"他肯定同意我们生产的食品，他不带头消费，谁来消费呢？你们说，对不对？”这位同志显得胸有成竹。

“对，对对……就这样……”“好好好……这办法不错。”

大家为林泽宇的身体和健康，一直没有好的方法。眼下总算想出了法子，并达成了一致。

五十一

因排污工程款项的拖欠，施工队领导直接找到了谭县长。在谭县长面前，他们历数分管财政的副县长张崇骞的过错，认为他不按工程合同办事，故意拖欠工程款，直接影响了施工的进度。不出现连降大雨或者洪涝还好，一旦出现暴雨和洪灾，城市居民生活与安居肯定会受到影响。

而谭县长并不关注这个，他心里滋生的却是另一个方面的担忧。“你们这是节外生枝，给班子领导之间制造矛盾。是不是哪位领导跟你们说什么啦，你们有意来告张崇骞副县长的状。”谭县长说。

“不不不，谭县长你理解错了。我们反映的问题绝对是事实，没有半点虚言，绝对不是受谁指使。我们跟张崇骞副县长没有过节，凭什么来反映他的错，这是对事不对人，请相信我们只是遵守合同，想保质保量保证按时把工程完成。不然一旦违约，我们也会遭到处理的，同时要赔偿违约金。”一位工程负责人说。

他看到谭县长似乎在思考着什么，没有完全听他的解释，立即接着说：“再说了，我们并不了解你们领导之间的一些情况，只不过维护我们企业的形象和名誉罢了。您想想，我们依据合同时间，一旦到时间没有完工，你们肯定要按合同扣除违约金，有关部门一定会对我们公司进行罚款。这样下去，势必会影响我们公司的名声和信誉，对今后业务的拓展与扩大将造成无法估算的损失。"这位负责人津津乐道，也不怕眼前的这位县太爷动怒。

"另外，我们先礼后兵，宁愿人负我，不愿我负人。如果我们不按合同约定办事，任你们怎么处置，我们无话可说。"另一位负责人的话似乎显得他们来找谭县长的理由更充分。

"难道林泽宇在现场，你们才实话实说。我告诉你们，你们可要考虑说谎的后果。"谭县长的思维好像才转向两位工程队负责人，突然变得声色俱厉。

"林泽宇副县长作为这项工程的主管领导，让我们按照施工方案按时完工，这是理所当然的事。我们也就是把工程款未到的情况，简单给他汇报了一下，他就帮助我们去找了一次张崇骞副县长。他也是从工作角度考虑的，从我们对他的了解，他没有其他意图。林泽宇副县长是位务实的领导，我们绝不是当您的面恭维他。他可都把心思扑在工作上了，这也是我们接触他以后，才看出他的人品和工作态度的。他的确是位好人，您是他的领导，千万不能误解自己的部下。"负责人一副信誓旦旦的样子。

"岂有此理！我作为政府一把手对每个人的认识，要你来说三道四。我是只看表面不看实质，随便给人定性的人吗？"谭县长果真来了火气。

"县长息怒，我们不敢。我们只是把看到的说出来而已，真实的情况你是知道的。金总说得不对，请您不要生气。好，不说了，我们走吧！"另一位负责同志捅了金总一下，示意他们赶快离开。

"你们走吧，工程款的事我会问清楚，到底怎么一回事，希望你们好自为之，别在外面胡言乱语，免得惹出乱子。"谭县长下了严厉的逐客令。

"好，好好……""是……我们走，工程款我们暂时不要了。"两人急忙退向门去。

"不是不要，我弄清后才说。但工程一刻不能停止。不然我收拾你们。"谭县长这位太爷，这时说出的俨然是一道命令，又像法官在法庭上的庄严宣判。

在谭县长的断喝和警告声中，两位排污工程公司的老总匆忙逃离了谭县长的办公室。

谁知刚刚出门，遇到了林泽宇。"哎，林副县长，谭县长在发火呢。"工程队金总回头指了指谭县长的办公室，意思让他暂时别去，现在县长大人正在气头上。

"咦，你们怎么在这，我正准备找你们呢。"林泽宇有些吃惊地说。

"我们怕找你会让你一次次为难，就直接去找谭县长了。"另一位老总说。

"那怎么行呢？只能按程序解决，哪能直接去找谭县长？这项工程是我负责的。资金方面由张崇骞副县长分管，你们不能越级汇报，不然谭县长会有想法的。"林泽宇有些担忧。

"道理应该是这样，毕竟我们已经找过谭县长，你看这件事情怎么处理吧，在你们榴园做事真累。"金总有些尴尬。

"你们先回去吧，我来看看啥情况？"林泽宇示意让两位老总离开了。他抬手敲了敲谭县长办公室的门。

"干什么，我还没死呢。"谭县长余怒未消。

"我，泽宇。"林泽宇小声翼翼地说。

"你还怕我不死，对不？"潭县长这时忘了自己的身份。一副歇斯底里的神态，肥胖厚实的胸脯一鼓一鼓的。

"哎，我的县长同志，这话从何而来？谁敢惹您这位大人生这么大的气。"林泽宇半调侃地说。

"那还能有谁？肯定是财大气粗、有人撑腰的人呗。"谭县长揶揄地说。

"在榴园县，哪有人敢在您之上呢？过去来说您是县太爷，任何一个老百姓要有三个胆子才敢在您头上动土哩？"林泽宇边笑边说。这时他觉得窗户已经打开，该说说真话了。

"你说你是什么意思，非要干一些具体的事？开开会、迎迎查、出出差，参加一些形式上的流程活动多好。弄得班子里的同志之间都不快活，一些工作上的事情推动不了，又让人给我添堵，何必呢？"谭县长气呼呼地讲着，然后张开双手质问林泽宇。

"作为挂职干部，难道我就不想干一些实际的工作吗？上级组织谁规定挂职领导只能做一些表面上的工作，不能为群众办实事，那我们为什么要下来呢？"林泽宇火气慢慢地往上冒，"再说了，市政排污工程是我分管的工作，我过问也是天经地义的事。涉及具体的环节，比如资金我就不能问一下吗？

我也是为了督促一些工作的进度嘛。这可是重大民生工程，办不好，会影响居民生活和出行，城关老百姓可是要议论，甚至责怪的。我知道，我无权过问和干涉财政有关资金方面的事，但我也是出于无奈啊。因为资金不到位，工程就停滞不前，我毕竟是工程的具体负责领导。还有一些事我得讲明，今天工程的负责同志来找您，我根本就不知道这件事。您细想一下，我又不想与谁争论是非，何苦这样做呢？所以您说的添堵，我可能是被您冤枉了，工作上您怎么批评我没话说，但您也不能把我理解得那么狭隘。我真的不服气您误解了我的做事风格。"林泽宇索性要把话讲得明白敞亮。

谭县长看了一下林泽宇，又迅速转移了目光。他沉默了一会儿，然后说："好，我理解你了，是我不对，但我知道你们在我手下做事，一定要团结，以政府工作大局为重，崇骞跟我说，你和他配合不到一块儿，这让我多烦心啊。"谭县长道出了推心置腹的话。

"谭县长，我就不明白了，我没有不积极配合谁啊！我只是干了一些具体的事情，就是因工作争吵几句，怎么就是不团结呢？我从未越权办事，如果他这样认为，那可是他的事情喽。"林泽宇突然恢复了平静。

"不然这样，您下个文，收回我的工作权限，明确我只负责开会、迎查、剪彩和出席典礼什么的。这样到时候上级组织部门考评，我的工作就是这么安排的，也别怨我不担当不做事。"林泽宇一下子把谭县长逼到了死角说。

咚咚咚，外面有人敲门。

"进来。"谭县长声音冷冷的。门开了，县委王书记走了进来。

"咦！"谭县长与林泽宇两位异口同声地招呼，然后一起站立和挺直了身体。开门之前，找谭县长有事的王书记听到里边有吵嚷声，感到蹊跷，就驻足细听了起来。

"你们在讨论工作呢？也太专心了吧，声音那么大？"王书记半开玩笑地说。

"没什么，没什么，就是为工作的事，为市政排污工程款的事，坐坐坐。"谭县长说。

"泽宇怎么不坐呀？研究工作也得平心静气，可不能草率决策啊。"王书记异常平静地坐在了宽大的沙发上。

谭县长听到王书记话外有音，话里有话，觉得有点失态。"对对对，是我疏忽了，只顾讲话，也没给他看座。"

"您坐吧，王书记，你们聊吧，我走了。"林泽宇说着转身。

"哎哎哎，今天正巧我们三人都在，正好也要谈你分管的工程，一起议议吧。"王书记笑着说。

林泽宇笑着点点头，然后坐在了一张木椅上。

"这样，"王书记说，"我来的意思，就是为了市政排污工程与一名教师入编两件事，第一件事就是市里转回了一封举报信，说城区排污工程使城市到处被扒得乱七八糟，围栏遍地，封路禁行……设卡时间很久却迟迟不见拆除，严重影响居民的出行和生活。"谭县长和林泽宇听到王书记的话后猛地抬起了头。

"还有就是根据市人事局意见，对我县教师扩编和特惠政策的申请已经批复。下一步具体工作怎么操作你们拿出个意见。"王书记的话刚说完，谭县长明显变得更加震惊，林泽宇忽然回落心中的惊奇，尔后慢慢地平静下来，甚至全身袭入了一种欣慰。

五十二

当食品加工厂的牧民弟兄把他们的想法告诉林泽宇时，他无论如何不愿接受他们的生活照顾。纵然借口合情合理，一下就被林泽宇识破了。

林泽宇说："我是来帮助高原藏族同胞的，不能反过来给你们添麻烦。再说了，我是一名在军营摔打多年的军人，什么苦没吃过，这点生活上的困难算不了什么。"林泽宇平和得让加工厂的牧民们无从回答。

但有的牧民流着泪说："林主任，你这样下去可不是个办法。您一心一意为我们着想，我们家家户户都过好了，却苦了您自己，这我们不干。再说您也不是铁打的，您的身体那么瘦，将来对您的家人，对组织也不好说呀！"他边说边抹着眼角。

"谢谢你，好兄弟，我真的没那么娇贵。你们的心情好意我林泽宇领了，我的身体很好，我眼下是要帮助你们把事情做好，而不是享受自足。我在这里待的时间毕竟很短，而你们在这恶劣的环境里要待一辈子，所以重要的你们都要保护好身体，都健健康康的，我也就放心和满足了。"林泽宇这番话说得很多人都掉下泪来。

"怎么做都行，但您不能再天天吃白水面。您是我们的救命恩人，是来帮助我们造福的，恩人生活得不好，我们再好，有什么意义。"一位工厂女牧民员工哭得哽咽了。

"好喽好喽！不要这样，我知道怎么保护自己，今后一定吃得胖胖的，跟你们一起干大事。来，先不说这个了。大家都坐下来，我们来研究厂里开发加工产品的种类。"林泽宇有意转移大家的注意力。

"我们不听您的，今天一定得把您的伙食问题解决掉，我们才安心谈生产的事。"有人坚持不懈。

"既然大家对我林泽宇如此关心，我不能无动于衷。我林泽宇不是无情之人，此刻我的鼻子是酸的，心里温暖得直想掉泪。我犟不过你们。从明天开始，我们每天加补两个鸡蛋，我不去街上和超市买，就从你们加工厂出，这样行了吧，一天两个鸡蛋，可是中等以上富裕家庭的生活标准呐！"林泽宇精神抖擞。

"另外，一星期我们给您包顿饺子。"那位女牧民大喊一声。嘿……有人为她的善良和执拗折服地笑了。

"好，我服从命令，但得最后一并算总账。这是最基本的要求。"林泽宇提出了基本条件。

沉默……

"好！我同意。"厂长站起来表了态。大家不再言语。

"大家没意见了吧，下面咱们商谈你们厂里的下一步工作。"林泽宇终于把事情平息了，心里涌进一丝轻松。他再次悟出人心的距离有时不因民族及肤色的差异而改变。

......

　　由于海拔和地域的限制，西藏的建设和发展向来受到一定的影响，特别是与内地经济与文化的交流没有得到长足发展。纵然从遥远的盛唐开始，为了增进汉藏两族人民亲密友好的关系，就有文成公主不畏艰险，远嫁吐蕃松赞干布，为国家安定和民族团结做出了重要贡献。据说松赞干布也对文成公主非常敬重，为她重修了布达拉宫，并仿照唐朝建筑特意修建了富丽堂皇的宫殿。文成公主到了吐蕃后，利用自己从唐朝带来的种子、动物、药材和书籍等，为藏族人民的经济文化水平的提高起了重大的积极作用。也正是文成公主的远嫁付出与巨大牺牲，才有了国家的安定团结和民族的安居乐业。文成公主直到终老，也未返回大唐，而是继续留在青藏高原带着当地人民为美好生活而奋斗。至今回想，要是让人选择，没有任何一个女子愿意这样，而且是一去不复返的远嫁。不说恶劣偏远的高原环境，不能回家，永无再见亲友的孤苦，谁又能忍受。而当时的文成公主做到了，她担着的是民族大义与社稷命运。林泽宇他们走着汉族文成公主走过的路，这些远赴高原的援藏之旅是否成为一次次壮行？

　　西藏解放后，中央政府加大了建设西藏的步伐，对经济、文化和交通各个领域加大了投资。近年来，为推进自治区更快速的飞跃，再次加大人力和物力的支援。林泽宇他们这些内地干部就是在这种环境与背景下前来高原的。所以他们的主要任务就是加快藏族各项事业的发展。面对藏族牧民兄弟眼下的生活状况，他能无动于衷吗？西藏的同胞兄弟们，你们也听听来自北方的最强音，让我们携手努力，一起让你们尽快地富起来。

　　围绕亚吉食品公司肉食产品的生产、加工，包装、运输、销售与未来发展，林泽宇他们整整研究了一天，一个新的发展规划蓝图应运而生。傍晚，他走出厂部办公室，满天的星斗已经列队完毕，争先闪亮。中午的一块抓羊肉和一杯奶酪还在腹中打鼓，他的胃弱，不能胜任过分营养食物的犒劳，他想快点回去，又想起了那白水挂面的淡淡清香……

五十三

　　自从排水工程负责同志去找谭县长催要工程款后，林泽宇的日子一直有些局促。除了谭县长大会小会现场点拨和批评他分管的工作外，张崇骞副县长也跟他暗暗叫板，时时作对。讲白了叫刁难，只要与他有关联的事情，张崇骞想方设法绊上一腿。上次上级来县里突击检查扶贫工作，因事情紧急，谭县长外出学习未回。张崇骞是分管扶贫工作的领导，但到下面检查工作也未能抽出身来。这时谭县长和张崇骞副县长一致研究让林泽宇负责接待。

　　按照惯例，他必须服从安排。林泽宇手中没有关于扶贫的任何具体材料，汇报起来非常困难。但林泽宇明知在气头上，却又满口答应。好在他平时多学多看，县委和政府所发的文件基本都在他的阅览熟知范围中。

　　巡视组一位领导问他："你们县的脱贫和扶贫工作情况现在如何？"

　　他脑子猛地一蒙，但他很快平静下来，飞速开始搜索关于脱贫和扶贫的有关数据。好家伙，也实在太厉害了，一下子就钻了他的两个空当。

"嗯，我简单汇报一下吧！"林泽宇声音低低地说。他和上级一行正行走在农村的一块田埂上。

"我县是2012年被确定为省级扶贫工作重点县的。县域面积2212平方公里，下辖18个乡镇，361个村（居），28个社区，1个省级经济开发区，两个省级现代化农业示范区。总人口132万，所辖18个乡镇均有扶贫开发任务，361个村（居）中，338个村（居）有扶贫开发任务，占比例93.6%。

"2014年，全县建档立卡贫困村51个，贫困人口2.69万户，5.66万人，贫困发生率5.1%。2014—2017年顺利实现51个贫困村出列，4.1万贫困人口脱贫。2018年脱贫6758人。通过几年的治安变更和清退，目前系统内建档立卡还有22632户51940人，其中未脱贫的只有1813户5122人。"

他身边巡察组的领导，抬头看了他一眼，或许因为他汇报的一组组具体数字。

"你在这里任职多少年啦？"领导问。

"我只是一名挂职干部，才一年多时间。"林泽宇轻轻地说。

"那你怎么知道你来之前的一些数字呢？"领导问他。"我联系的乡镇也有脱贫户。我必须掌握全县的一些具体情况，不然不好采取针对性的措施。"林泽宇说。

"嗯，你说得有道理，这叫因情施策，你做得很好。"领导说。

"我给你汇报一下脱贫工作的具体做法，一些扶贫工作的情况吧。"林泽宇说。

"不用了，我们相信你的汇报具体详实，有理有据，你是一位务实的干部。如果党员干部都像你这样，不怕工作干不好。走！咱们回县城。"他对身边的工作人员说。

"好的，我们都回县城。"林泽宇随声应付着。

在县政府三楼二号会议室，巡视组领导与政府留守领导以及相关单位的工作人员汇聚一堂，碰头研究县里脱贫攻坚工作。巡视组那位领导在高度赞扬榴园县脱贫工作取得的成绩后，就大赞林泽宇同志的务实精神。而且要把情况汇报给市里和省里。不仅要让上级知道榴园脱贫工作在短时间内取得的成效，同时要表扬县领导对此项工作的重视。特别是一名挂职干部对这方面情况耳熟能详，更值得表扬。

林泽宇被讲得不好意思，连连笑着说："没什么，没什么。"

几天后，县委上报了本县的脱贫工作情况，表扬了林泽宇等少数领导扎实工作，务实勤恳的精神。

这份文件让谭县长和张崇骞副县长大失所望。他们本来想借此让林泽宇尴尬一次的，也借机报一箭之仇，谁知竟成全了他。他们都在猜测他到底用的是什么法子。

"简直奇了怪了，难道他认识上面巡视组的人。这年头光认识还不行，还必须有关系。他对具体业务怎么会一清二楚呢？"谭县长在办公室里疑惑地问着张崇骞。

"他打通关系了吧？不然怎么专门为脱贫工作出了一期专报？"张崇骞也一头雾水。

"怎么可能？据说这个人也是个傻帽，不然怎么会派下来充指标？早该直接在上面提起来了。"谭县长非常自信自己的判断。

"你说得真有道理，现在有关系和后台的人，谁还下来挂职？无职无权的，有啥意思？"张崇骞念叨着。

"随便他吧，与我们半毛钱关系没有。"谭县长说。

"这可不一定，说不定将来有一天，突然下文直接当了县长，一下子把我们都挤跑了。"张崇骞心里有一丝担忧。

"再说现在风向转得快，没有绝对稳当的事，也没有绝对不可能的事。"张崇骞说得很悲观。

"咦，你分析得有道理。但现在凡事总得论资排辈吧。"谭县长若有所思地说。

"那也不能不防着。"张崇骞提醒他。

"可能性不大，不过由他去吧！不管那么多了。"谭县长的心思一时有点乱。"这事放放，过后再捋一下。"谭县长无力地说了一句无奈的话。

张崇骞随后离开了谭县长的办公室。他刚出门，忽然看到林泽宇门口坐了很多人，大多是农民模样。他心里又忽然生起一种厌恶：真会作秀，天天拉拢人心。不是帮人找工作，就是替谁找待遇，要么给人找款项，要么帮人要政策，仿佛救世主似的，没有他这地球就不转了，净做些鸡毛蒜皮的小事情。经过林泽宇的办公室门口时，他看到了林泽宇一本正经地坐在那里，与屋里的人有滋有味地聊着。他迅速收回眼光，而且一大步迈了过去。"随便你吧，没有眼光的家伙，一辈子也干不了大事。"他想着迅速钻进了自己的办公室。

五十四

　　林泽宇与苏雅做了一次合计，林泽宇援藏以来，跑遍了他工作联系的大部分地区，面积达上千平方公里，联系区域内的牧民和村民的家庭和生活情况以及他们拥有的牛羊等家禽家畜，他都已如数家珍。他太熟悉这里的一切，对这片土地，对这里的百姓渗入了他的深深的情感。他深爱着这里的土地，时常乘车行驶，或骑马奔驰在草原上，心中会涌现出无限的感慨。多么美丽的大地，如此神奇的草原。如果这里没有风沙，没有冰雹，没有雪崩，没有病痛该多好。善良智慧的人们，在神奇的家园里，用灵巧的双手书写着多彩的生活，创造着神奇的幸福。敬畏神灵，祈愿丰收，脚踏七彩的大地，依托蓝天白雪，与自然神明对话，与万物生灵为伴，享受着天堂一样优雅宁静的生活。只可惜天不遂人，那一张张熟悉亲切的、可亲可爱的面孔，不断地从他的面前消失了。如云下的彩虹，容颜被黑色遮盖，永远没有了呈现的机会。生活的确是忧郁的，美好的事物容易消失，就像人间的宝贵感情极其脆弱，有时毁灭得让人措手不及。他真的想念那些从月亮上下来的人啊，可一想起这些，他的眼睛常常充满了泪水。

　　这时驾驶员达卡，或者助手苏雅，会迅速地把手下的纸巾递给他……

　　草原带给了林泽宇许多的忧郁，诸多的愁绪。他转而深知一切又无法改变，只有用心里的那份执着，为生活在身边的人们做些事情。

这天，他与驾驶员达卡和助手苏雅，一起向很远的一片草原进发。车辆行驶在那曲境内的蜿蜒绵长的那曲河畔，打开车窗，他们尽情地欣赏着草原上的美景，深情呼吸着自然清新的空气。车后排坐着的苏雅，不时发出"呀！你看那边风景太漂亮了……"的尖叫。

同时他们还发现，不管在他们车辆的前面，还是后面，所有的人都在欣赏天赐的风景。从远处也不时传来赞美的惊叫。上苍真伟大！不吝赐予自然和心灵这么美妙的景致，林泽宇心中这时也想发出呐喊，但碍于身份，强行抑止住了。

忽然又是一声尖叫。他们循声望去，发现一辆白色轿车翻到了河里。四只轮胎像四只手一般，旋转摇晃着。仿佛招呼着过路人的施救。林泽宇他们看到了另一种惨景，称得上是一种煞风景，不过这风景戕害人的灵魂。

他们离得不远。"快停车救人！"林泽宇发出了命令。

林泽宇顺手摸起车后的备用绳索，苏雅和达卡几乎同时冲出了车子，一起飞向前面翻车的地方。林泽宇跑得气喘吁吁，平时心脏就不舒服，这时他的脸色有些苍白。达卡回头看了他一眼："你没事吧，你不要动，我们去看看。"

"救人要紧，赶快去！"林泽宇说着，继续朝前奔跑。

林泽宇未脱衣服便冲进了河水。他和达卡等连同周围最早发现的过路行人，一起试图把车子翻过来。可江水湍急，冲击力很大，车子很可能有沉没的危险，一时间很难奏效。

为了能尽快救出车内的被困的同胞，林泽宇对现场的人厉声说："快把车玻璃窗砸破，先把人救出来。"众人听得出来，这仿佛是一位领导在关键时刻的指令，也俨然是战场上指挥官下达的命令，绝对不容置疑。大伙听后，都一起说："对对，先把车玻璃窗砸烂，救人要紧……"议论声不绝于耳。

这是一台川籍越野车，车身显得庞大和沉重。大家用铁锤和江边的石块，一起砸碎了车窗。以最快速度救出了车内人员。林泽宇发现其中有位三十多岁的女子因缺氧已陷入昏迷状态。

"达卡！用我们的车把人就近送到医院抢救，苏雅通知当地110，让他们快速出警，到现场施救；同时采取措施，把江边的车子弄上来，防止水流一会儿把车子带入深水。"

"好！""我们这就去"，两人转身离开。不到半小时，一辆救护车到来。医护人员迎到半道，达卡把三名伤者交给了救护人员，立即对他们进行救护。

林泽宇他们和留守现场的人反复观察寻找，确定车内无人。他们想赶紧设法合力把车子弄上岸，但发疯的江水更加汹涌。落水车辆慢慢地沉了下去，侧影在水中慢慢变成放大的怪物。林泽宇站在乍暖还寒的风中，浑身出了冷汗。"呀！真悬哪，太可怕。"……议论声络绎不绝。

"呀，这位领导栽倒啦。"旁边的一位姑娘一声尖叫。大家看到林泽宇重重地倒在了河岸上……

林泽宇醒来时已躺在了附近的一家医院里。

他看到苏雅抹着眼泪站在身边，猛地一惊："怎么啦？我怎么躺在这里？"

"林主任，你真的吓死我们了，你已经躺在这里一天一夜了。"苏雅说。

"我们刚刚不是在河边救人吗？怎么会躺在医院里？"林泽宇问。

"你只顾救人，自己心肌缺血又缺氧，当场倒下了。好在医院很近，就把你及时送到了这里。"苏雅声音低沉，满含泪水地说。

"别说了，苏雅，我这，我这不是好好的吗？那几个人呢？"林泽宇担心地问。

"那几个人，我和达卡交给前来救护的医护人员，我们就返回了。后来听出警民警说，有两个没有大碍，另一个女生重一点，但也脱离了危险。"苏雅说着，抹了抹眼泪。

"真是万幸，美景也能害人。据说，他们是看车外的风景时，驾驶员开偏了方向，冲到了路下面，又翻到了河里。"苏雅自言自语地说，然后笑了。

"世间的事情，都是相对而生，所以一切都不能马虎，不然就会物极必反。"林泽宇轻松地说，他想试图坐起来，苏雅帮他靠在了病榻上。

"西藏就是神奇的地方，充满了魅力，吸引了中外游人前来观赏，可每年车祸事故和各类意外又让很多人失去了宝贵的生命，真是世事难料啊！"林泽宇看着苏雅，又若有所思。

"我去问问医生，是不是需要继续治疗。"苏雅跑出了病房。

"行了，可以出院了，加强休息，可以自己用氧气袋吸氧，不能再劳累了，这样身体很危险。本来体质就不太好。"中年医生用汉语对他们说。看得出来他是这方面的专家。林泽宇与苏雅对视了一下，都默默地点头。

"谢谢您，同志。"林泽宇说。

"好啦！不要谢我。首先要保护好自己才对！"说着，他转身出了门。

"哎，达卡呢？"林泽宇问。

"达卡昨晚看了你一夜，现在正在车里睡觉呢。"苏雅说。

"哦，"林泽宇陷入了沉思。他没有想到达卡，这个藏族的小伙子如此厚道善良，真是可靠的后生。藏族同胞血脉里的高贵品质几乎都体现在了他的身上。

"好吧，就这样。你看一下，我们现在就出院。"林泽宇吩咐苏雅。

"不用，不用。我们上面单位来人啦！他们得知情况后把一切都安排好啦，哦，对了，他们比我们还着急呢。"苏雅忽然想起了忘掉的一件事，她顺手掏出了手机……

五十五

榴园县城关老住户几乎家喻户晓，人人都知道城区排水是个老大难问题。下水道修建不合理，每年雨季，污水渗漏，积水难以排出，严重影响居民的日常出行。

由于居民强烈反映，县里分管领导和相关部门也都先后几次拨款对此进行改造。可工程粗糙简易、不认真考证，导致整修后的设施依然不能达到效果。这样只检修不从实效上改造，造成的问题越积越多。

主要问题是，所建污水处理厂因处理器质量低劣，不能很好地发挥作用，致使水灾依旧泛滥。所建地下管网不精密、不合理、不对接，并不能真正起到作用。一旦有污水外溢，居民就举报。相关部门就出动，迅速应急检查，排查、处置……临时抱佛脚，但没从根本上解决问题。

林泽宇到来以后，组织相关部门和人员认真排查，找准问题源头，然后召开会议认真探讨拟订方案，上报县委和政府。旨在截污纳管，解决污水淤堵和雨水排放痼疾，让积水污水通过常态化的地下管道，自然净化和排放。

林泽宇在这项工程上是下了决心的，到一个地方一定要做对百姓有益的事情，不然怎么叫为民请命呢？所以他们在选择这项工程的承建方时，也是下了一番功夫的，网上公示后进行工程资金评估预测和投资审核等。

在一切合法的情况下，承建方进行正规操作，工程协议上白纸黑字，大红印章，谁也不能违约。这种情况下，拖延人家款项是极为不当的。林泽宇听到负责人的反映后，也为之不平。于是，便带工程队负责同志去找相关领导。由此引发一些政府内部同志的无端猜测与争端。现在想来，林泽宇心里是明净的。他的确是为了百姓，为了城关居民安居的工程。只要对人民群众有利，他心中就绝不含糊，否则就是对人民有罪。直接负责工程建设的老板在找分管张崇骞副县长和谭县长无望的情况下，林泽宇把情况报告给了王书记。最后由王书记出面协调，排污工程款才得以解决。这件事让林泽宇深深地感觉到，要想办些实际惠民的事情是很难的。有些党员干部，特别是领导干部，总是用手中的权力从中设卡或者刁难，能办成的事情总是办得困难，想办成事情更困难。可以办的事情总是拖拉得让人失去了劲头。当然，他只是一名基层干部，无法控制一些情况的发生。但他也盼望着上级能从严治党，整顿干部队伍中不正当的风气，让广大党员干部更好地为人民群众服务。

五十六

自治区及县级领导分别看望慰问了林泽宇，同时被其见义勇为的精神所感动，一致认为他是一名敢于担当、勇于作为的援藏干部。林泽宇本来是不愿意接受宣传的，谁知各家媒体还是综合报道了翻车救人事件，而且各大网站与论坛都纷纷发出资讯，对事件进行了翔实具体的报道。自治区领导与林泽宇握手的照片也被人抢拍下来，连同文字登在了报纸和网上，特别显得暖人和亲切。林泽宇虽然不情愿出名，谁知被宣传得更加火热，极尽炒作之状态。

"林主任，您看这张报纸上您的形象高大得很呐，就连我们也跟着出名啦！"苏雅拿着一张报纸在林泽宇面前兴奋得跳起来。

"就是！上面还有我的照片呢，我也沾光了，这可是千载难逢的机会。"达卡也在旁边兴奋地说。

"咋呢？你们本身就这么优秀，不需要靠这些俗世的喧嚣和张罗，不过这些也没啥，千万不能翘尾巴。"林泽宇制止苏雅和达卡两人的欣喜与浮躁。

"我们只是高兴，哪有骄傲的资本，您才是本次事件的男一号，您都无动于衷，我们只有沾光的资本。"苏雅用余光扫了一下达卡。"我们有什么值得骄傲的呀，对不对，达卡师傅。"

苏雅语气谦和下来。

"对，对对！千真万确，大美女！你的话就是圣旨。"达卡嬉笑着，对苏雅耍贫嘴。

"哧哧哧，说你胖你就喘。"苏雅噘着嘴回击达卡。

"你看，夸奖你也不对。那我就不讲好听的了，直接动手好了。"达卡绷着脸说。

"你敢！"苏雅一本正经地警告达卡。

林泽宇看着两人疯狂的说笑，一时间不明原委。心想两个人关系要是能走得更近一些，也未必不是件好事，最起码对自己的工作也有利。达卡是一个率真正直的藏族小伙子，人长得挺拔俊朗，浑身透着阳光、刚毅。苏雅呢，更是无须多说，是一个标准的大美女。达卡是位普通公职人员，并非干部身份，学历低了一些，是职业学校培养的那种专业技术人员，对车辆驾驶和维修有着娴熟的本领。林泽宇想，如果两人能如人所愿，牵手人生，那可能是一个摈弃世俗的人间美好姻缘与爱情佳话。但他转念又想自己多心了，人间一切美好的事物，未必都能修成善果。

"林主任，你发啥呆呀？来，吃个苹果。"林泽宇正在发愣的时候，苏雅把一个削好的苹果放在了他面前。

"我在想下一步一些牧民家入冬后牛羊的圈养和取暖问题。据县气象局预报，冬季就要到来，今年的冬天高原忒冷，你们好好想想，除了宰杀用于生活的牛羊外，大部分牛羊还要过冬。如果被冻死了，这对牧民和乡亲们该是多大的损失。"

"您不要考虑这么多了，先把自己的身体保养好。身体好啦，才能天天有精力为大家想点子办事。"达卡叹息说。

"我已经好啦，苏雅，你去办出院手续吧。我们要做的事多着呢，在这里再待下去我就疯了，或许真弄出了毛病。"林泽宇看着苏雅说。

"林主任，上面交代了，让我们看着您，憋都要憋在这里。如果不把您照顾好，他们要找我们算账的。真的不骗您，您就可怜可怜我们吧。"苏雅一副求情的表情，而且阻拦着林泽宇不能出院。

"你看你这个小姑娘，怎么不听招呼呢，达卡，你去吧，马上出院。"他转脸命令达卡。

"不不不，没有她的指令，我也不敢去办，你看我是抗旨的主吗？原谅我吧，好领导。"达卡一副可怜巴巴的样子。

"就是的，我看他敢。"苏雅斜睨了达卡一眼，露出一丝嗔怪和满意。

"那我自己去办吧。"林泽宇说着要出门。

"不不不不不，千万不可。如果您感到身体确实康复了，我还得打电话报告，他们来人办手续，这是上面再三交代的。"苏雅一边出来，一边对林泽宇说。

"我住院看病，凭什么让别人来结账花钱？"林泽宇一头雾水。

"您哪里知道？您现在是焦点人物，必须重点保护。这次负伤是因为救人，而且您救的人，是前来旅游的客人。这些客人来西藏是办过保险的，一些旅游方面的事故，都要由高原旅游公司承担。上面说了，您是一位援藏领导，因为旅客受伤，这个费用全部由援藏干部管理局、旅游局出面解决，绝对不能由你所在的单位和个人承担，明白了吧？"达卡的眼睛睁得溜圆，在古铜色的脸上显得明亮诱人，他确实是一位藏族美男。

林泽宇再看看苏雅，苏雅神秘兮兮地笑着点点头。说明她对达卡的解释表示满意。达卡立马一副悠然自得的样子。林泽宇却一屁股坐在了病床上，像泄了气的皮球。他没有想到自己一件不经意的事情给别人带来这么大的麻烦。苏雅拿着手机出去联系事情了。只有达卡跟林泽宇在病房里，达卡这时好像找到了机会，慢慢地靠近坐在病床上的林泽宇。

"林主任，有机会你可要帮帮我。"他笑嘻嘻地看着林泽宇。然后朝苏雅去的方向转了一下头。"你说什么？"林泽宇有些好奇。

"帮帮忙，将来事成了，我请您老人家喝酒，然后死心塌地地跟着您。"达卡向林泽宇表白了心思。

"啊！你小子！明明是癞蛤蟆想吃天鹅肉吧，天下哪有这种容易的事情，你要挟我。"林泽宇半真半假地说。

"努力争取呗，不是有人常说一分的希望要百倍的努力吗？人心都是肉长的，你要帮我加把劲，日久生情嘛？"达卡信心满满地说。

"你小子还一套一套的呢，蛮有信心的，看着像一名情场老手。自己去做好自己的事，去用用心吧，我这样子只能为你敲边鼓。"他顺手点一下达卡的额头。达卡笑了，林泽宇也笑了。

"你们俩干啥呢？高兴成这个样子。赶紧收拾东西吧，他们来人办出院手续了，我们马上就出院。"苏雅慌慌张张地走进病房。

"万岁！你太厉害了，我们都在为你高兴呢，没想到再棘手的事，你一出面就解决了。OK！我们出院吧。"林泽宇顿时高兴得像变了一个人。

五十七

想到挂职的时间快要结束，林泽宇心里一阵阵地吃紧。因为好多工作，还没有做完。自己有幸来到榴园，才有了为老百姓办具体实事的机会，这对自己也是千载难逢的机会。这远比在机关里做一些烦琐的事情要好得多。虽然都是工作，但基层的工作是直接与群众打交道，可以直接了解群众的心声，把准百姓的脉搏，直接知道他们需要什么，需要什么帮助，然后更好地去解决。党员干部都要坚持以百姓为中心的服务理念，这是最基本的要求，也是工作的准则。来挂职以后，他始终没有忘记这项工作宗旨。但他工作的开展却是艰难的。他分管的工作，纷杂混乱，稍不留意，极可能引起不良后果。他特别注意到，有时上级下发文件，不考虑下面具体情况，会给底下的执行造成困难。

省里下发了一份关于划分河道生态保护红线的文件，河边留的距离和范围根本不符合本地实际情况。按照上级文件要求，在规定范围内，不仅不能进行生产建设和开发，而且现存的整个城市都要搬迁。他作为省城机关下来挂职的领导，就要尽到责任，积极向省里汇报协调，然后再与县里沟通。他综合各方面实际情况，既要让文件如期下发，又要让地方能够依照实际情况具体执行。不然文件就会成为一纸空文。这种情况不能把原因归结于上级领导和主管机关不做实际调查。因为基层情况不一致，上面不可能全部巡视核查，一一落实到位。这样统一下发的红头文件极可能到下面无法落实。而林泽宇作为一名挂职干部，正好与基层接触联系，了解当地的实际情况，把问题解决了。本不属于他过问的事，而他出面上下斡旋，使基层按要求更好地完成上级布置的任务。

他最头疼的是清理遗留的问题，一次次开会，一次次布置，大会说小会讲，可底下就是完成不了。

有一回面对河道两边存在的问题，他亲自召开现场会，准备现场解决。各相关单位领导和辖区的乡镇负责人等都集中到了坝子下的现场。虽然各路人马全部到位，但主管单位领导不讲话，乡镇干部不表态，具体配合执勤的工作人员都跟着观望，让现场违法当事者根本不把问题当回事。坝下乱种的树不移动，庄稼照种，农户们一个个赖着不走……看到这种情况，林泽宇生气了。他指令现场分工，让秘书做好会议纪要。克服一切困难，动用一切可调动的力量，务必在现场把事情解决了。

安排就绪后，他亲自来到坝下清理现场。看到最后只有两名民工捡拾着河边的一些杂物，如此动作，猴年马月也不会有成效。他脑海中迅速闪出一幅漫画来：一个工作现场，上级监察纪检等部门都在观望，双手叉腰，厉声问责……但中间就一个人在劳动。他觉得这是不好的习惯，这种浮夸的现象，造成干实事的人太少。都在做样子，瞎应付。就有一次，上面安排的任务还没有来得及布置，检查组的人就到了。他只有按县政府主要领导的要求，围绕上级检查的目标，一窝蜂地应对，并就势作假。可把事情搪塞过去后，根本没有解决任何问题。这些年的工作使他认识到作为干部一定要勤恳务实，切忌浮夸作假，不然损害老百姓利益的同时也损害了党员干部的形象，干部队伍也会越来越流行浮夸的风气。

今天林泽宇决定亲自改变眼前的这种状态。他看看眼前的情况，思考了一下，然后脱下了自己的外套交给了秘书，径直走到坝下，帮助民工收拾胡乱拉扯的电线及笼子里的渔网……大家看到这情形都纷纷向前参与了清理战斗。不到一小时，这片杂乱的河道现场，就变得平静整洁了。

现场开始有个别被清理物品的当事人反对，被赶来的派出所民警以阻碍公务当即带离。其他人看到这力度和来头，都乖乖地按要求把东西清理后运走了，乱栽的林木和庄稼也迅速清空了。

林泽宇转身离开现场时深深地叹了口气，但心情却立即变得轻松欣慰。随行人员、各单位领导和工作人员都望着他，他的表情异常平静。心想何必呢？一位副县长还亲自做一些事情，要下边人干啥呢？有人则陡升一种敬佩，这才是百姓说的好干部。

做事如做人，来不得半点虚假，不然对不起善良的衣食父母。林泽宇在回程的路上反复思考着一个问题，这些年一些地方风气不好，主要是单位领导没有带好头，不干实事，结果就形成了一批不愿担当的地方干部队伍。

他有一位河南正处级的部队战友，在地方工作时，就喜欢弄虚作假，不按政策办事，结果给工作造成不良后果。后因玩忽职守，受几年牢狱之苦。这片土地上是容不得邪恶和阴影的。阳光和正气永远风行于朗朗乾坤之下。

五十八

林泽宇出院后，被邀请去西藏一些的学校、厂矿和机关等地方做了许多场报告。他以一名援藏领导干部的身份，面对同胞遭遇车祸时，挺身而出，而且当时他是带病冒着危险前去救人的。几场报告会上，他谈体会，谈感想、谈精神。怎么想就怎么说，不掺任何水分。林泽宇做几场报告下来觉得效果不错。能把为民服务的理念和思想传输给一些正义善良和有情怀的人，特别是正处在人生十字路口的一些大学生和中学生，这种精神毕竟对他们今后的生活、道路和行为大有裨益。

他的援藏工作很快就要结束了，一些工作计划还没有完全落实到位，有的还没有实施，有的需要继续催促落实。苏雅、达卡与自己一道，按照上级的要求，帮助几个地方的牧民正一步步走向发展致富的目标。他做事就是这样的风格，从不拖泥带水，是在部队练就的作风，也是一种工作素质。

这一天，天空低了很多，仿佛伸手即可裁下一片云彩，他们要去的是一片叫罗洼的草原。草原上住着几户游动的牧民。满眼的牛羊奔跑在草原上，如飘移的云朵，生机盎然。天上的祥云与地上的锦绣遥相辉映，衬托出天地的无限活力。林泽宇他们知道这块草地按地理位置，靠近北方，相对寒冷。特别是冬天一来，天寒地冻，牧民们的牛羊圈舍很小，又没有防护措施，这常常会让以放牧为生的牧民乡亲遭受很大损失。林泽宇提前考虑到了这一点，想着怎么能为这片草原上的牧民们寻个法子，既能扩大养殖额度，又能安全过冬。

牧民们已经知道了林泽宇他们近期要到草原来，提前准备了奶酪和青稞茶。他们更知道林泽宇是个尽心帮助牧民办事、替百姓着想的好官，生怕招待不好这位热心善良的亲人，每次都准备好最上乘的茶水和果实，盼望着他能开心幸福。旺姆一家人热心地把林泽宇与苏雅等一行人迎进帐篷。达卡停车后用藏语与同族兄弟打了招呼，然后也钻进那暖烘烘的牧民之家。牧民们由衷地感谢达卡。他的脸色呈古铜色、鼻直口方、身材挺拔、高大威猛，长得十分端庄周正，又帅气阳光，堪称高原美男。

他把林泽宇这样的领导引入他们生活的视野，深感幸运，认为这是一种神祉的效应。

"林领导，由于今年冬天风雪较大，再加上沙尘暴。这些牛羊过冬就是个问题，我们想请您来帮我们谋个法子。"旺姆热切期待的望着林泽宇。

"我知道。往年一般都是怎么安排的？"林泽宇问，然后环视几个前来商榷的牧民兄弟。

"往年数量较小，每遇恶劣天气。就提前售卖和宰杀，再加上过年用的，腌制肉干等，基本上剩不了多少。可今年我们都增加了几千头，一时半会儿处置不掉，往外地销售已经来不及。"旺姆有点着急地回答，此时他显得内心纠结。

"是是是，"旺姆身边的几位牧民兄弟都附和着，看样子他们也遇到了同样的问题。

"哦，我们都一起想想办法。"林泽宇若有……地说。

"那就把牛羊都赶到牧民农户集中的地方可行，……如集镇街道，或者村庄。"苏雅在一旁问。

"因为那会影响当地百姓的正常生活，一旦牛羊四处乱窜，很难收拢，更容易造成损失，还容易引起当地的矛盾纠纷。"身边的一位中年牧民说。

"不行，现在草原面积在大幅度减少。在固定成规模的草原上，不可以搭建房舍、牛羊圈和简易房什么的。再说了，马上风暴和大雪就要到了，建专门的圈舍也需要时间的，等盖好后，一些牛羊马匹会冻死的。"靠达卡近处的一位老年牧民说。

"哦，这还挺棘手呢！"苏雅有点头疼。大家你一句我一句地议论开了，但始终没有好的法子。

"如果搞个简易圈舍，行不行？等到来年开春就撤除掉。"林泽宇问牧民。

"这个办法倒可以试试，但涉及各方面材料，另外还需要草原主管部门及环保部门的允许方可。在牧区搭建附属房屋圈舍，还要有建筑与土地管理部门的正式批准手续，麻烦也够大的。"旺姆为难地挠挠头。

"就搞简易的。"林泽宇说。

"太简单了不行，因为牛羊数量大，如果圈舍过于简单，一旦被牛羊冲破弄坏，到时候满地跑的还是等于虚设。"一位牧民有点担忧。

"不就是让这些生灵过冬吗？要求不高，只要能挡风避雨就行了。春天□□□□□□□，天暖就拆掉了。前期的手续协调，我来与有关部门□□沟通一下。你们商讨一下准备搭卷棚用的铁管、毛竹□□丝、绳索、帆布和塑料薄膜等，具体你们去准备，我□□任就去跑这件事。我们争取做成，保护牧民兄弟财产安全也是大事，上面也会同意和支持的。"林泽宇显得非常有信心。

"这办法好，好好，我同意，我同意。"苏雅兴奋地蹦起来。达卡不屑地看了她一眼。

达卡这几天有点不高兴。他同苏雅说话，苏雅有点爱搭不理的。达卡认为你是谁呀？假装矜持。苏雅认为自己是一名内地高校的大学生，长得又漂亮！一般人是不放在眼里的。而达卡只是一名退伍军人，身份与苏雅有差异。所以，达卡有一点靠近她就是错误，更有癞蛤蟆想吃天鹅肉之嫌。达卡则认为，自己是一名堂堂正正的退伍军人，个人素质和条件均属上乘。除了学历略低，各方面都不亚于苏雅这个汉族姑娘。大学生有啥了不起？不还是要找份工作吗？他始终把自己与苏雅放在对等的位置上。他们在工作上互相配合，共同协助林泽宇。其他方面，他也与林泽宇和苏雅正常交往。达卡是个藏族好青年，对人实在，心地厚道，对苏雅也自然表现出一种热心、真诚与善良。正是这样，苏雅有时也会萌生一丝感动。毕竟是内地来的姑娘，来自陌生的城市，有时哪怕一点来自外界的热情都能点燃她心中的情愫，顷刻滋生温暖和感动。正是达卡打破了她内心的孤寂和情感世界，有点世俗的苏雅正处在感情的徘徊期。宛如海上乍起风浪中的一只帆船，暂时迷失了方向。

越是这个时候越需要帮助。达卡一方面积极主动配合她的工作，一方面又表现出习以为常。我达卡就是这么一个人，从不屈服谁？苏雅，你也没什么了不起，大概越是这种趾高气扬，越让苏雅生气。

"哼！跟我叫板，有你好果子吃。看我怎么收拾你。"于是削苹果、夹菜、盛饭，只给林泽宇一个人，就把达卡冷落在一旁。达卡看到视而不见，显得十分默然，而苏雅心中滋生怨恨。但苏雅一看到达卡做事，一切如常，态度上没有改变，心里就平和下来。

"好吧，就这样，我们分头准备，一定要在风暴和大雪来临之前将这件事办妥，但愿你们来年都有好收成。"林泽宇说着站起来就要走。

"林领导，快晌午了，在这儿简单吃点饭吧，我们不耽误你的时间。"旺姆热情地挽留林泽宇一行。

"下次吧，现在很忙，你们先去忙，把事情办成后再安心聊天，今天的奶酪与青稞茶已经让我们感到很快乐了。"林泽宇说着走到了帐篷门口，帐篷外的太阳闪着万道光芒，让草原上披上金色的衣裳。一切都柔柔的、轻轻的、暖暖的……车内的林泽宇三人露出幸福的笑脸，与招呼欢送的牧民用感情构筑着心中无私的桥梁。

五十九

林泽宇对上级有时发的文件或指令，指派或要求基层去做一些不符合实际的工作，确实有些疑惑，但他从没有拒绝执行的想法。他对党和组织机构的决策与领导没有半点怀疑，毕竟上级与基层隔着现实具体的河流与天空，完全一致是绝对不可能的。只是需要协调和沟通，需要调研与汇报，如此反复才能上下通达，实现目标。当然做到这一点需要漫长的艰辛和务实的历程。大多单位领导都能按照上级的要求，理解变通，最终完成上级下达的任务。决不能玩太极，踢皮球，既不直接反抗。也不问最终结果，变相推脱欺骗。

　　而林泽宇属于那种忠诚担当的干部，他自己奔忙于上下机关之间，一方面汇报上级文件中一些不符合实际的情况；另一方面带领基层机关干部，尽力认真完成上级指令。挂职之前他在机关时就深切地感受到厅直机关向上级保证的事情，总是说到做到。而现在看来，有些基层单位和部门领导面对上级的任务和指令，总是拍胸脯，说豪言壮语，过后忘记了承诺的责任。仅仅是上次省厅机关所下的关于生态保护红线的文件，要不是林泽宇把挂职的基层实际情况大胆汇报给省环保厅，为上级决策提供了更为准确的依据，后果会不堪设想。讲白了，一座县城都要被拆毁。而天助良善，林泽宇正好在这个县挂职，问题最终得以圆满解决，县城和老百姓都保住了。有时想到一些事情，林泽宇内心有无限的感慨，他觉得自己每次经历和工作安排对百姓都是无愧于心的。纵然其间困难重重，充满艰辛，遭遇无数荆棘与坎坷，但只要有一颗质朴诚实的心，只要有为民请命的情怀，一切都能解决，这当然都建立在百姓善良的基础上。

　　那次清理河障难度无比巨大，可谓是举步维艰，寸步难行。后来方知这里面情况复杂，矛盾环生，除了拆迁补偿等各种世俗情形外，还有背后上级重要领导打了招呼，这无形地给一些工作设置了很厚实的屏障。事实上，当时林泽宇跟往常一样，也到了工作现场，所有的部门人员全部到场，力度强大，可执行起来却收效甚微。林泽宇这时动了气，凭什么一些百姓正常为自己挣点补助，还会有来自其他方面的阻力。个别领导干部，为什么不替下面着想，反而为基层干部雪上加霜。

他进行了一次战场阵地前的庄严指令：水产局同志用巡逻船强行撤除河内围网；辖区乡镇人员直接清空河道边的所有障碍；供电局的同志直接剪除河边的所有供电线路；由执法局收缴非法设置围网、捕捞和占地使用的一切工具设施……凡涉及干扰、阻挠的一切暴力反抗的当事人员，一律由公安机关带离并依法处理。林泽宇的指令下达后，现场所有人员突然像听到一声炸雷，一时间陷入沉默状态。"怎么搞的？敢拒绝指令吗？是不是要我拿，你们的手才动……"林泽宇大声咆哮着。

"是是是。""好，好好。""干干干。"……大家都行动起来，现场出现当年"大生产运动"的火热场景。不到一个小时，河边长期遗留的问题终于没了踪影。

林泽宇通过一次次现场办公，深切地感受到基层工作必须加大力度。要手腕硬才能将工作启动、推进，直至完成，不然好多工作只能是浅尝辄止或者半途而废。基层都是具体事务性工作，来不得半点虚假，不管大的方面，比如生产，建设，开发……小的方面涉及拆迁、拆违、建筑高度、长度，距离范围……都有大小尺寸与规格标准的。担任挂职副县长就是要有灵活变通能力。所以挂职干部是特殊而又无奈的一个角色。

但话又说回来，在当前这个大转型大变革的时期，每个人都会选择自己的作为和价值的归宿。在榴园基层，在农村，正在加强基层政权建设，壮大村级集体经济；农村以土地为主，实行"一户一块田"等重大战略计划。特别是党员干部都要加强修养，拥有爱民情怀，设身处地地为民办实事，才能更好地在脱贫攻坚战中施展个人才智。而林泽宇觉得自己为此努力了，但始终不甚满意。按照世俗流行的标准，他算得上是一名优秀干部，非常干练、正直清廉、做事干脆利落、朴实善良，而且敢于担当，遇事从不推脱。他在西藏山南市从事援助工作时，为了建一处汽车检测线，原先三年没有完成的事，硬是在他的亲自关注下，很短的时间内就投入了使用。那些相关部门的人员和工程当事人怎样敬佩和赞叹，怎样感动和幸福？

如今，他离开了那块灵魂中深爱的土地，又来到这块更加热情、更加深爱的榴园县，何不继续发挥自己的一腔热量，满腹经纶，一身才智，更好地为百姓做些实事。自从来到榴园之后，他一直没有忘记肩上的责任，尽力为这里的百姓做些实事。在善良的百姓眼中，他早已是有口皆碑的清官好官，但他依然不满意自己的行为。这是国家划定的贫困县，这里的百姓需要帮助的人更多，还有许多要做的事没有做好，还没有完成，而他就要离开这里。一是感情难以割舍，再者就是需要抓紧时间，把一些能办的事情都办了，把能解决的问题都解决掉，然后向百姓交上一份答卷留作评判。

今天事情少，他坐在办公室里想着需要完成的任务，不时地望着窗外。正南方有政府的大门，像一名战士。他每天都从这里步入阵地，然后又从这里撤离战场。仅隔一条马路，大门的南面就是大宇文化广场。这里是百姓闲暇放松和晨练晚聚的地方，是榴园一块标志性文化园地。缤纷的彩旗、整齐的植被和多彩的装饰等把广场分割成几个微型园地，供人们健身锻炼。广场南头是一处废旧的水塘，塘上坐落着改建的木桥，桥下水流潺潺，曲折蜿蜒彰显城市的魅力。广场西南就是政府机关极度看好的一家星级饭店，称为中央大酒店。生意经营得红红火火，客人与广场的游人连成络绎不绝的人流，见证了城市的兴旺与生机。林泽宇马上就要离开这里了，他瞬间生出些许依恋。他不经意地站起身，缓缓地走到窗前。现在广场上几乎没有行人，与政府大门形成一个空旷的通道。他轻轻地摸了摸眼角，因为他觉得那里有点湿热。

"笃笃笃……"有人敲门。

"请进！"林泽宇回到了座位。

"林副县长，我向你汇报一件事情。"一个中年男子推门进来，兴冲冲地……

他一看进来的正是民办教师方青梅的丈夫……

六十

在林泽宇的关心和支持下，藏族牧民搭建简易帐篷安全过冬的方案进展得很顺利。大家按照先前拟定的草案，分头进行了各类材料的准备，然后配合当地工人很快把简易畜牧馆建起来了。畜牧馆规模不小，牛羊牲畜圈在里面再也没有了风霜雨雪和异类的侵扰与残伤，更没有蟊贼的偷窃，只要进去会瞬间变得安全。方圆几公里内的牧民养殖大户，均按照这种方法，对过冬进行了安置，简易却很有效果。

　　牧民家的牲畜可以安全过冬了，但由于饲养过量，会造成过于拥挤。养殖的目的是盈利致富，改变牧民的生活状态，过上幸福美满的日子。这需要牧民还要尽快把这些变成肉食品销售出去。这明显又是一个现实的问题，而且这个问题远比保护这些牲畜的安全要麻烦和复杂得多。当年一个地区的牧民，就是为了销售肉食品，想建一处加工厂，找到了联系片的领导马永春。谁知一件小事，竟然让马永春跌了跟头。可冬天很快就会过去，眼下这依旧是个亟待解决的问题，而且问题又摆在了他的面前。他是这里援助和包片的领导，讲白了，也就是个服务员。怎么办呢，林泽宇脑海中开始悬起了又一个大问号。他无助地看着坐在身旁的苏雅和达卡。忽然之间，他仿佛是一个愚笨的学生，在外界的启发下，瞬间来了灵感。

　　他忽然打算近期让苏雅去内地跑一趟，目的是帮助牧民同胞们销售即将过冬的动物食品。不然牧民们饲养的牛羊等牲畜越积越多，会给来年的生活计划造成更大的影响。

　　林泽宇告诉苏雅，让她出差到内地一趟，主要是通过寻找关系，来联系食品加工厂、肉类屠宰厂商来洽谈，争取把西藏牧民兄弟生产的牛羊批量销售出去，也可以向内地的食品公司和大型食品店输送各类肉食成品，通过他们把肉类食品销往全国各地。林泽宇还特地给她多放了一个礼拜假，可以回家看看，他考虑苏雅这么大的年轻人出门太久，肯定会想家。林泽宇的细心和大度让苏雅非常感动。她对他连说谢谢。她看了达卡一眼，意思达卡这时为什么还不乘虚而入呢？你忍心让我一个小女子到繁华喧嚣和纷杂躁动的内陆大世界？

"哎，领导，您不能让苏雅一个人到那么远的地方去，这不仅是对她不负责任，也是对我达卡先生不负责。她现在可是名花有主的人了，万一她出征路上不甘诱惑，再遇到一个汉族美男子、花花公子什么的，到时候我们发生纠纷殴斗事件，那可麻烦了，所以这讲大了是破坏民族团结，讲小了……再说了，她是您的部下，您也要从她的安全考虑，也不能放她一个人出门，何况又这么远？您说对不对？"达卡坏笑着看着苏雅。

苏雅脸色有点泛红，但却轻轻地说："听上去有道理，我觉得你这是假公济私，再说你跟着也不方便，还增加一份花销。"

"达卡你听听，你以为人家会主动跟你一起去，你小子就会想美事，你自作多情去吧。"

"哎，领导，达卡讲得也确实在理，我不信我一个人跟厂家公司老总谈判，你也放心？"苏雅向林泽宇发难。

"他要去的话，多增加费用呀！"林泽宇说。

"我的费用我自己承担也行呀？"达卡突然变得很真诚。但他心里却想着先把机会弄到手，过后再说，车到山前必有路。

"不行！你小子以为我傻，内地那么多熟人，苏雅到那儿去安全都不是问题，我也会提前安排的。话说回来，苏雅是货真价实的大学生，谁能跟她玩心眼，除非她睡着了。"林泽宇跟达卡叫起真来。

"老猫也有打盹的时候，她一个大美女，又高傲，像一只大企鹅，更不会把一切放在眼里，这更容易招惹是非，求求你，让我一阵跟着去吧？"达卡换成了一副苦求的态度。

"咱不能增加开支，一个人能办的事，绝不浪费资源。"林泽宇满脸严肃。

"好领导，你放心，我不会增加组织负担，我的费用我自负，说话算话。"他几乎哀求林泽宇了。

看到达卡迫切的样子，林泽宇心中突然生出一种柔软，特别是他观察到，苏雅对达卡的请求没有明显表示拒绝，他再坚持下去已经没有意义。他反过来想，不如让他们结伴出差，趁机也多给他们一些任务，让他们多跑些单位，万一要多联系上几家客户，或许能给藏民带来更多的销售盈利的机会呢？"好，我批准你也去，但一定协助苏雅多跑多转多谈下来几个订单，把业务联系好了，回来了我代表牧民兄弟给你们接风。出门时间由苏雅安排。"林泽宇对达卡说，然后又看了看苏雅。

苏雅表情平静，而达卡猛地蹦有两尺多高，大喊："万岁！"

六十一

方青梅丈夫报告林副县长，方青梅不仅解决了身份问题，也解决了待遇与职称问题。令人高兴的是，除了方青梅，另外还有 36 位代课教师也转入正式教师队伍。当然这些老师身份问题的解决各有各的情况，方青梅当年的考试成绩被人冒名顶替。始作俑者就是现任的一位县委大院领导，就是他指使有关工作人员做手脚。方青梅虽然成绩考得好，却是一名外地人。大院领导的一名亲属直接顶替了方青梅的成绩转身成为一名正式人民教师，后来很快被调进了城里一所学校。而此刻方青梅丈夫并不知真正缘由，高兴得津津乐道。他告诉林泽宇副县长，那些刚转正的教师委托他们夫妇跟他汇报一下。如果有时间，请林副县长给他们一个机会，一起坐一下，不是吃饭，而是感谢与感恩。另外他们准备了很多土特产品，委托他带给林副县长，略表心意，不成敬意。这些东西都放在他的车上，他问林副县长怎么把东西转交。当然这只是一点心意，万千心思，都难以表达对林副县长的感激之情。

"这没什么。如果是你，也一样，这只是我的职责所在，别太当回事，你代表我谢谢他们。要认真教学，更好地为孩子们服务，为家乡建设出一份力。只要把孩子培养好，我就心满意足了。"

"不不不，你不仅是我们的好领导，更是我们的救命恩人。不是您的话，即使再过十年二十年，青梅的身份问题也不能解决，更何况那些代课老师们连做梦都想不到能改变命运。

"我是一名分管干部，一些事情就是我的职责和本职工作，土特产我就不要了，你们拿回去，有机会到省城，我们再一起相聚。"林泽宇显得平静而安详。

"这怎么能行？青梅他们会骂我的，这点小事都办不成。你就收下吧，我回去好交差。"方青梅丈夫说，眼里开始含着泪水。

"去吧，我不要你们的东西，有份心就行了。你和方青梅很优秀，又夫妻同心，共同担起事业。"林泽宇被方青梅丈夫的情绪所触动，心里也有点酸酸的。

"他们说你来的这几年太辛苦，太忙碌，还为全县的老百姓操心，需要一双好鞋养护你的双脚，路走得再多也不会累，不会疼。她要亲手为您做一双纳底布鞋。"青梅丈夫说着抹了下眼角的泪水。林泽宇看得清楚，那滴泪水在灯光下闪着晶莹的亮光，而且慢慢晃动，很快就滑落下来。

"谢谢！我来这里之后，为大家做得还太少，这样一来我觉得更对不起老百姓。"林泽宇轻轻地摇头，若有所思地说。他看似平静，心中却泛起万重波涛。善良的百姓啊，你们真是人间的上苍！感谢与怀念让他心中极不平静。

"林副县长您说得不对。你都不知道下面的一些人都称您是什么？"方青梅丈夫停了一下，并大胆抬头凝视了林泽宇一眼。接着说："都说您是活着的包青天。"他好像费了好大劲才敢吐出这句话。

"哪里哪里，这折煞我林泽宇，风马牛不相及，人家是一座丰碑，我只是单位里的一名普通服务干部，大相径庭，联系不上。"林泽宇有些调侃地说。

"哎，我问一下，你家青梅还会这门手艺？不简单，不简单。"林泽宇突然问他。

"她小时候就会做鞋，她妈手把手教的。她妈还告诉她，只有勤劳善良，手脚利落的人才配穿用千针万线做的鞋。"方青梅丈夫脸上升起一种自豪，仿佛这些是为他做的。

"真好啊！这份心情我领了，等鞋子做好了我会收下，其他的东西一律拿回去。我也喜欢这种鞋，但当年在高原上不适合穿，也买不到，成天穿皮鞋，到现在我的脚还有一些毛病，阴天时会疼痛。这种百纳底布鞋穿着柔软，特别走远路，非常舒适。"林泽宇此刻露出一脸的诚意，没有任何掩饰。

"林副县长，这次老师转正的事，您还帮了一些家庭的忙。"方青梅丈夫说。

"什么意思？"林泽宇问。

"有的代课教师家庭困难，有的老师家人生病，还有位老师的孩子患白血病，这次一次性补发很多工资，一下子就解决了他们的经济困难。"方青梅丈夫把想讲的话都讲了出来，心中的郁结终于打开。

"哦？你不说，我还真不知道这些事情。这些家庭的困难本身就该政府部门出面解决。可我还不知道我们竟有这么多工作没有做好。"林泽宇恢复了先前的忧思状态。

"这次就有几家是扶贫的特困户，太好了。"方青梅丈夫显得很高兴。

林泽宇看他高兴，自己忽然也笑了。他知道方青梅丈夫是发自内心的笑。只要你为他们做些实事，百姓就会满足，善良的他们就会回报笑容和赞美。

"你先回去，我等着下去办几件事情，有时间我们再聊。"林泽宇忽然又想起了什么？

"好，林副县长，我打扰您了。鞋子青梅做好了，我就给您送来，那我走了。"说着，他走出了林泽宇的办公室。

今年是决胜脱贫攻坚的年头，他离开榴园之前，一定要把这项任务完成。不然对不起组织，对不起人民，也对不起几家特困户家庭成员。他要时刻穿梭在为百姓服务的路程上。想到这，他带着秘书直奔停在政府楼前的车子。

六十二

　　林泽宇怎么也没想到，因为一场车祸，自己一个不经意的救助行动，成了苏雅与藏族青年达卡间的联络催化剂。此后两人有了闪电式的发展，出差都愿意一同前往，好像不谋而合。后来林泽宇方知，达卡与苏雅主要是因为在医院轮流看护他这位领导才频频接触的。本来苏雅这位鱼米之乡的高校大学生，头颅高傲得像只企鹅，无论如何又怎么能看上他这位红脸汉子？但领导住院，没法子，他们必须看护交流。日子久了，苏雅的心终于回落了。最主要的是达卡的正直与善良，拉低了苏雅的头颅。看护林泽宇的那段日子，可忙坏了达卡这位热情的小伙子。每天他都起早贪黑，完成工作的同时，要穿梭于家庭、单位与医院之间。单位任务完成后，去弄饭给林泽宇吃。可待在医院伺候林泽宇的苏雅，不能喝西北风。他就要备上两份饭，这样苏雅真正做了甩手掌柜，不再为餐饮发愁，总能美美地吃上热饭。除此之外，高原上天气变化大，苏雅常常让达卡去她住的宿舍关窗或者收拾晾晒的衣服，抑或顺便捎带什么东西……如此这样来来往往，时间一久，苏雅就把达卡变成了家人，再也毫无戒备。达卡也愿意接受苏雅的指派，每接到苏雅的吩咐都是乐呵呵的。苏雅也是位简单随性的姑娘，后来连买菜、甚至生活用品，都一同交给了达卡，达卡假装懵懂无知，很平静地接受下来，来者不拒。有时两人一起挤出短暂的时间去游泳，健身锻炼。但一到公共场所，苏雅就以支配者的姿态出现，把达卡当成助手，或者随从抑或是保镖之类，有时不给达卡留一丝情面，显出自己的优越地位。

　　这次交通事故后林泽宇住院，两人尤显团结。目的为了一个共同目标，伺候好共同的领导。就在林泽宇出院的第二天，两人安顿好林泽宇，一起去了苏雅住处。苏雅把自己的房间收拾了一遍，床上的铺盖等物品，到了冬季统统撤换，这需要一个帮手，随后达卡接到了这项任务，更是乐此不疲。两人在抬东西落放时，由于苏雅用力过猛，没能站稳，一个趔趄，差点栽倒。身体素质优秀的达卡，一个箭步上前飞速抱住了苏雅。达卡显得唐突，正准备放手时，苏雅说："达卡，我们恋爱吧！"

　　达卡猛地一惊，然后又极其平静地说："我本来就在恋爱呀！你没看到每天我都过着神仙一样的生活吗？"

　　"哎呀，你太过分了，你简直坏到了极点了，谁答应跟你恋爱了？你真是异想天开，癞蛤蟆想吃天鹅肉。"苏雅喊着、叫着、埋怨着……用力拍打着达卡的身体。

　　"好了，好了。别闹了！都是我的错，我是单相思，我是癞蛤蟆，怪我不自量力，我是一厢情愿，我自享其乐，我向你道歉。"说着，紧紧地抱住了苏雅。还没有等达卡主动出击，苏雅主动出击，把红红的嘴唇伸了过来，猛地填进了达卡正要张开的原本方方正正的口中……

　　本来两人出差回来，战绩颇丰。林泽宇本来答应为他们洗尘的，可他今天却突然提前接到两人的邀请，要他下班后到单位附近的一家餐馆就餐，算是给林泽宇上次出院压惊，并让林泽宇给两人的恋爱做个见证。

林泽宇心想，本来自己受邀应为主角，突然变成一只灯泡，退居到了没有角色的位置。但他是高兴的。苏雅这样一位内地大学生，一位大美女，如果能与达卡这样一位藏族优秀青年相识相恋，再到结婚生子，牵手人生，这是多么美好的生命乐章，更是自己生命历程中见证的一段美好爱情佳话，一段最优雅壮丽的生活插曲。

林泽宇接受了苏雅与达卡的邀请，按时参加了他们的温情聚会。菜肴非常别致，是以藏餐为主又兼备中餐的综合吃法。在西藏，这种餐饮很少，要么藏餐，要么西餐，很难拉在一起。今天，为了苏雅与达卡的特殊相约，老板进行了特别的准备和安排。林泽宇是这场特别餐饮的参与者，更是他们爱情的见证人。

三人都喝了酒，微醺让三人的谈吐更能放开。到底谁是东道主并不清楚。最后达卡说："欢迎两位来到西藏，来到我们藏族同胞的家乡，真诚援助我们，为了让我们的生活更加美好，同时也为了我们领导能平安康复出院；更有一层主题就是，因为林主任的此次坎坷与不顺，才让我和苏雅有了更多的机会，我们才会恋爱。"

"你讲啥呢？不能为了我们恋爱，领导就要那样，就要遭遇不顺，应该是领导给我们创造了机会，让我们得以更好地相处，你呀，简直不能让人省心。"没等达卡说完，苏雅打断他的话。

达卡慌忙摸摸后脑勺说："对，对对，林主任不幸负伤，我们有幸伺候他，才有了相处的机会。我的错，来来来，不管什么机会都是缘分，谢谢你们，我达卡这辈子值了。来，喝酒！"达卡一仰而下。

苏雅劝他："悠着点，要注意身体。"

"这辈子为了你们，我豁出去了。"达卡抹了一下嘴说。

林泽宇不明所以，听得如丈二和尚。看看他们，也把酒端了起来，呷了一口。刚出院，饮酒是医生所禁忌的，但为了他们，也只能应付了。几杯酒下肚，飘飘欲仙。一桌好菜几乎未动，林泽宇吃了一碗青稞面。然后开始发表言论，谈了一些人类生活与爱情的话题，以及珍惜缘分和相守到老之类的感情话语……苏雅与达卡只顾说："谢谢，谢谢。"

最后，林泽宇以回去吃药为由提出先走，但吩咐达卡一定要把苏雅安全送回家。

达卡满口答应："请领导放心，这类活我特别喜欢。"他目送林泽宇走远。

林泽宇走在拉萨的大街上，如置身于一个富丽堂皇的世界。多么美丽的西藏！每次他都会被这里的神奇、这里的美好、这里的幸福所包围、所感动。继而激发出一股巨大的力量，然后为自己的事业助上一臂之力。他知道他在这里的事业还未完成，他在这里的日子，还没有过够。想到这些，他兴致勃勃地从眼前这霓虹灯闪烁的世界里走向远方的辉煌……

六十三

林泽宇联系的困难户较多，最主要的几乎都集中在北部边远的一个乡镇，那儿可是让他始终担心的一个地方，车子载着林泽宇的思绪飞速旋转着……位于潍河边的老汪村是个十年九灾的多难村，只要连绵阴雨，必定村可箩鱼，汪村故此得名。这里的村民生活十分困难。林泽宇联系的村民张少梅是个无钱结婚的单身汉，身体有病，至今生活在两间草房里；张淮南是名捡拾废旧物品的单身男，住着一间破烂房，还收养了一名女孩张凤洁；还有一户村民叫张丰臣，先天一个肾脏，没有劳动能力，妻子长年生病，膝下有一对年幼儿女，家境十分拮据。特别是一个叫苏强的村民，一直心存不满情绪，认为惠民呀，致富呀……全都有名无实，不过一阵风而已，但在林泽宇的亲切关心下，终于走上了正路。林泽宇针对这些家庭，总能想方设法分别解决他们的实际困难。现在他们几户除了能够享受正常的生活补贴、扶贫资金外，林泽宇还给身体好、有劳动能力的贫困者在保洁公司找一份工作。两年即将过去，在林泽宇的帮扶下，张丰臣夫妻的病已经好转，张少梅养起了家禽家畜，张淮南收养的女儿张凤洁今年考上了阜阳师范大学，都过上了衣食无忧、幸福快乐的日子。至于苏强，成果更是喜人。村里人一跟林泽宇说起这些成绩，林泽宇总是说："别说现在的好光景，要考虑今后的长久打算，日子是一天天过的呀，不能只图一时，要一辈子过的，关键现在的一些脱贫法子，能坚持多久？"

"林副县长您说得在理，我们也是担心这个，从现在看，你关怀的这些贫困户，他们确实找到了养活家人，甚至勤劳致富的路子。"

实际上在扶贫之外，林泽宇还尽可能帮助一些困难弱势的群众。杨庙村村民王贵军女儿患有脑瘫，长期为医疗费用东奔西走，欠了很多外债。林泽宇知晓后，主动捐款和募捐，解决其实际生活困难，使其全家渡过难关。

他后来又得知群海村钱军、蒋玉光等几家特困户、五保户及家中有痴呆儿的弱势群体时，视情况分别给他们送米、面和油等生活用品、药品和钱，并形成惯例，他打算将来离开这里了，也要月月如此，年年如此，长期如此。

2018—2020年，建设美丽乡村活动如火如荼地开展。在褚集镇池庙村创建美好乡村期间，靠工资养活家人的林泽宇个人给家乡捐款5000元。当他得知村里缺少启动资金时，又帮助村里借款50000元作为启动资金。林泽宇经常到创建现场指导和帮助解决创建工作中遇到的实际困难与问题。他还帮助村干部做群众的思想工作，打消少数村民心中的疑问。因为资金短缺，村民集资困难。林泽宇自己掏钱购买沙石和水泥等建材，帮助修建村里道路和广场。他还联系南京一家企业为村里的小学捐献课桌椅和乒乓球台。经过各方努力和付出，如今杨庙村已建成"省级美好乡村"，成为农村一张靓丽的名片。

六十四

那次晚餐小聚，林泽宇虽然喝得小醉，但心里却有着说不出的高兴。他亲眼见证了苏雅与达卡的爱情。他想时间的事情是公正的。苏雅上次因为遇到马永春，遭遇一次不顺与坎坷。但她很快从阴影中走了出来。从这方面讲，她还是幸运的。而藏族小伙达卡虽然学历不高，只是一个普通驾驶员。但他心地善良，年轻阳光。他的品质和为人，使他赢得了爱情，这也算是吉人天相嘛。回想自己的爱情，当时他虽没有与夏霜结为伉俪，那是因为门第差异，与两人的感情和缘分毫无关联，现在想来这不过是一首世俗的插曲。现在他毕竟找到了自己的感情归宿，找到了一位贤妻。他和妻子的结合，也算是人世间一段美满的姻缘。家庭生活虽然有些平淡，越来越近似白开水的味道。他一直在寻找机会，想在这白开水式的婚姻里，注入一些激情，一些浪漫，一些狂热……但人在仕途，实在是身不由己，因为他把很多精力都投放在了他的工作上。日常回想起这些，他又觉得对不起家庭，对不起孩子。这世界很大，只因身边有了亲人，才开始有了意义和色彩。他作为普通人，并不是什么圣哲与精英，但自己却拥有一副圣洁和朴实的心肠；自己并不优秀和高贵，但自己从事的是一份美好与高尚的事业！既然如此，他也不能刻意追求随遇而安，独得自己的平和心情。他觉得自己渐渐老了，不知谁曾说过，皱纹所在的地方说明微笑曾在那里待过。老又算得了什么呢？他能亲眼见证这样一桩爱情，他猛然觉得回到了年轻时的状态，内心不由得激发出一种力量，一种青春的狂放……虽然岁月老去，但他对爱情的向往越来越强烈，对那年那月的记忆越来越清晰……眼下他作为过来人，作为领导，作为长辈，他诚恳地、深情地为年轻人祝福，祝他们爱情幸福甜蜜，未来的人生更加美好。

　　爱情促使人奋进，让人坚强，给人力量。他现在要以长辈的身份提携一下年轻人，不能光沉湎于私情，而是要化作一种动力，更好地完成他们眼前的各项工作。俗话说："儿女情长，英雄气短。"讲得冠冕堂皇一些，还要时刻肩负起伟大的使命。

不要因为走得太远，就忘了人为什么出发。他决定立即给苏雅与达卡打电话。

六十五

到了年底，林泽宇的挂职将临近尾声。林泽宇着急的是他联系的贫困户那儿还有一些遗留问题，再不把问题解决，可能就要进行脱贫攻坚决战了。同时乡村振兴的号角也已响彻中华大地。在习总书记的指挥下，中央发出了号令。大战在即，他不能拖全县的后腿，免得到时候他一离开，问题会让后来的同志更加棘手。回顾整体扶贫工作，林泽宇尤感欣慰。他关注和联系的脱贫户经过反复运筹和尝试，最后都成功实现转机。这些家庭产业亮点突出，联手其他农户建立了新型农业经营主体、园区和扶贫基地，而且带动周边贫困村，以及重点帮扶村，让很多户贫困户发展特色种养业增收。如今在他的倡议和指导下，有的根据实际和独特的自身优势，转型尝试"五色产业"，即白色大米、黄色草编、黑色甲鱼、绿色果蔬和红色龙虾，携手千家贫困户奔向小康。在陈集镇村，找他寻求支持的村民苏强得到资金后建立了鱼虾养殖和草莓种植中心，慢慢扩大，逐渐有同村多户村民也效仿，走上此类产业之路。随着规模的扩大，最后建立了养殖与草莓产业扶贫基地，把当地打造成了特殊产业小镇。有的村民建立了丹参和金银花等中药材标准化种植示范基地，与陈集镇村紧紧相连的陶集镇村更是独辟蹊径，很多村民以"合作社＋贫困户"、"社会服务＋订单"模式，发展蔬菜订单生产。砖桥村依托龙头企业引领，建成优质良种培育、绿色稻米生产、稻田鸭鱼生态养殖、果蔬杂粮生态种植、农业社会化服务、市场营销等六大产业体系，后来受到上级的表彰，还被命名为产业扶贫示范村。

有的村积极开展"一户一块田"改革，成功破解承包耕地零碎化难题，大大提高了土地生产效益。平均每户每年增收1300元左右，改善了村民关系，农民土地纠纷减少90%以上，促进了土地流转，减少贫困户经营风险，又解决贫困户缺劳力、种地难和经营难的问题，实现稳定持续增收，推动了产业结构调整。仅旱田改水田一项，每亩增收1000元左右，涉及贫困户五十多户。解放了劳动力，实现"外出上班不误工，在家种植有时间"，开辟了"一条农机托管在前，农民外出多挣钱"的新路子。这些扶贫措施和工程，不仅使很多家庭脱了贫，而且让很多农民就了业。林泽宇他们县委县政府一班人，真正扶贫，倾心付出，坚持摘帽不摘帮扶；继续开展每月六日的脱贫攻坚推进日活动；每个月由县扶贫办确定帮扶主题，全县帮扶干部全力出战；倾情倾力让帮扶措施与贫困户的致贫原因和脱贫需求有效对应，全力解决剩余贫困人口绝对贫困问题。同时，还要对社保兜底筑牢底线。2018年两次提高农村最低生活保障标准，由原户月人均3818元原地提升至4588元，进一步做好扶贫开发和农村低保制度的有效衔接。建立医养服务中心，对失去能力或者半失能的特困人员进行集中供养。现在，农村基础设施得到全面提升；全力聚焦水、电、路、讯和农村安全饮水、小型水利工程改造等基础设施建设；全面推进信息化建设，实现光纤网络全覆盖；积极推进公共教育、医疗卫生、文化体育、就业服务、社会保障等体系建设，有效提升基层基本公共服务能力，人居环境也得到明显改善……

每当想到这些，林泽宇心中便涌出无限的欣慰。他知道这都是班子成员与全县劳动者辛苦建设的结果。但是同时他还知道，这些居民中还有人因为他们的疏漏，没有真正走出困境。他更深切地知道，包括他自己，因工作不扎实，不尽心尽责，极有可能摸底工作还没完全到位，对老百姓的生活方面的关心还不够细致入微，很可能造成遗忘或者遗漏。

平时他就经常翻阅上报的一些村户情况，生怕因疏忽引发不妥，一旦发现质疑，立马下去核查探究。今天他又一次把相关资料放在眼前，反复琢磨里面的一些数字。他不想多看其中的一些成绩，他要看透里面的一些原来的困难户与特困户，他们是否真的实现了脱贫。往往问题就出在这儿，现在人喜欢搞数字游戏，稍不留意，就瞒天过海。就像先前秸秆禁烧，有人害怕末位垫底，影响考核成绩，竟然故意放任身份特别或者精神异常的人去相邻县区纵火。这种上有政策，下有对策的情形确实让人堪忧。林泽宇翻着、看着、想着……忽然，他在脱贫一览表中看到了一个人的名字。这人是半年前，他特意关照扶持的一个游手好闲的单身村民。家庭困难，无条件娶妻，常常过了上顿欠下顿。脱贫攻坚战开始后，他不听规劝，继续四处游荡，并有投机思想，认为现在政策好，特别是农村惠民措施多，总不会让人饿死的。满腹想着等靠，实在过不下去，就向村里和镇政府伸手，是一户长期悬而未决的老大难户。村里找他，要他好好干点事，他一如常态，伸手就找乡里与村里要钱："没钱致啥富？"林泽宇几次到辖区开专题会，村镇都把他当成典型和代表召去开会。会后林泽宇还专门跟他交流谈心，做思想工作，从根本上打消他的疑虑，鼓起他对未来的信心……后来他听说林副县长热心，居然找林泽宇为他贷款。林泽宇果真打招呼帮了他，可不知道为何短短几个月，就一跃跳进脱贫队列。是什么办法让其如此回头是岸、金盆洗手、勤劳致富呢？他生出一个念头，要亲自去看一下这位让他佩服的人。果真如此，党领导下的农村真的能演绎出改天换地与改头换面的佳话和传奇……

六十六

苏雅带着达卡出差很顺利，仅仅半个月后就一起来向林泽宇复命。

据苏雅汇报，他们的工作完成得很出色，共联系到十几个厂家，也落实了近十家订单。来年他们所管辖和联系地区的牧民，不用再为食品和产品积压存放发愁。

苏雅汇报得头头是道，达卡却在一边偷偷地看着林泽宇。林泽宇想这家伙保准心眼里有鬼，要么就没干什么好事，不然怎么会是一副游移不定的眼神。

"坐好，达卡，你要安心地听苏雅讲话，下一年还要落实兑现你们的任务，不能停留在表面上。"林泽宇提醒达卡。

"请领导放心，我们一定对我们这次的行动负责，保证那些牧民的肉食品销售不成问题。"达卡拍着胸脯对林泽宇保证。

根据苏雅的汇报，林泽宇能感觉到，他们这次出差是下了一番功夫的。他们联系的一些厂家，他早就从网上看到过。

苏雅的话停了下来，达卡表情神秘地对林泽宇说："领导，我也得汇报一件事。"

"不用了，你认真配合苏雅就行了，任务完成得出色，也有你一份功劳。"林泽宇没好气地说。

"我汇报的是另一件事，不过一样需要我配合，讲白了要互相配合。"达卡说着诡谲地笑了，然后看着苏雅。林泽宇也去看苏雅，苏雅的脸红得像熟透的苹果。

"你小子又有什么鬼把戏，有话就说，有屁就放。我马上要去开会。"林泽宇显得不耐烦。

"哎，不不不，汇报完我还要请你喝酒呢。"达卡忙着站起来想去拦林泽宇。

林泽宇听达卡一讲，顿时悟出个七八，难道……

"领导，我要请你喝喜酒，我和苏雅要结婚了，你不去不行。"达卡终于把话冒了出来。

"什么时候？"林泽宇问。

"看，羡慕我们吧！领导就是关心下属。"达卡有点兴奋。

"我们打算在今年国庆节结婚。"达卡瞪了一下眼睛，然后走向座椅上的苏雅。

"真的假的，怎么这么快呀？"林泽宇十分惊讶，将目光迅疾地转向苏雅。苏雅由原来的脸红恢复了平静。

苏雅未置可否，林泽宇没再深究。"你们也太神速了吧，像坐火箭游到爱情海。"林泽宇自言自语地咕囔了一句。

"这是真的，我们尽快结婚，越快越好。"林泽宇转身的刹，苏雅冷冰冰地冒出了一句话。

这句话让林泽宇猛然回头："你没事吧，苏雅，婚姻自由，这是每个人权利，谁也无权干涉，只是你们要慎重。"林泽宇说。

"我们已经考虑好了。"苏雅说得很沉静。达卡拉着她的一只手，站在旁边悠然自得。

"好吧，你们自己做准备吧，到时候我给你们证婚。"林泽宇显得很高兴。

"谢谢你，好领导，你就是我们的再生父母，就是我们的保护神。"苏雅这句话说得有点感动，也略带凄楚。

"这是哪儿的话，我们是情同手足的同事战友，是患难与共的朋友。"林泽宇真诚地说。

"那是那是，所以我们感激你，感谢你。"苏雅动情地说，达卡不断地点头。

"不用不用，都是一家人。好吧，下午机关还有个组织生活会，我得去参加，我走了啊。"林泽宇说着，走出了办公室。

六十七

林泽宇当即带人到北部北汜乡核实村民苏强脱贫走上致富道路的真假。经过反复查证，这还真是一个游手好闲之辈，在党的阳光政策下，改过自新，发奋进取，终于成为脱贫致富的典型。这要从林泽宇一年多前到村里视察工作说起。当时的县镇干部和所有困难户与特困户都来参加脱贫致富动员大会。苏强也参加了这次会议，而且坐在最后面。前面村委与乡镇干部的说教，苏强听得已经腻歪，早已当成了耳旁风。最后会议请林泽宇作指示。谁知林泽宇并非简单地讲几句官话草草结束，而是从脱贫攻坚，讲到乡村振兴；从少数基层组织涣散，讲到干部整改和强化；从壮大村集体经济，讲到农村水厕改造及黑臭水的治理；从村级图书馆的建设讲到文化广场的建设……内容涉及乡村旅游、文化市场监管和文物保护等，林林总总，关乎基层民生。林副县长讲到后面，竟然讲到如何帮助村民脱贫致富来了。他设身处地地帮助村民出谋划策，分析如何因地制宜利用各自现有资源条件发展特色经济，达到脱贫致富。他一气讲了一个多小时，等于前面议程的总和。正是在这次会上，他从上到下，从中国的实际情况、党的扶贫政策，到各级政府重视推进脱贫攻坚工作，到具体落实到每户每人，再到最后结束时所有成果的总结……让平时认为上面总喜欢刮风的多数村民感到了真实可信，大有动真格之势。而且这是为了解决全中国所有老百姓现实生活中的实际困难，让百姓都过上好日子。村民个个心里都涌满了暖流，流淌着说不出的感动。他们都猜测眼前这位电视上不经常露脸，也不常见面的领导，到底是何方人士？特别是他的最后一番话让人提气：父老乡亲们，这是有史以来从没有的大好政策，这么好的机会和机遇，我相信你们一定不会错过。以前或许你们有过这样那样的怨气和不顺，但生活是公平的，我们今天恰逢好的时代，享受好的政策，我们都要珍惜，千万不要自暴自弃，错失良机，要做党的阳光雨露和惠民政策的分享者和行动者，不要观望，不要怀疑，你们一定都会成功的……如果在落实过程中，你们有所不解，或者一些条件不到位，做起来甚至资金有困难，去办公室找我好了，我是一位挂职副县长，叫林泽宇……会场轰然发出了雷鸣般的掌声……有的村民抹起了眼泪……

正是那次会议之后。林泽宇先后又去了两次北浥乡，大部分困难的家庭已经行动起来，唯有苏强一直在观望，在徘徊……一年过去了，有的村民已收获效益，走出了贫困行列。犹豫不决的苏强终于抱着试探的心情走进了林泽宇的办公室。林泽宇按照当初的承诺，让有关部门给他提供了项目资金。现在看来，这家伙是个聪明人，把鱼、龙虾和螃蟹养得又肥又大，鱼塘的四周还种植了核桃苹果，树林里养的鸡已经销售了好几拨，而且每拨收入都很可观。不算核桃苹果，年底过后来年再把这些鱼虾螃蟹出手，自然就"我王老五有钱了"。当年的那个好逸恶劳的苏强真的不见了踪影。林泽宇在这偏僻的乡村，真切地见证了民间最普通的故事和传奇。

林泽宇笑了，而且非常释然。这时他的手机响了。县政府办通知，到县政府3号会议室开紧急会议。

林泽宇刚坐下，会议就开始了。这次会议让林泽宇感到特别，他没有像往常一样坐到中心位置，中心也没给他留位置。因为这不是县委县政府召开的会议。他看到坐在中间的除市里他熟悉的个别领导外，大多数人他并不认识。当然坐在市级领导周围的都是县委县政府的班子成员。很快他便知道了本次会议的主要议题和内容。国办督查室和省市纪检部门在通报榴园县非法提高税收的问题。

通报中说，党中央、国务院高度重视减税降税工作。今年以来为应对新冠肺炎疫情影响，国家陆续出台了一系列减税降税政策措施，着力减轻企业负担，激发市场活力，促进经济平稳运行。但是，一些地方在执行政策过程中仍存在不落实、虚落实的情况。日前，根据群众在国务院"互联网＋督查"平台上反映的问题线索，迅速派员赴安徽省云中市榴园县进行了明察暗访。国办督查室督查发现，榴园县政府及有关部门以"应对疫情影响加强协税护税"名义干扰税收征管秩序，违规设置建筑市场准入门槛，恶意截留工程款项，严重增加企业负担。变相要求建筑业小规模纳税人申请登记为一般纳税人，违规抬高企业纳税成本，与国家减税政策背道而驰。督查发现，榴园县政府于 2020 年 4 月 22 日以县税收保障工作领导小组名义违规出台《榴园县应对疫情影响进一步加强协税护税工作方案》，变相要求原来按 1% 征收率缴纳增值税的建筑业小规模纳税人申请登记为一般纳税人，按 9% 的增值税率进行纳税。工作方案出台一个月内，榴园县建筑业小规模纳税人由 171 户锐减至 60 户，降幅达 64.91%。经查，2020 年 1—11 月，榴园县新登记建筑业一般纳税人 175 户，较 2019 年增加 102 户，同比增长 139.73%；应纳增值税税额较去年同期增加 2347.96 万元，同比增长 82.07%。部分建筑企业当月作为小规模纳税人申报入库税款后，又被迫要求变更为一般纳税人，将原有发票做"冲红"处理，重新开具税率 9% 的发票申报纳税。国家税务总局《增值税一般纳税人登记管理办法》规定，按照政策规定选择按小规模纳税人纳税的，不办理一般纳税人登记。财政部、国家税务总局《关于支持个体工商户复工复业增值税政策的公告》及有关文件规定，2020 年 3 月 1 日至 12 月 31 日除湖北省外，其他省、自治区、直辖市的增值税小规模纳税人，适用 3% 征收率的应税销售收入，减按 1% 征收率征收增值税。

同时，榴园县为让企业将税收留在当地，责成税务、住建等部门联合开展督导行动，变相要求企业在当地设立分（子）公司。督查发现，榴园县在美丽乡村建设排水工程等项目招标文件中明确要求企业于合同签订前成立分（子）公司，否则取消中标人资格。各乡镇参照县政府做法，要求建筑企业在本乡镇设立分（子）公司，导致当地企业在多个乡镇设立分（子）公司。上述行为违反了《国务院关于在市场体系建设中建立公平竞争审查制度的意见》关于"不得排斥、限制或者强制外地经营者在本地投资或者设立分支机构"等规定。

不仅如此，榴园县要求同一省辖市跨县区临时从事生产经营活动的建筑业纳税人办理跨区域涉税事项报验。督查发现，11 家云中市内建筑企业被迫在榴园县预缴税费 306.5 万元。国家税务总局《关于进一步明确营改增有关征管问题的公告》等有关文件明确，纳税人在同一地级行政区范围内跨县（市、区）提供建筑服务，不适用向建筑服务发生地预缴税款有关要求。

其次，榴园县财政部门将本地税收贡献情况作为支付工程款的前置条件，违规下发提示单干扰税收征管秩序。督查发现，榴园县违规制发《建筑工程纳税情况表》，将建筑企业能否提供招标约定税率的发票作为拨付工程款的必要条件，增设企业工程成本纳税情况审核等环节，明令禁止对综合税收贡献率（即在榴园县缴纳税款及取得当地成本发票税额的累计金额占项目结算金额的比例）低于 4% 的建筑工程项目拨付工程款。截至督查时，榴园县共制发审核《建筑工程纳税情况表》336份。一些企业尽管各项申请拨付材料已经完备，但因缺少纳税情况表无法获得工程款。多家企业承建的工程项目早已竣工，按照小规模纳税人 1% 征收率缴纳增值税达不到本地综合税收贡献率 4% 的要求，不得已只能在该县税务局代开建筑材料成本发票。经查，2020 年 5 月 1 日至 11 月 30 日，榴园县建筑业小规模纳税人或自然人在该县代开增值税发票 2812 笔，为去年同期的 1.96 倍。督查组在查验有关会计凭证过程中，发现大量企业代开发票情况，一些企业表示，由于部分原材料当地生产不了需到外地购买，而又要求提供本地发票，只能到当地税务部门"代开"。暗访发现，当地基层财政所更是直接向企业支招"可通过本地熟人"虚开发票。

为了提高企业综合税收贡献率，榴园县财政局多次向税务局下发督办提示单或核查通知，将申报拨付工程款综合税收贡献率低于 4% 的建筑企业列入异常，要求税务局进行核查反馈。2020 年 9 月，多家企业在综合税收贡献率不到 4% 的情况下，为了领取工程款，被迫向县财政局出具所谓的情况说明，作出于下月达到 4% 的承诺后，相关款项才予以拨付。上述行为违反了《保障中小企业款项支付条例》关于"机关、事业单位和大型企业不得要求中小企业接受不合理的付款期限、方式、条件和违约责任等交易条件，不得违约拖欠中小企业的货物、工程、服务款项"等规定。

另外，榴园县政府违规开展财政收入目标考核工作，以

"协税护税"名义发放奖励金。督查组发现，榴园县 2019 年将建筑业税收征管情况纳入当地经济运行"一季一考核"奖惩机制，并于 2020 年 8 月违规发放 2019 年度经济发展考核奖金 201.54 万元。2020 年 4 月，榴园县再次将税收指标列入年度财政收支目标考核，将县税收保障工作领导小组办公室发现"问题"的办理结果纳入部门单位年度目标考核，按季度考核各乡镇和县直各部门税收等财政收入指标完成情况。此外，榴园县打着"协税护税"旗号，提出在 2020 年度考核工作中对税收排名靠前的单位发放奖励金，其中的 40% 直接用于奖励部门主要负责人，剩余部分由各部门根据内部职能以"协税护税"贡献率为标准，奖励具体工作人员；对未履行"协税护税"任务导致税收流失且税款无法追回的，扣减该部门同等金额公用经费，允许各乡镇参照执行。上述行为违反了不得违规对下级政府财政收入等指标进行考核排名等规定。

从督查情况看，榴园县政府及有关部门贯彻党中央、国务院关于做好"六稳"工作、落实"六保"任务的决策部署不坚决、不到位，在减税降费政策落实方面打折扣、搞变通，顶风违规、任性决策，截留税源对冲短收，扰乱税收征管秩序，严重增加企业负担。对此，各地区各部门要引以为戒，举一反三，坚决贯彻落实党中央、国务院决策部署，坚持依法行政、依法办事，财力再紧张也不能动市场主体的"蛋糕"，不能在企业身上打"小算盘"、征收"过头税"。要把该减的税坚决减到位，该降的费坚决降到位，不折不扣兑现助企帮困政策，积极帮助中小微企业渡过难关。

通报之后，王书记表态，承担失察和领导责任。谭县长对于督查中发现的问题表示照单全收，并立即停止有关违规行为，严肃开展自查整改。常务副县长张崇骞没有发言。国家税务总局高度重视，派员赴实地核查并推动当地有关部门退还建筑企业预缴税款。国办督查室要求相关主要领导到上级纪检监察部门主动交代问题，将密切跟踪后续进展情况，督促推动问题整改到位，落实主要负责同志和相关责任人的问责处理情况。

林泽宇当初就感到这次事件非同小可，是官僚作风、滥用职权的真实显现。因为研究作出决定时，他曾提出过反对意见。他坚持坚决贯彻上级的规定和要求，可当即就受到谭县长和分管财税的张崇骞常务副县长的责难与反对："你只是一名挂职干部，工资又不从这拿，可我们这些地方干部吃喝都要靠这儿的收入……"；"哎，我说林副县长，你是站着说话不腰疼啊，你干几天就走了，我们可要在这安窝打铺的，你可是事不关己，高高挂起啊！……"

"反正这种上有政策，下有对策的做法我保留意见。"林泽宇的声音淹没在一片责难声中。

林泽宇发现在通报后面的企业名单中，就有上次被扣押和拖欠款的城市地下排污施工队。林泽宇感到奇怪，他们为什么下大力气四处找人催要工程款，原来受害的不止他们一家施工单位，慢一慢，他们的利益就会泡汤。林泽宇没有想到，榴园县县政府的这些大老爷们原来怀揣着的都是一颗私心，下面实在不知道该怎么收场？即使没有大碍，以后的工作又怎么推行呢？

六十八

就在苏雅将自己和达卡结婚的消息告诉林泽宇的当晚，发生了一件奇怪的事情。援藏落马的干部马永春出狱后，当夜突然又去苏雅的住处骚扰，被苏雅拒绝。但马永春贼心不死，死缠硬磨。无奈苏雅拨打了110，同时告诉了达卡。民警和达卡几乎同时抵达现场。

林泽宇接到消息的时候已是深夜，他赶到时，现场已经进入混乱状态，围了很多内地来的汉族同事和附近的藏民邻居。达卡性格暴躁，几度冲上去要痛揍马永春，均被出警民警拦住了。

"你一个胸无点墨的车夫，有什么资格去碰我的女人？不是癞蛤蟆想吃天鹅肉吗？"马永春出言不逊。站在他前面的民警制止他不再多讲。并说这件事，都先到所里调查以后才讲。

"你这个流氓，你这个恶棍，你这个贪官，你这个劳改犯。"达卡再次冲上去又被民警挡在了后面，气得咬着牙咆哮着。

"你这个四肢发达的土坯，除了动粗，还能干啥？"马永春回头跟达卡争吵着。

"你也去吧，进去穿上衣服，跟我们到派出所。"民警对苏雅说。苏雅衣服凌乱，头发松散，从微弱的灯光下看，她的脸上还流着泪。

看到林泽宇到来，苏雅号啕着扑向他的怀里，"我不想活了！"初冬的夜晚，一切都裹着寒意，林泽宇心疼地把苏雅拥到胸前。

"不哭不哭，怎么回事，有我在，你不要怕，慢慢说。"林泽宇抚摸着苏雅凌乱柔软的秀发。这时林泽宇才深切感到，一个远离家乡的内地姑娘，确实孤单，需要有人呵护。

民警看到这一幕，就对林泽宇说："您是内地来的领导吧，您或许知道一些情况，如果方便的话，麻烦您也去一趟派出所吧，事情可能很快就解决了。"民警很尊重林泽宇。

"这样，你们辛苦了，里面的情况我知道一些，但不细致。如果相信我，我来先问问情况，如果性质严重，我也不会包庇谁，或者隐瞒不报，更不会滥用职权，干扰你们办案。你们要觉得不妥，我就跟你们去所里，三更半夜的，你们也太辛苦了！"林泽宇问民警，同时看看不远处的另一位民警。

一只手拉着马永春的民警也看看另一位民警，意在征求他的意见。

那位民警点点头表示同意。

"那可不行，这是文明的地方，却有这样粗鲁野蛮的人，在这儿，我的安全谁负责。"马永春反对私下处理。

"再说了，我本身是援藏干部，工作单位在这里，我只是保外就医。我有手续"马永春抢着说。

现在这时候，没人还在意马永春的什么证明和手续，沦落到这一步，一切对他已经没有意义。两位民警也露出不屑的神态。

林泽宇看着达卡。达卡说："领导，我听您的，您说咋办就咋办。我不跟这样的畜生一般见识。还不够丢人的，来这里撒野。"

民警都看着林泽宇。"哎，警察同志，我跟他说句话，耽误一分钟时间。"他对民警说话，手指着面前的马永春。

民警说："好吧。"他示意马永春跟林泽宇到旁边讲话。

不到一分钟，两人就回来了。林泽宇对民警说："你们先回所里休息吧，这事我来处理，我对他们的安全负责，我能问清楚，没大的问题，就不会麻烦你们了。谢谢你们啊！其他人都回房休息吧，太迟了，也麻烦你们了啊！"他觉得两位藏族民警小伙子汉语说得特好，交流起来方便，不容易引起现场冲突。

"苏雅抓紧把衣服穿好，马上我们都进屋。"林泽宇看到民警走了，就招呼剩下的人。

"哇……"苏雅忽然又大哭起来，然后对林泽宇直摇头，林泽宇看得出来，她是不想让马永春进自己的房间。

林泽宇一时犯难了，到办公室还有一段距离，一时真没有合适的地方。

林泽宇踌躇了一下说："这样吧，有我在，你放心，我会保护你的一切安全。苏雅你就看我的薄面，先把衣服穿好，我来问问情况，再做具体处置。"林泽宇用有点征求的态度问苏雅。

苏雅哭着点点头。

苏雅十分钟后从内室出来了，坐在客厅的凳子上。

"马永春，你说说吧，今晚咋回事？"林泽宇说。

马永春看一下达卡，然后愤愤不平地诉说开来……

听完马永春的陈述后，林泽宇若有所思。然后对马永春说："我觉得这是你不对，首先从私的方面讲，人家苏雅和你没有任何关系。你这样深夜敲门探访属于不合适，讲重了叫私闯民宅。另外你说了，你服刑还没期满，正在保外就医期间。讲公的，你是要在指定位置接受监督的，起码要做到随传随到。于公于私你都理亏，人家报警是正常的。另外，达卡来帮助同事，也是天经地义的。如果不是派出所来人，任何人对你动粗属于正当防卫。"林泽宇此刻的脸色非常严肃。

"我算瞎眼了，没想到你们一个个都这么绝情。翻脸就不认人了。算我走眼了。嗯嗯嗯嗯……"马永春哭了。

"哎哎，你别娘们气，我们做事别输在理上，有理走遍天下。你细想想我说的可在理？来来来，你问问，苏雅可愿意接受你的到来。如果她同意，还情有可原。你可是有家室之人，你来这也不合情呀！"林泽宇说。

林泽宇看着苏雅，苏雅迅速摇摇头。

"就是，眼下我觉得你回去安心接受公安机关的安排，把相关手续，包括工作调动手续办好，看看下一步上级怎么安排？这是最佳选择，不要再因为放纵而酿制苦果。"林泽宇觉得战友间不必要太叫板，但一想眼前这个人的人品素养和眼前的身份，立马把话说得很硬。

"今天就这样，下次再发生这样的事情，估计就不是这种方法了。"林泽宇把话讲得很有分量。

马永春走出门，提着门旁的一个包裹，又回头看了苏雅一眼，心有不甘地走进夜幕……

六十九

节日刚过，林泽宇就回到榴园县。节日期间，本来该排他值班的，但考虑到他住在省城，心脏又不太好，就没有单独安排，但他在除夕前的那天晚上八点多钟才回到家。年初三他又来了。他心系着辖区那些还不太富有的村民在春节期间的生活情况。虽然有些家庭困难的村民在脱贫的道路上渐渐奏响希望和富裕之歌，但现在正是要求清点遗漏和掉队情况的时候。另外还有一些敬老院和生活园的五保户需要慰问。

从初三到初六，他和秘书小孙跑了有二十多个地方，这中间有少数即将脱贫的困难户，还有一些孤寡老人和五保户。他用自己的工资买了一些慰问品，他给个别特殊情况的人送了一些慰问金。这些人的生活状态和满足感让林泽宇十分欣慰。回到宿舍，他感到了松弛与充实。他决定大睡一觉，翌日又以充沛的体力投入新一年的工作中。

大年初七上班的第一天，他刚到办公室不久。办公室电话就响了，县委王书记打来的，让他到他的办公室去一下。"好的，我马上就到！"他立即答应后，心里突然感到忐忑不安。

有什么当紧的事，怎么这么一大早就通知他？上下仅两层楼，前后五十米的距离，而林泽宇内心的嘀咕越来越急促。

王书记办公室坐着陌生的四个人，有两位是榴园县纪检委的，另外两位他并不认识。但他突然想到他们是纪检委的同志。

"林副县长，这两位是我们市里纪检委与监察局的丁主任和林科长，他们有件事需要找你了解一下情况，希望你能够很好地配合。"王书记给林泽宇直接介绍了市纪委的两位来客。两位来客丝毫未动，几乎同时"嗯"了一下。从王书记的动作看，他并没有向市里来人介绍他的身份，说明先前他们已经知道他的一些个人信息。但这种忽略和漠然的见面，明显带着不可一世的轻视。王书记怎么瞬间改变了对他的态度？而他的话中，也明显带有官味儿，但从话语的整体意思中，他闻到了一种政治气息，而且是不良灰色的那种，王书记也把他当成一种审查对象，没放在一个同室共事的层面上。他迅速判断，自己可能出事了。

坐在市纪检留置室里，林泽宇显得极度坦然镇静。对面坐着两位纪检干部，其中一位做了一个简单的信息问询或者基本个人简况了解。

林泽宇做了如实准确的回答，但他心中却有种莫名其妙、如鲠在喉的感觉，他到底做了什么，怎么受到这般待遇？这块土地上确实发生过许多贪官污吏落马受审的事情，市政法委书记，市委常委、公安局长，三个区县的公安局长违法犯罪……原以为让他们这些上级机关来的高素质干部能够监督引领，带给这里清风与正气，谁知自己如今深陷污潭，难以脱身，竟成了泥菩萨过河。可我林泽宇政历清白，怎么也能被弄到这种常人谈虎色变的地方，是不是他们已经对同志缺乏最基本的信任，或者在这种环境下抓红眼了，看谁都成了贪官，都成了坏人……

对面坐的另一位干部说："我们大家都知道，从部队，到地方，再到去青藏高原援藏，您都是一位好干部，下来挂职也是受到组织的安排，来支持一方建设。这是有目共睹的。但是人像走路，时间久了，偶尔也会麻痹，被石头或者其他事设障碍绊着也属于正常的；话掉过头来讲，来到一个新地方，面对陌生的一切，不太适应，出点差错，或者做了不该领导干部做的事情也无可厚非，但一旦发现，知错必改，积极向组织坦白，征得组织的原谅，这是值得赞许的，怕的是知错不改，执迷不悟，这是最可怕的事情。"

"领导，您讲得都对，我林泽宇就是一个简单的人，一路走来，清清楚楚。但我不知您所说的过错指的是什么？希望您给我指点。"林泽宇已经明白了他来这儿的真正原因，所以语气恢复了原样，甚至带点冰镇味道。

一位同志说："您是一位上级别的领导干部，我们相信您才跟您这样说话，如果一切查实，您才愿意谈的话，我们也会对您不客气的。现在我们各组调查人员已经到位，很快就会水落石出的。"他说话的语气不阴不阳。

"我没时间跟你们纠缠，我还得考虑联系扶贫的乡镇和具体人员落实工作的情况，下一步还得按要求补课。如果你们确定我违法犯罪，依法判我刑好了。"林泽宇真的生气了，此后不再发声。

林泽宇在留置点待了一整夜，整整一夜没合眼。清晨他站起身，狠狠地伸了一个懒腰，感觉舒服多了，朝门外瞟了一眼，除了例行值班民警，没有来人迹象。眼看就到二十四小时，他突然怀疑组织的一些体制。难道这朗朗乾坤下，在机关内部，依旧还有冤屈发生？他苦思冥想，还是不相信，但自己的现有处境，又让他百思不得其解？

忽然有了声音，有好几个人匆匆朝他的房间走来。其中也有昨天的两位同志。他们进来径直坐在了林泽宇面前。

昨天去榴园带他的一位同志说："实在对不起，我们弄错了。现已查清，人家告您利用权力之便，为别人谋取私利，然后和其发生关系的材料是背后有人指使，纯属诬告。我们草率行事，险些冤枉一名领导，一名好同志，下一步我们要向组织做好详细汇报和深刻检查，同时郑重向您道歉。这是我们工作的疏忽，请您原谅。我们下次对待同志一定要慎重。另外对您身边恶意中伤、指使酿成冤案的有关领导和同志，我们将做进一步调查，一查到底，决不姑息。现在您可以回去了！"这位同志语气有点僵硬，表情有点呆滞。

林泽宇站着整整一分钟没有讲话，这一分钟好似半个世纪般漫长。他此刻心中五味杂陈，但没有任何语言。想大吼一声，但又没了力气。又想大哭，但抬头无意间看到了榴园县王书记站在后面，眼角的湿热很快平息了。

"走吧，我们先去参加一个接待，明天你还有重要的会议要出席。"王书记的话语打破了僵局。林泽宇面无表情地叹了一口气，然后跟着王书记出了让他永远难忘却又不愿记忆的地方。

七十

马永春深夜入室事件不久，达卡携手苏雅走进了婚姻的殿堂。雅鲁藏布江为之欢腾，纯净的雪山为之歌唱，美丽的草原为之增色，神奇的雪莲为之绽放……爱情是人类永恒的主题，不论国度，不论种族，不论肤色，不论语言，不论血脉……都可以从爱情中品尝愉悦与幸福，甜蜜与美好。

纵然丘比特射箭时蒙上了眼睛，但这个可爱的小神仙的箭还是射中了达卡与苏雅的心房，从此有了爱情故事。其实人类最真实的幸福与美好就是生活的本色和自由。苏雅感受到了这一点，达卡也有最真切的体验。作为一名刚出校门的天之骄子，因为一段苦涩的校园恋情，苏雅有着最初的理想与选择。她志在远方，接受挑选，来到高原，为自己的自由梦想而努力。但情窦初开的苏雅并不真正懂得爱情，遭遇马永春，她正处情感的困顿期，后来她逐渐懂得了爱情的真谛与内核。她因受牵连陷入懵懂与无奈境地，但她遭受冷风危难后，很快振作，重新投入火热的为人民服务的工作中。这一时期正好与善良正直、挺拔干练的藏族小伙达卡密切接触。再加上林泽宇在救人事件中受伤，两人共同伺候相随，感情再次升温……如此一来，正处豆蔻年华，血气方刚的男女自然滋生情愫。高原上一幕爱情故事诞生了。林泽宇想起来也是无比的自豪和舒心。美酒谁都愿意分享，他们都是一起为民族振兴同心协力的一家人。

林泽宇从不食言，他要正式为两人做一次证婚人。婚礼在达卡家正厅举行，十分简朴。

达卡随苏雅出差内地，向苏雅的父母求婚，当然达卡敬献给苏雅家不光是哈达，还有虫草、青稞酒和牛肉干等礼品。达卡也够有种，他们是开着达卡朋友的皮卡车去的。苏雅家没有哈达回赠，但却送给了达卡一车大米、高粱和红豆等农产品。

两人回来后，立刻协商订婚仪式的日期。为避免烦琐，双方家长都没参加订婚仪式。两人吃了个简餐，做了一次拥抱和亲吻。尔后一起请活佛打卦求签，选定良辰吉日。

按照藏族要求，达卡家亲人要牵着马匹到苏雅家迎接苏雅，但苏雅家相距遥远，没人参加送亲。两人干脆就直接把林泽宇当亲人。当达卡的朋友把苏雅接到达卡家后，林泽宇也被达卡接来直接坐在了特设的座位上。

在证婚词中，林泽宇表达了对两位新人珍惜缘分和美好爱情的祈祷与祝福。他操着浓重的地方口音，用最淳朴的语气虔诚地说：

亲人朋友们：

你们好！

非常感激你们放弃宝贵的休息时间来参加苏雅与达卡的婚礼。首先祝你们健康平安、周末快乐，家庭幸福、万事如意！

让我们共同见证今天这个丹桂飘香的日子，诚实帅气的小伙子达卡与美丽善良的姑娘苏雅牵手于婚姻殿堂。

我目睹了他们的快乐和幸福，温馨爱情与美好。我们有着共同的事业，为此我由衷地为他们高兴。

达卡是高原上慢慢成长的一棵小树，如高山一般雄伟，阳光一样温暖，雄鹰一般矫健，菩萨一样善良。他做人憨厚，为人厚道，处事豪放。我相信他是家族中的自豪，也是整个家庭最骄傲和最伟大的作品。他从出生到成长，再到今天站在这里，成为幸福的新郎，都始终被爱包围着。今天，他终于寻到了自己心仪的姑娘。他们志同道合，即将走向并拥有共同的归宿，这是天定的缘分。

他们都生活在条件优越的年代，但没有染上浮躁虚华的习性；成长于社会转型时期，但依然纯洁善良。他们都是阳光进步的青年，他们的结合，是高原甜蜜爱情的佳话，是藏族与汉族青年幸福婚姻的代表，以后的日子会更加温馨快乐、光明灿烂！在这庄严的婚礼上，我们向两位新人说几句话：一是你们成立家庭之后，要相敬如宾，相知相爱，相濡以沫，相携到老；二是要敬重父母，善待亲人，宽容处事；三是一句老话：就是要心系一处。在今后的岁月里，要维护和完善你们的婚姻，共同营造美好灿烂的明天！

今天，我们万分感激和跪祈着爱神的来临，它在这温暖和火热的婚礼现场，我们祈求着它永远地关照着两位新人！我也万分感激着来自四面八方的亲朋好友，在往昔的岁月中，你们曾经关心和帮助过他们，你们是值得感谢和铭记的人，希望你们在未来的岁月里继续关照和提携他们，我给大家鞠躬了！谢谢，谢谢！

在接下来的新人自述中，达卡的表白，让全场震惊与感动。

亲友们：

　　我达卡没有文化，但我知道，我能够有今天，感谢我的阿爸阿妈，也感谢我的亲人们。他们哺育我健康成长，自由生活，快乐飞翔，又教我懂事做人，成为一个今天的幸福青年，让我变成一名有用的人。常言道，没有天哪有地，没有父母哪有儿女。孩子是父母怀里的小鸟，无论飞到哪儿，都离不开父母的养育。另外，当我们翅膀硬朗以后，足以飞离父母，我们的视野更加宽阔，逐渐面对的是浩瀚的天空，要用心服务更多的需求者。现在我已经工作，我要把我曾经得到的爱回报给我的阿爸阿妈、我的亲人，必须奉献给我们生活的这块土地上的同胞兄弟们，让每个人都能像我这样生活得幸福。我特别感谢今天来为我们证婚的林领导，他是我们的领路人。他来自内地鱼米之乡，他是位大善人，放弃优越的生活与工作条件，来支持我们的高原建设，来帮助我们藏族同胞，蓝天可见，雪山可见，湖水可见，他拥有博大的情怀，一定会吉人天相，一生平安。他是我们爱情的见证者，也是我们爱情的支持者，更是我们爱情的推动者，有了他，才有了今天这幸福的场景，才结出如此让我们感动的果实，谢谢他，我们的领导，我们的恩人。

　　达卡转身面对着林泽宇鞠了一个躬，然后又转向大家。接着说：

　　我忘了赋予我缘分，赋予我情感，赋予我爱情，赋予我美好，赋予我未来的阿雅，她是真正的天使，真正的仙子。她像诗一样宁静，云一样淡然，水一样清澈，真真切切就是上苍赐予我的女神。她美丽动人，心地无瑕，纯净如玉，她才是今天真正的主角，我爱阿雅。

　　达卡突然把苏雅抱在怀中亲吻一下，又快速地松开。他继续说：

　　生命就像雅鲁藏布江一样，是一条富有灵气的大河，每个人都静静地守望在河边，当岁月的流水经过时，有缘的人一定会共同融入生命的激流中……我就是有福有缘的人，我的等待和造化，让我收获了正果，我等到了阿雅，终于等到了我生命中的女神……

　　或许被自己的表白所感动，达卡突然再次紧紧拥抱苏雅。低头深深地埋在苏雅的怀中，再也不愿抬头，泪水早已经淹没了他的容颜……整个厅堂里又传来一阵波涛般的掌声……好长时间没有停下来。

　　接下来苏雅的讲话十分简单，藏族的神奇吸引着她来到这块土地，达卡的热情善良让她倾心爱慕，他们的相遇是高山与平原的挽手，雪山同田野的同台，长江与雅鲁藏布江的合奏，是藏汉一家的再次会演……

那是一场奇特的结婚典礼，鞭炮一直在人们耳边炸响，清新婉约的音乐经久不息……林泽宇一致认定，那是在神奇的土地上的一段神奇遭遇，神奇遭遇中亲身见证的一段神奇故事，神奇生活故事中一幕神奇爱情……

七十一

擅自抬高投资纳税人税点的处分很快就有了结果。根据有关纪检部门调查的结果：谭县长作为榴园县政府主要领导，在抬税事件中滥用职权，擅自提高来本地投资纳税人的个人税点，违背中央的尽量减免投资纳税人税收的政策精神，属于严重违规，负主要责任，现予以停职检查。同时他本人又在投资建设榴乡城关地下排污排涝工程中，利用职权刻意截留承建该工程的"皖江省隆盛建筑公司"工程款款项。为了如期完成工程，尽快拿到工程款，该公司负责同志先后多次找到谭县长，并送去人民币共计34万元。更为可恶的是，谭县长还挟私报复，故意指使上海某纯净水公司总经理彭某精心设计"仙人跳事件"，趁机陷害一名在工作上与其有分歧的领导干部，构成诬陷犯罪。现基本事实已全部查明，案件下一步将移交司法机关依法追究其刑事责任。张崇骞在抬税事件中对主要领导的不当意见，没有阻拦和劝阻，反而极力配合与支持，签批相关文件，让错误规定得到贯彻执行，给企业和投资人造成很大损失，并在全国造成极大的不良影响，在此事件中应当负重要责任，现予以免职。同时他在投资建设榴乡城关地下排污排涝工程中，利用手中权力，故意截留和拖欠承建该工程的"皖江省隆盛建筑公司"工程款款项。为了如期完成工程，公司负责同志先后多次找到张崇骞，并送去人民币共计20万元。另外，张崇骞明知谭县长指使有关人员设计圈套，趁机陷害同志，不予阻拦，放纵结果的发生，属于知情不报，严重违反党的组织纪律，构成严重违纪行为。现基本事实已经查明，案件下一步将移交司法机关依法追究其刑事责任。

林泽宇看到有关资料时，心中大为震惊。原来如此，市纪委同志讲的话才让自己恍然大悟。他自己没想到一件不大不小的工程竟让两县处级干部瞬间落马。基层工作确实难做，稍不留意，就会生出差错。为了工作，为了百姓，为了一方土地的富裕，为了那儿老百姓的幸福与美好，出点差错倒没什么；如果是因为权力诱惑，因为一己私利，因为争名，因为谋私，而置百姓大计于不顾，这可是千万不能做的事情，更是做领导干部的大忌，基层可是与百姓直接打交道的地方，距离百姓更近，出发点偏颇，危害更大，影响更深。

一名干部不能表里不一，言行不一致。他突然想到了城关排污工程专题会议，他是那次会议的见证人。如果不是现在眼见为实，他怎么也不相信他最敬重的直接领导和张崇骞是对人民缺少忠诚的干部。

那是一年前的一天上午九点，星期六，会议在县政府三号会议室举行。参会人员有谭县长、张崇骞、林泽宇，还有县政府办、环保局、住建局、水利局、国祯污水处理厂有关人员，城关镇主要负责同志，以及城关地区排污排水工作组组长和中标单位负责人等。会议由谭县长主持。先由城关地区排污排水工作组组长汇报了有关情况。

随后相关部门发言。而林泽宇记忆最深的是谭县长最后的总结。通过谭县长的讲话，使林泽宇深刻懂得，作为一名县长，不仅要有宏观的组织和办事能力，而且还要具备渊博的业务知识与综合素养。他说："这是关及我们的家园榴乡老百姓的生活大计，关及城关近三十万居民日常生活的巨大工程，虽然投资也就是几千万元的工程，但工程的实际意义重要而深远。相关单位要提前规划，精准排查，要对污水、废水和雨水管道的淤积和堵塞部位判断准确，同时要做到雨污分流，对工程发挥效用后的水流去向要有长远打算，千万不能再临时抱佛脚，治标不治本……施工单位要严谨施工，快速推进，还要保质保量，来不得半点马虎……"

他最后说："同志们，相关工程单位朋友们，不管是谁，从任何一个角度站位，我们都要有公仆意识和主人翁精神，百姓的需要就是我们的工作目标和理想追求，只有从这个角度出发，我们才能干好我们的工作，出色完成我们的事业……所以我们对这项工作，一定要端正态度，要有造福一方百姓的情怀，要有为百姓办实事的思想，才能把事情做好，也才能真正完成人民赋予我们的各项任务与使命……"还没等到他说"谢谢大家，我的讲话完了"。全场就爆发出热烈的掌声……无论如何，林泽宇真的没想到，谭县长掷地有声的这样一项工程动员会总结讲话，变成了他从政生涯的最后一次虚假感言。

最令人气愤的是，自己不走阳光正道，还要加害于人，真乃心胸狭隘，无耻之人，害人害己。生活真会开玩笑，每个人在生命舞台上的表演，反差竟如此之大。林泽宇突然感到了心累。

如此看来，一般党员干部，特别是领导干部，学习是不能停止的，要始终与党中央保持一致，要不断掌握上级的政策、规定，要紧跟时代步伐，一旦掉队，真的会滑进泥潭，跌入陷阱。他猜测近期有关方面警示教育的文件就要出来了，以身边同志为镜，教训会更加深刻。

组织生活和干部教育学习是不能缺乏的，但自己的述职报告还没完全定稿，他该思考一下，怎样才能向上级、给原单位交上一份合格的答卷呢？林泽宇连日来脑海里一直盘旋着这个问题。长期以来，特别是党的十八大以来，他更注重政治学习，因为从事为民服务工作，略微放松思想，就跟不上群众对干部标准的要求，他一定行走在与时俱进的队伍里。能够与班子成员一道，坚持各类学习，积极参与党组织生活。但问题是他有时出差或者外出学习，就会落下课时，今天让他终于有时间回首和思考一下，把短缺的内容一个不落地补回来……

尾声

林泽宇从二〇一八年六月十六日来榴园县政府报到，至今挂职已满两年。两年的时间里，他跑遍了榴园的山山水水。但至今回想，他依然有很多地方没有跑到，有不少任务没有完成，有不少心愿没有了结，有很多问题没有解决，临行前心有不甘。纵然如此，"党的干部一块砖，哪里需要哪里搬"。何况他不是一块金砖，好不好，都要搬走了，也不知将移到什么地方，但是他必须离开这里的善良百姓。

正在整理材料的林泽宇，心里再次伤感。此次一走，不知道猴年马月才能回到这片土地上。孙秘书和驾驶员去宿舍整理行李去了，只有他边收拾文件边思考着两年来的一幕幕。他离开的消息恐怕是政府办无意间透露的，榴园县县城引起了震动。

现在政府大门前围了很多人，有政府领导、机关同志，有受到林泽宇关照的五保户、贫困户、帮扶户等家庭的成员，还有那些刚刚转正的代课教师也悄然来到了欢送现场，方青梅也在其间。方青梅和丈夫一起歪头瞅着林副县长的身影……

方青梅一家人心里最激动。短短的两年时间里，自己的工作曾经生出过多少纠结，多少无奈，多少失落……又蕴藏着多少希望。正是林泽宇这位领导一次次为了她和她的一些同行，那些有同样遭遇的人，反复关怀关心，才使这类问题上了常委会的议事日程，最后得以解决。这耗去了林副县长，这位热心、善良、正直和担当的领导多少心血，多少脑细胞？如果不是他，他们这些老师都知道，所有的期待依旧会石沉大海。此事发生到妥善解决前后已经过去了二十多年，朗朗乾坤，有天地作证，时间为证。这辈子值了，要不是因为解决身份和待遇，她不可能幸运地结识他这位好领导，恰巧这位领导正好在榴园挂职。她一想起这件事情，眼泪就会不住地落下来……

"下来了！"有人喊了一声。林泽宇从政府楼台阶上缓缓地走下来，向政府大门走来。"哗"，送行的人流水般围了起来，都一起去跟他拥抱，跟他握手，跟他招呼……他几乎被簇拥到大门口。

"林副县长，车子来了！"有人大喊了一声。

一辆桑塔纳轿车从政府东面开过来，这正是两年来林副县长往返省城与榴园的自家车。乍一看，驾驶员换成了一个陌生男子，他是今天来接林泽宇回城的本家弟弟林泽鹏。

车子被围住了，林泽宇也被围住，水泄不通，一些人带了土特产，一起向林泽宇怀里塞。

"乡亲们，谢谢大家来送我，也感谢两年来大家对我工作的支持和关心，我永远感激大家。请大家把东西拿回去吧，心意我全领下。我的工作没有做好，对不起大家，有机会大家抽时间到省城看我，我们一起交流谈心，你们全部是我的亲人和家人……"

林泽宇觉得再待下去自己会受不了，本身虚弱的心脏对于情感的刺激有些承受不住。他一个劲地摆手："大家请回吧，我要上车了。"孙秘书扶着他走向桑塔纳轿车。

离林泽宇不远的方青梅，一听林副县长要上车，拼命挤到林泽宇身边。

"你好，方老师，也谢谢你来送我，目前还好吧？"林泽宇笑着对方青梅说。

听到林泽宇讲话，方青梅的眼泪"唰"地一下就流了下来。旁边的送行者看到林副县长跟一名女子讲话，顿时停止了拥挤。

"林副县长，谢谢你。"方青梅扑通一下跪在了林泽宇面前，猛地磕了个头，像山一样沉闷。

"方老师，你这是干什么？我们可都是公职人员。可不信这一套，快起来！"林泽宇拉起了方青梅。

方青梅的眼泪像断了线的珍珠，一串串落下。"林副县长，我谢谢你，你就是我们一家的救命恩人。"方青梅哽咽得不能自已。

"别这样，别这样，我走了，我上车了，过后打电话再说。"林泽宇安慰她。

方青梅抹了一下眼泪继续说："林副县长，我做的鞋，就请你收下吧，这是我们的一点心意。"方青梅从怀中掏出了一个蓝布袋，往林泽宇手里塞。

林泽宇一愣，然后看清布袋里装的正是一双黑帮白底的布鞋，忙说："好，我收下，谢谢你的辛苦。"林泽宇转脸对孙秘书说，"过后跟她算一下，我会把钱转给你。"林泽宇十分认真地交代此事。

"好，我会办好的，您放心吧，林副县长。"孙秘书诚恳地向林泽宇点头。

林泽宇终于上了车子，然后把身体探出车窗，拼命地与百姓和同事招手。方青梅哭着，喊着，摆着手……林泽宇的车子已经走远了，她还在拼命地朝着林泽宇离去的方向挥手……

2021年1月5日夜初稿完成于浙江安吉简居庄园